ESPECIES INVASORAS

AGUSTÍN B. PALATCHI

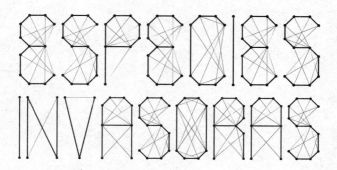

ESPECIES
INVASORAS

Umbriel Editores

Argentina • Chile • Colombia • España
Estados Unidos • México • Perú • Uruguay • Venezuela

1.ª edición Octubre 2015

© 2015 by Agustín Bernaldo Palatchi
© 2015 *by* Ediciones Urano, S.A.U.
   Aribau, 142, pral. – 08036 Barcelona
   www.umbrieleditores.com

ISBN: 978-84-92915-71-2
E-ISBN: 978-84-9944-892-3
Depósito legal: B-18.155-2015

Fotocomposición: Ediciones Urano, S.A.U.
Impreso por Romanyà Valls, S.A. – Verdaguer, 1 – 08786 Capellades (Barcelona)

Impreso en España – *Printed in Spain*

1

Gabriel Blanch se incorporó de la cama temprano y, al poner el pie en el suelo, lo asaltó un mal presentimiento. Rememoró de nuevo aquella pesadilla recurrente. Había sido tan real que todavía sentía las cuerdas aprisionando su cuerpo e impidiéndole respirar. Tratando de no darle importancia, se duchó en su minúsculo baño.

Con la toalla anudada a la cintura, cruzó el salón-comedor en un par de zancadas y entró en la vieja cocina. Abrió el tarro de cristal donde guardaba el café en grano de una cooperativa de Nyeri, muy próxima al monte Kenia, y depositó una cucharada sobre la báscula.

Marcó veintiún gramos. El peso del alma humana, según una antigua creencia popular.

Esbozó una media sonrisa. Las personas, se dijo, eran capaces de depositar su fe en las ideas más peregrinas. Giró sin prisa la rueda del molinillo y observó cómo las muelas cónicas desmenuzaban los granos tostados hasta convertirlos en arenilla uniforme.

Prendió un fósforo y, tras encender los fogones, desenroscó la cafetera italiana. Rellenó con agua la base inferior, depositó el café molido sobre el filtro y, una vez cerrada la tapa, dejó que se calentara a fuego lento. A sus treinta y tres años, degustar un buen café era el único lujo que todavía se podía permitir.

Se acomodó en el sofá del salón y, entornando los ojos, bebió un sorbo largo de su taza. Aquel café tenía cuerpo y su acidez fosfórica, con un punto dulce, le recordaba al aroma de los frutos rojos y negros de su infancia.

Suspiró satisfecho y encendió la televisión para ver el informativo. Las impactantes imágenes de un pez gigantesco devorando palomas lo sobresaltaron. Subió el volumen para escuchar la voz de la presentadora.

«Estos días el Ebro, a su paso por Zaragoza, ofrece un insólito espectáculo. Desde el centenario puente de piedra, los transeúntes contemplan asombrados cómo los sirulos cazan a las palomas que vienen a refrescarse en el agua del río. Estos peces, que pueden llegar a medir casi tres metros y pesar más de doscientos kilos, se abalanzan sobre sus víctimas con la voracidad de los grandes depredadores. Los sirulos proceden de los caudalosos ríos de Centroeuropa y han sido catalogados como especie invasora. De momento, ya han provocado la total desaparición del bardo en el río Ebro y otros peces nativos se hallan en peligro de extinción.»

«Los peces grandes siempre se acaban comiendo a los pequeños», pensó Gabriel mientras enjuagaba la cafetera de aluminio.

Tras descolgar su bicicleta de la pared, la bajó a pulso por las escaleras del edificio y se montó sobre ella para acudir al trabajo.

A la altura de la plaza España, el brusco frenazo de un novato al que se le había calado el coche derivó en un concierto de cláxones e improperios. No era para menos. Había estado a punto de provocar un accidente en cadena.

Una vez superada la plaza, continuó pedaleando hasta llegar a la avenida Diagonal. Allí los coches circulaban civilizadamente, los corredores matutinos tragaban el aire contaminado sin alterar el rictus y ningún transeúnte invadía el carril bici.

Diagonal arriba todo parecía ir bien en Barcelona.

Hasta que entró en la redacción.

Al detectarse su presencia, las conversaciones se interrumpieron y un silencio incómodo se apoderó de la sala. Algunos compañeros le dirigieron miradas fugaces, apenas disimuladas, y otros bajaron la vista hacia sus papeles.

Cuando advirtió que el ordenador con el que solía trabajar ya no estaba sobre su mesa, se temió lo peor.

—Buenos días, Gabriel —lo saludó, con tensa amabilidad, el redactor jefe—. Será mejor que pasemos a mi despacho.

—¿Sucede algo, Mario? —le preguntó en cuanto se quedaron a solas.

El redactor jefe tragó saliva.

—Ya sabes que no corren buenos tiempos para el periodismo… Los números no salen y hay que recortar por algún lado. El director general ha decidido suprimir tu sección.

—La de cultura… ¿Por qué será que no me sorprende que se la carguen? —dijo Gabriel, con acidez—. Alguien debería explicarle a ese *figura* que sin un plus de calidad no es posible vender periódicos hoy en día. Para no profundizar sobre ningún tema ya está la prensa gratuita.

—Te aseguro que he intentado defender la sección —protestó Mario—. Pero los ingresos por publicidad han caído en picado, las ventas no dan ni para pagar el papel, y nuestra apuesta por Internet no funciona.

Gabriel negó enérgicamente con la cabeza, mientras sentía cómo el corazón se le aceleraba. Aquello tenía mal arreglo.

—¿Estoy despedido? —preguntó de repente.

—Nada de eso —lo tranquilizó Mario—. Si queremos sobrevivir, vamos a necesitar a los mejores. Así que no eres el primero de mi lista pese a que hayan suprimido la sección de cultura. De momento, te voy a pasar a la revista dominical y luego iremos improvisando de oído en función de la música que nos toquen.

Gabriel asintió en silencio. Siempre habían mantenido algunas discrepancias a la hora de enfocar las noticias, pero debía reconocer que Mario era un tipo legal. Tras unas palabras de cortesía, se estrecharon la mano y él se dirigió al despacho de Marta, la jefa del magazine.

La ley antifumadores no se aplicaba en su despacho, un territorio libre de toda ley que no fuera la suya. Los papeles se arremolinaban alrededor de su mesa como si estuviera sitiada, el teléfono sonaba sin que se decidiera a cogerlo y el humo contribuía a crear una atmósfera del todo asfixiante.

—¿Cómo pretenden que saque un dominical de sesenta y cuatro páginas con solo tres personas trabajando? —se quejó en voz alta, haciendo caso omiso del teléfono.

—Mario me ha dicho que a partir de hoy también puedes contar conmigo —proclamó con expresión neutra.

Marta suspiró, aplastó su cigarrillo en el cenicero y se encendió otro Marlboro *light*.

—Menos da una piedra —dijo a modo de bienvenida.

Después, su nueva jefa decidió que era el momento oportuno para contestar al teléfono. Gabriel observó en silencio su figura bien entrada en carnes. Fumar no la ayudaría a rebajar sus abundantes kilos mientras continuara devorando compulsivamente las galletas y chocolatinas distribuidas estratégicamente por su mesa. Marta era una firme candidata a sufrir pronto un ataque cardiaco. El periodismo se había convertido en una profesión de alto riesgo.

—Ya tengo un reportaje para ti —anunció tras colgar el auricular—. ¿Has oído hablar de las avispas asesinas?

Asintió con extrañeza antes de contestar. El punto fuerte del magazine eran los temas locales.

—En China decenas de personas han muerto y cientos han resultado heridas a causa de las picaduras de avispas gigantes. Afortunadamente para nosotros, unos miles de kilómetros nos separan de ellas.

—Te equivocas… Me acaban de comunicar que han detectado una colonia de avispas asiáticas asesinas en La Garrotxa. El tema se merece un artículo especial a cuatro páginas.

Gabriel notó un aguijonazo en el estómago. Hay personas con fobia a la oscuridad, a volar, a los espacios cerrados, a las ratas, a las multitudes… Él no soportaba a las abejas ni a las avispas. Habían pasado más de dos lustros desde aquel traumático incidente de su infancia, y aun así…

—El asunto me parece apasionante —mintió Gabriel—, pero ¿no sería mejor encargárselo a algún colaborador más especializado en temas ecológicos? Yo me podría ocupar de…

—Es perfecto para ti —lo cortó—. Bastará con que vayas a documentarte sobre el terreno.

No podía iniciar la relación con su nueva jefa negándose a aceptar el encargo, así que se limitó a preguntar:

—¿Para cuándo quieres el reportaje?

—Para dentro de tres días: diecisiete mil espacios distribuidos en cuatro páginas. Ya sabes lo que funciona. Información de primera mano sobre la nueva plaga bíblica, con entrevistas a campesinos, médicos, avicultores, agentes rurales, posibles víctimas… Y, sobre todo, fotos impactantes de esas avispas letales. ¿Entendido?

Gabriel suspiró resignado. Aquel trabajo le iba costar más que ningún otro y nadie se lo iba a agradecer.

—Una cosa más —dijo Marta alzando un dedo—. No hay presupuesto para viajes. Si coges taxis tendrás que pagártelos tú. Apáñatelas como puedas, pero ten listo el reportaje en tres días.

Al salir del despacho tuvo la sensación de que había ingresado en el club de las especies en peligro de extinción.

2

«LA DESAPARICIÓN DE LAS ABEJAS ANUNCIA EL FIN DEL MUNDO»

Aquel era el titular sensacionalista que había utilizado como reclamo para que los lectores se interesaran por una entrevista que había realizado a Diana Cox, la prestigiosa doctora de etnología, durante su visita a Barcelona el otoño pasado.

Tras su conversación con la jefa del magazine semanal, ya no le parecía tan sensacionalista. Las avispas asesinas podían llegar a atacar a los humanos, pero el plato preferido de su menú consistía en cabezas decapitadas de abejas locales.

Pese a sus reticencias, el tema era de máximo impacto. Por eso, al regresar de la redacción, Gabriel se atrincheró en su piso para documentarse en profundidad sin que nada ni nadie lo molestara. Cerró la puerta de la cocina y bajó las persianas de su pequeño salón-comedor.

Rebuscando entre sus papeles encontró aquella antigua entrevista. Releerla no lo ayudó a calmarse. En opinión de la doctora Cox, si las abejas dejaran de existir, el ser humano tendría los días contados. Su argumento resultaba tan chocante como lógico.

Las abejas, al transportar polen de flor en flor, hacen posible el milagro de la fecundación. Por eso siempre repito que son heraldos de la vida. Si las plantas no pudieran reproducirse, los animales vegetarianos morirían, y las especies carnívoras no tardarían demasiado en seguir sus pasos.

La cadena alimentaria era tan delicada que se rompería si faltaban las abejas. Una reflexión inquietante, considerando las palabras impresas con las que había cerrado su entrevista con la doctora estadounidense.

Una de mis grandes preocupaciones es que, desde hace algún tiempo, las abejas están desapareciendo de las colmenas americanas y de otras partes del mundo. Es el fenómeno conocido como Colapso de las Colonias. Se marchan de sus colmenas y los apicultores las encuentran abandonadas sin explicación aparente. Nadie ha logrado dar con una respuesta al enigma. Las abejas se nos están muriendo y no sabemos cómo salvarlas.

Según le había comentado, las causas podían ser múltiples: la contaminación, el abuso de pesticidas, la proliferación de monocultivos industriales, nuevos virus y parásitos... O una combinación de todas ellas. Además, había añadido, las abejas estaban amenazadas por especies invasoras contra las que no podían competir.

La lectura de noticias recientes sobre las avispas asesinas en Cataluña corroboró los temores de la doctora. Un artículo de *El País* alertaba sobre sus consecuencias:

El 19 de septiembre se avistaron en La Garrotxa (Girona) algunos ejemplares de avispas asesinas. Originarias de Asia, se cree que llegaron a Europa en un barco de mercancías y en la actualidad constituyen una amenaza capaz de acabar con las abejas y arruinar la industria de la miel en el sur de Francia y el norte de España. De considerable tamaño, lo que más asusta es su enorme capacidad reproductiva. Los apicultores catalanes están preocupados porque esta avispa no tiene depredador. Para evitar el desastre hay que aniquilarlas por completo antes de que se propaguen. Si no se consigue, ocurrirá como con el mosquito tigre, que ha hecho invivibles muchas terrazas del área de Barcelona.

Gabriel supo que tenía entre manos un asunto que podía prender mecha en la atención de los lectores, pero necesitaba recabar la opinión de científicos para ganarse su confianza.

Tras una intensa búsqueda por Internet, localizó una doctora en biología de la Universidad de Barcelona que había investigado el tema. Su tesis doctoral versaba sobre las especies invasoras en Cataluña y en el índice de su obra dedicaba varios puntos a las amenazas que se cernían sobre las abejas autóctonas.

La lectura del prólogo introductorio acrecentó su entusiasmo. Concertar una entrevista con ella le resolvería medio reportaje.

Se disponía a teclear el número de información de la UB, cuando un extraño ruido proveniente de la cocina lo sobresaltó. Abrió la puerta intrigado y, para su sorpresa, se encontró a una urraca golpeándose contra el cristal de la ventana.

Aquellas aves de pico negruzco y cabeza oscura habían emigrado de las zonas rurales y cada vez estaban más asentadas en Barcelona, sobre todo en barrios como el suyo, muy próximos a la montaña de Montjuic. Seguramente se había aventurado en la cocina buscando comida, antes de que él cerrase la puerta de su tentadora despensa.

Ahora lo observaba temblorosa, acurrucada sobre el alféizar. Con un gesto decidido de la mano, Gabriel abrió la ventana. El ave comprendió y abandonó su prisión batiendo las alas.

Tras limpiar la cocina de los excrementos dejados por aquella asustadiza invasora, se aprestó a volver a marcar el número de teléfono de la universidad. La operadora le transfirió a un número equivocado, pero después de otro intento infructuoso consiguió comunicarse con un responsable del Departamento de Biología Molecular.

—¿Busca a la profesora Ferreira para una entrevista de prensa? Un momento, por favor.

Gabriel entretuvo su espera imaginando cómo sería aquella doctora especializada en genética y especies invasoras. ¿Qué clase de mujer se dedicaría a investigar durante años cosas así?

—Buenos días. Soy Iria Ferreira —saludó una voz que se le antojó profunda y suave al mismo tiempo.

—Buenos días, soy periodista y estoy ultimando un reportaje urgente sobre las avispas asesinas en Cataluña. Me gustaría entrevistarte, si me permites que te tutee. Tu tesis sobre las especies invasoras me ha parecido fascinante —mintió— y sería bueno para el público contar con la opinión de una doctora en biología.

Al otro lado de la línea se hizo un largo silencio. Después, Iria lo sometió a una ráfaga de preguntas atropelladas. Para qué medio de comunicación trabajaba, qué extensión tendría el reportaje, si citaría sus opiniones textualmente y si podía acreditarse ante ella como reportero del periódico. Parecía recelosa, así que se esforzó por mostrarse convincente.

Cuando acabó de responder a su interrogatorio, ella se quedó callada un buen rato. Gabriel dudó sobre si se había cortado la comunicación o si la profesora estaba sopesando su respuesta.

—Todavía me queda una hora de trabajo en el laboratorio —dijo al fin, con una cadencia casi musical—. Si te das prisa, podría esperarte.

—En media hora estaré allí.

Tras colgar, Gabriel se acordó de que en el pueblo de sus abuelos todo el mundo creía que las urracas eran pájaros de mal agüero.

3

Gabriel aparcó la bicicleta en la entrada de la facultad y se pasó un pañuelo por la frente. El calor húmedo de Barcelona no remitía ni siquiera en septiembre. Sobre el césped, un par de jóvenes jugaban al fútbol poniendo en peligro a parejas melosas y a los estudiantes que descansaban con las carpetas como almohadas.

Un cartel coronando la puerta de acceso proclamaba NO A LA EXPERIMENTACIÓN ANIMAL.

En el interior del recinto, verdes enredaderas se descolgaban desde las terrazas de los pisos superiores formando un dibujo semejante al de la hélice doble del ADN. Mientras trataba de dar con los laboratorios, Gabriel observó con curiosidad los microscopios de diversas épocas que se exhibían en las vitrinas, pero no encontró ningún letrero que lo ayudara a orientarse.

—Estoy buscando a la doctora Ferreira —decidió preguntar a un bedel recostado sobre una mesa.

El ordenanza consultó sus papeles con aire ausente antes de anunciar, lacónico:

—Hoy no imparte clases.

—He quedado con ella en su laboratorio.

—Entonces está usted en el edifico equivocado. Es abajo, saliendo a mano derecha.

Gabriel no tardó en comprobar que el edificio contiguo albergaba el departamento de Biología Molecular. Tras deambular por un largo pasillo salpicado con tablones de anuncios y pósteres de células en color, entró en lo que sin duda era un laboratorio.

Paseó la mirada por las mesas de melanina y por los armarios de cristal repletos de recipientes, frascos, tubos de ensayo y cajas numeradas.

Frente a lo que parecía un telescopio electrónico, una mujer con bata blanca, zapatillas deportivas y cola de caballo tomaba notas en un bloc. Su pelo, muy negro, lacio y brillante, contrastaba con el blanco mate de su uniforme. De complexión delgada, Gabriel calculó que medía alrededor de un metro sesenta y cinco.

Sobre la cabeza de la científica, un extractor en forma de campana emitía un zumbido constante que debía de haberle impedido oír su llegada.

—¿Doctora Ferreira? —inquirió con voz vacilante.

Ella se giró, sobresaltada. Le pareció muy joven para ser la mujer que buscaba.

La chica lo miró en silencio, depositó unos tubos en la vitrina y apagó el extractor. Luego, se sacó los guantes de látex y le tendió la mano.

—Yo soy Iria Ferreira.

Gabriel exhibió una amplia sonrisa y le estrechó la mano.

El tacto de ella era suave pero firme, como si fuera una prolongación de su rostro. Los ojos, muy azules, se escondían tras unas grandes gafas de pasta que ocultaban parcialmente unas cejas bien definidas bajo su ancha frente. Su nariz, recta y elegante, combinaba la determinación con un cierto halo aristocrático.

—Te agradezco que hayas aceptado hablar conmigo tan pronto —dijo Gabriel, tras presentarse.

Ella se sonrojó, algo azorada.

—La verdad es que no estoy acostumbrada a que me hagan entrevistas. —Su voz tenía un eco musical que delataba su origen gallego—. Si quieres, podemos sentarnos aquí mismo.

Él extrajo su móvil del bolsillo y activó el micrófono mientras se acomodaba. Iria frunció el ceño y se revolvió nerviosa en su silla.

—Siempre grabo las conversaciones —explicó Gabriel—, pero si estás más cómoda puedo limitarme a tomar notas.

—Al contrario —replicó ella, muy seria—. Prefiero que me cites textualmente. Para alguien que no es del ramo resulta fácil incurrir en inexactitudes y, según me comentaste por teléfono, vas a escribir un reportaje sobre avispas asesinas, ¿no es así?

—En efecto. Mi primera idea era centrarme en las avispas asiáticas que han llegado a La Garrotxa. Sin embargo, al averiguar que suponen una grave amenaza para las abejas autóctonas, busqué la opinión de algún biólogo que ofreciera al lector un enfoque más amplio. Y tu tesis doctoral sobre las especies invasoras en Cataluña me llevó a pensar que eres la persona ideal.

—Solo he aportado mi granito de arena sobre el tema —dijo ella con modestia—. Las especies invasoras procedentes de otros continentes aumentan año tras año. Y está claro que sus efectos sobre nuestro ecosistema serán devastadores. El Delta del Ebro, por ejemplo, ya está invadido por millones de caracoles manzana que destruyen los arrozales. Y en el sur de Tarragona las moscas de olivo también causan estragos. Pican las olivas para depositar sus huevos, y las larvas se alimentan con su pulpa, echando a perder así las aceitunas. Por desgracia, los métodos que se utilizan actualmente para detener el avance de estas plagas no son efectivos.

—¿Y cuáles emplearías tú? —preguntó Gabriel.

Iria sonrió con timidez, y sus dientes blancos se alinearon en perfecto orden.

—Mutaciones genéticas. Esa debería ser nuestra respuesta ante las amenazas que no podamos combatir de otro modo. Sin embargo, nuestras autoridades son muy reacias a medidas de este tipo. La legislación actual no permite…

—Eso puede estar cambiando —la interrumpió Gabriel, extrayendo de su bolsillo un artículo reciente de *La Vanguardia*, donde había destacado con flúor un par de párrafos.

La empresa británica Oxitec ha solicitado una autorización para hacer ensayos de campo introduciendo moscas del olivo transgénicas en una finca de Tarragona. Este sería el primer caso en Europa de animales transgénicos liberados dentro de un entorno natural para acabar con su propia especie. «El diseño de las moscas macho contiene una información genética programada para que, cuando se apareen con las hembras, toda la descendencia muera en la fase de larva», explicó un portavoz de Oxitec.

Ensayos de este mismo tipo, basados en modificaciones genéticas, se han llevado a cabo con mosquitos que transmiten el dengue en Brasil, islas Caimán y Malasia. En breve se autorizarán nuevas pruebas en Estados Unidos, Panamá e India.

Iria le dedicó una mirada cargada de escepticismo.

—No creo que aquí aprueben este experimento —dijo con un mohín en los labios—, aunque sería muy oportuno. Las moscas del olivo están desarrollando defensas cada vez más resistentes contra los productos químicos y la normativa europea ya no permite fumigar desde el aire salvo en casos muy especiales. En cambio, donde los agentes químicos no han funcionado, los insectos transgénicos triunfarían. Y su éxito abriría la puerta para que pudiéramos utilizar esas técnicas en otras especies.

—¿Y si no pudiéramos volver a cerrar esa puerta? —objetó Gabriel—. La caja de Pandora ya no parece un mito tan lejano con esta clase de experimentos...

Ella lo miró como si el azul de sus iris se hubiera congelado, pero tras esa gélida expresión Gabriel adivinó el fuego de una pasión capaz de incendiarlo todo a su paso.

—Yo no creo en mitos —dijo Iria—, sino en soluciones reales para problemas reales. El agricultor que cruzaba especies en Mesopotamia hacía lo mismo que el investigador que manipula genes con pipeta bajo el microscopio. La diferencia son los medios, eso es todo.

La referencia a Mesopotamia lo inquietó, porque Gabriel conocía bien el contenido de las tablas de arcilla sumeria. Los antiguos dioses guardaban oscuros secretos. Y ahora los científicos jugaban a ser nuevos dioses con la ciencia de la genética.

—Mi trabajo como periodista es hacer de abogado del diablo —se disculpó, sin revelarle sus reflexiones personales—. Mucha gente tiene miedo de que, una vez creada una especie alterada genéticamente, su evolución escape al control de sus creadores.

Iria se acarició el pelo y a Gabriel le pareció un gesto muy seductor, aunque supuso que solo pretendía aliviar la impaciencia que se estaba adueñando de ella.

—Estamos destrozando el medio ambiente con el uso de energías fósiles altamente contaminantes, construimos centrales nucleares incluso al borde del mar, y enterramos toneladas de residuos radioactivos en sarcófagos de cemento... Te aseguro que el problema de nuestro planeta no serán unas moscas mutadas para evitar que algunas hembras de su especie tengan descendencia.

Lo miró fijamente, sin añadir nada, y ambos guardaron unos segundos de silencio.

—No pareces muy convencido —dijo al fin Iria.

—Es que los de letras somos duros de mollera —bromeó Gabriel.

Ella sonrió.

—Bueno, tengo algo mejor que teorías para convencerte a ti y a tus lectores. Has llegado en el momento justo. ¿Qué te parece sobrevolar mañana en helicóptero la zona boscosa donde se ocultan los nidos de las avispas asesinas?

—Me estás tomando el pelo, ¿verdad? —preguntó sorprendido.

—En absoluto —replicó Iria—. Tengo un amigo biólogo que trabaja en el control de esa plaga y mañana le acompaño en un vuelo programado para tratar de hacer un mapa de los avisperos. Puedes venir conmigo en el helicóptero y después exploraremos con ellos la situación sobre el terreno.

Un escalofrío recorrió la espalda de Gabriel, pero se dijo que no podía rechazar aquella oportunidad.

4

Se le hiela la sangre al escuchar los primeros zumbidos, penetrantes como agujas. Varias abejas revolotean a su alrededor. Las patas son semejantes a las de una cucaracha. Los ojos carecen de pupilas, pero parecen verlo todo como a través de una escafandra. En lugar de cejas tienen antenas, y su boca triangular se agita a intervalos irregulares.

Sin escapatoria posible, contiene la respiración y procura quedarse tan inmóvil como si fuera una extensión del árbol. Una abeja se pasea por su rostro, como si explorara un nuevo territorio. Presa del terror, cierra los ojos y entreabre los labios para respirar muy despacio por la boca. Las patas de otra abeja se posan sobre sus labios. Pese al pánico que siente, permanece completamente inmóvil. Intuye que si se agita lo picarán sin remedio hasta acabar con su vida.

«Las abejas mueren al inyectar su aguijón», recuerda haber escuchado.

«Si no me perciben como una amenaza, no me harán daño.»

Gabriel se aferra a ese pensamiento cuando otra abeja recorre sus labios. Un cosquilleo en las orejas le alerta de que las abejas continúan escudriñando todos sus rincones. Tal vez sea su forma de juzgarle…

Todos sus sentidos se amplifican más de lo que jamás hubiera imaginado. Es consciente de sus más pequeñas funciones corporales. Segrega saliva, pero no la traga para evitar perturbar a las abejas que le rondan por la garganta. Su corazón late tan fuerte que le provoca dolor en el pecho.

El tacto de las abejas con su piel le produce escalofríos. Quiere gritar, pero no debe. Comienza a temblar descontroladamente.

Los zumbidos están ahora dentro de su cabeza, como si fuera a explotarle. Ya no puede respirar y el escaso aire acumulado en sus pulmones está a punto de agotarse. Se ahoga sin remedio. Pronto morirá.

Las abejas acuden en tropel desde la colmena y se van posando en sus ojos, en sus cejas, en los labios y en el resto del rostro hasta cubrirlo por completo. Su cabeza es ahora una máscara amarilla que vibra al ritmo de la colmena. Una explosión de luz amarilla es lo último que siente antes de despertar.

Gabriel agitó espasmódicamente la cabeza, como si todavía sintiera a las abejas dentro de él. Tardó unos segundos en comprender que estaba soñando.

Al incorporarse de la cama, constató que estaba empapado de sudor. Un sudor frío que olía a miedo y humillación.

Tras levantarse de la cama, se desnudó y fue a secarse el cuerpo con una toalla. Aquel sueño le había hecho revivir, otra vez, el día más terrorífico de su infancia.

El día en que unos chicos mayores de una aldea cercana a la casa rural de sus abuelos lo habían atado a un árbol para jugar a indios y vaqueros. Al descubrir un panal de abejas escondido en las ramas de su copa, se habían armado de piedras. Después, habían ejercitado su puntería contra la colmena entre risas y bravatas.

Hasta que se oyó un golpe seco. Con los primeros zumbidos los *indios* salieron corriendo despavoridos. Pero él no pudo escapar. Firmemente atado, no pudo mover ni piernas ni brazos.

Así, amarrado al árbol, habían transcurrido tres eternos cuartos de hora hasta que su familia vino a rescatarle. Para entonces las abejas ya no revoloteaban a su alrededor. Los niños mayores habían confesado y les esperaba un castigo ejemplar, pero el suyo duraría toda la vida: una fobia atroz a los insectos voladores y una asfixiante sensación de claustrofobia que aparecía en los momentos más imprevistos.

Gabriel suspiró hondo. Tras ducharse, abrió la ventana de su salón-comedor. Las luces de un par de coches perdidos atravesaban la avenida.

Sonrió con amargura. Era él quien estaba perdido y no los coches.

Decidió que no acudiría a su cita con Iria. Tras alegar cualquier pretexto, le enviaría un mensaje al móvil para disculparse. Faltaban todavía horas para el amanecer y le iba a resultar imposible volverse a dormir.

Tenía toda la noche por delante para inventarse una excusa.

5

Gabriel admiraba la panorámica desde el helicóptero como si fuera un paisaje de otro planeta. Entre los espesos bosques de La Garrotxa, emergía el volcán de Santa Margarida como una pirámide singular. Sus paredes, recubiertas de frondosa vegetación, ascendían en ángulo hasta lo alto, pero en lugar de cerrarse formando un vértice, permanecían abiertas como una copa. El interior del cráter exhibía un verde tenue y sin relieve, como el césped de un jardín recién cortado.

Tras despertar de su pesadilla, pensó que le resultaría imposible salir con la joven bióloga a buscar los nidos de las avispas asesinas. Sin embargo, en el último momento había decidido acudir a la cita.

No quería seguir siendo prisionero de un lejano episodio de su infancia, pero, lamentablemente, escapar de sus fobias no dependía de su voluntad. Se sentía maniatado por el cinturón de seguridad y aquella ruidosa cabina le provocaba una creciente claustrofobia.

—De momento no se ve ni rastro de avispas —dijo Gabriel.

Pese al ruido de los motores y de la hélice, todos los pasajeros portaban cascos provistos de auriculares y micro que permitían mantener conversaciones en grupo con relativa fluidez.

—Es como buscar una aguja en un pajar —afirmó el piloto—. Los nidos se esconden entre las copas de los árboles más frondosos y no logramos divisarlos ni con los mejores prismáticos. Hace tres días que hemos equipado el helicóptero con una cámara térmica, pero ni por esas.

El amigo biólogo de Iria explicó que, como la temperatura exterior rozaba los nueve grados centígrados aquella mañana y los nidos de avispas rondan los veinticinco, el contraste debía facilitar la búsqueda. Sin embargo, hasta aquel momento no habían cosechado ningún éxito.

—Si no encontramos los avisperos antes de noviembre, se producirá una catástrofe —suspiró Iria con expresión preocupada—. Dentro de poco, las reinas fecundadas saldrán de sus guaridas para crear otras colonias. En los nidos que buscamos suele haber unas doscientas hembras reproductoras. ¡Y cada una de ellas puede procrear a más de doce mil descendientes!

Gabriel imaginó a millares de avispas asesinas merodeando por aquellos parajes...

—Supongo que los estragos que causarían son incalculables... —musitó consternado.

—Eso es exactamente lo que opinan los apicultores —intervino de nuevo el piloto—. Sería el fin de sus abejas y de su forma de vida. Para tratar de impedirlo muchos agentes rurales, ayudados por los apicultores, están batiendo la zona desde hace semanas. También se han colocado centenares de trampas para avispas, pero nada ha funcionado. ¡Por eso estamos en este helicóptero!

Gabriel se concentró en escudriñar las copas de los árboles con sus prismáticos. Una punzada fría le recorrió la médula espinal mientras intentaba localizar los insectos asesinos. El ruido del motor era tan intenso que lograba traspasar su casco y repiqueteaba en el interior de su cabeza como un martillo pilón. Se preguntó por qué diablos se había embarcado en aquel lío por un reportaje que nadie de su periódico le iba a agradecer. En realidad ya sabía la respuesta: Iria le había gustado desde el primer momento. Por algún motivo que no sabía precisar, sentía que había algo muy especial en ella. Algo diferente que resonaba con fuerza en su interior.

—Ahora nos encontramos sobre el Vall d'en Bas —informó el piloto—. Por lo que sabemos, existen muchísimas probabilidades de que haya un nido aquí. Tal vez más de uno... El sensor debería ayudarnos, pero hasta ahora...

—¡Mirad! —lo interrumpió Iria, muy excitada—. Justo abajo, en ese pinar. ¿No es eso? ¡Parece una calabaza anaranjada!

—Es fácil confundirse… —advirtió el piloto con escepticismo—. Ya nos ha pasado varias veces. Tenemos tantas ganas de descubrir el avispero que hasta cuando un rayo de sol ilumina una piña… En fin, anota la posición en el mapa, Iria. Ahora aterrizaré y podréis ir a comprobarlo sobre el terreno.

Mientras el helicóptero iniciaba su descenso vertical, Gabriel sintió que le faltaba aire.

6

El camino discurría plácido entre castaños, robles y hayas, pero a medida que se acercaban al pinar, Gabriel sentía cómo se incrementaba la tensión de las vértebras alrededor de su cuello. Teóricamente no había ningún peligro si se limitaban a mantener una prudente distancia entre ellos y el avispero, suponiendo que lo encontraran, pero aun así no las tenía todas consigo.

—He leído que un puñado de avispas asiáticas se bastan para aniquilar una colmena entera de abejas y que su veneno es capaz de disolver los tejidos de la piel humana —dejó caer con voz neutra.

—Así es —concedió Iria, sin darle importancia.

—¿Y no deberíamos llevar algún tipo de protección por si nos topamos con un enjambre de esas avispas?

Ella negó con un gesto indiferente de cabeza. Con el pelo recogido y sus grandes gafas de sol, parecía estar disfrutando sin más de un agradable paseo por el bosque.

—No hay motivo de preocupación. La variedad que ha llegado al sur de Europa es la menos agresiva —explicó—. De momento solo han sido atacadas algunas personas por aproximarse demasiado a sus nidos, pero en este tipo de bosques los suelen construir en las copas de los árboles. Y el que me ha parecido ver debe estar a unos veinte metros de altura.

—El piloto no estaba muy seguro de que eso que has visto sea un avispero. Por eso habrá preferido rastrear otra zona con tu amigo biólogo. Supongo que lleva demasiados días buscando el nido como para creer que una *pipiola* pueda dar con él a las primeras de cambio.

—Y seguramente tenga razón. Pero nunca hay que subestimar la suerte del principiante. Además, no soy tan pipiola: ya tengo veintisiete años —añadió con un mohín de reproche.

Iria continuó caminando en silencio con expresión pensativa. Calzaba unas deportivas y tejanos ajustados. Aunque era de complexión delgada, sus muslos parecían bien torneados y sus caderas no carecían de curvas. El jersey de cuello alto, discreto y holgado, no permitía adivinar más detalles sobre su anatomía.

—Tras doctorarme, conseguí una beca y la universidad me ofreció la oportunidad de dar clases mientras continuaba investigando sobre los temas de mi tesis. Supongo que he tenido suerte.

Iria posó su mirada en los hayedos. Eran tan altos que la luz se filtraba a su través como en un susurro.

—¿Y qué hay acerca de ti? —le preguntó de pronto—. Ser periodista debe de ser más apasionante que estar todo el día en el laboratorio.

—Últimamente lo más apasionante de mi trabajo es averiguar si cobraré el sueldo a fin de mes. Mi oficio, como el de las abejas, está en vías de extinción.

—En todo caso, lo que te gusta es investigar, ¿no es cierto?

Gabriel aminoró el paso y frunció el ceño.

—¿Por qué dices eso?

—He leído algunas cosas sobre ti que me lo han hecho suponer —contestó en un tono enigmático—. Cosas relacionadas con un libro que nunca llegó a publicarse.

—¿Cómo has sabido?…

—Simplemente, he consultado tu cuenta en twitter —dijo ella con una sonrisa traviesa—. Antes de pasar un día entero buscando avispas asesinas con un periodista, necesitaba informarme un poco sobre ti.

El camino se bifurcaba cuando Iria consultó el GPS de su teléfono móvil y escogió un sendero, estrecho y empinado, que se alejaba de los hayedos.

Gabriel se mordió la lengua. Sus investigaciones le habían acarreado más problemas que beneficios. Un reportaje sobre los turbios intereses económicos de importantes empresas era la causa de que lo hubieran relegado a la sección de cultura. Nadie se lo había dicho explícitamente, pero no tenía ninguna duda al respecto. Frustrado, había decidido escribir en forma de novela lo que no le dejaban publicar en su periódico. Al principio todo parecía ir de maravilla. Una editorial se interesó por su libro y le hizo una oferta. Pero tras firmar el contrato, le exigieron algunos cambios. «Cosméticos», según dijeron, para cubrirse ante posibles demandas…

Él se negó y la editorial canceló su publicación hasta nuevo aviso. Gabriel sospechó que tras esa maniobra se ocultaba la mano invisible de un conocido grupo económico y puso una denuncia para recuperar sus derechos. Pero el libro acabó en el limbo judicial. De momento, ahí seguía. Perdido en un laberinto legal de difícil salida.

—Por lo que parece, no soy el único aquí con alma de periodista —se limitó a decir arqueando las cejas.

—¡Es increíble! —exclamó súbitamente Iria, apuntando con el dedo índice hacia arriba.

Gabriel oteó el cielo en la dirección que señalaba Iria. En las alturas planeaba un ave solitaria con las alas extendidas.

—¿Es una águila? —preguntó, aliviado por poder cambiar de tema.

—Mucho mejor que eso… Se trata de una señal de que vamos en la dirección adecuada. ¡Es un halcón abejero!

Gabriel extendió las palmas de sus manos en señal de muda interrogación. Iria continuó:

—Los halcones abejeros son unas aves muy raras que se alimentan de avispas silvestres. El denso plumaje de las patas y sus escamas les protegen de las picaduras durante su ataque.

Gabriel notó cómo sus manos empezaban a sudar.

—Parece que sobrevuela el mismo lugar que habías señalado tú desde el helicóptero…

—Sí, sí —confirmó, muy excitada—. ¡Aceleremos el paso! Estamos muy cerca.

La ruta ascendía de manera continuada. A Gabriel le costaba respirar y empezó a temer que estuviera a punto de padecer un ataque de ansiedad. Se preguntó si sería mejor advertir a Iria, pero lo descartó de inmediato. Confesar sus miedos a esa chica que tanto le atraía era lo último que deseaba.

Iria continuaba ascendiendo con envidiable agilidad. No parecía faltarle el resuello pese a la velocidad con que avanzaba. Los hayedos habían quedado atrás y los grandes pinos se entremezclaban ahora con encinas y robles.

—Si no me equivoco, a partir de aquí tenemos que estar muy atentos —anunció ella.

El rostro de Iria reflejaba una intensa concentración. Gabriel se esforzó por respirar a intervalos regulares mientras escrutaba aquella arboleda. Los pinos eran frondosos y altos. Las ramas nacían casi desde la base del tronco, cubiertas por su característica hoja verde perenne, y ascendían hacia el cielo formando una especie de cono piramidal. Encontrar el nido de avispas iba a resultar muy difícil, incluso si estaba sobre sus cabezas.

—Hay que guardar silencio —advirtió Iria con voz susurrante—. Así podremos escuchar el zumbido de las avispas si pasamos cerca de ellas.

Alejándose de los caminos marcados, se adentraron en el bosque. Los pinos se sucedían, pero no hallaban ni rastro de las avispas. El halcón había desaparecido en el horizonte y no parecía que fuera a regresar para guiarles.

Pese a ser un día soleado, el aire era fresco y a Gabriel le sobrevenía un ligero temblor cada vez que se detenían para examinar con sus prismáticos las ramas de los árboles. Una ráfaga de viento trajo consigo un zumbido, amortiguado y débil, pero perfectamente audible.

Iria apuntó sus prismáticos hacia el lugar de donde procedía, como si estuviera empuñando un fusil con mira telescópica.

—Están allí —anunció con emoción contenida.

Gabriel enfocó sus anteojos en la dirección que le señalaba su acompañante. Aquella imagen de pesadilla lo dejó petrificado. Escondida entre las ramas, a unos quince metros de altura, pendía una bola semejante a una gigantesca esponja marina de color calabaza. Mediría más de un metro, y las avispas se desplazaban por sus rugosidades, entrando y saliendo a través de sus orificios.

—¡Es enorme! —confirmó Iria—. Muchísimo más grande de lo que imaginaba. Ya he anotado las coordenadas en el GPS. Será mejor que nos vayamos, no vaya a ser que la tomen con nosotros.

Gabriel asintió, pero antes de marcharse se sobrepuso a sus miedos y extrajo su cámara de la mochila. El periódico le importaba un bledo a esas alturas de su carrera, pero todavía conservaba pundonor para hacer bien su trabajo.

De haber sabido que lo despedirían al día siguiente, se lo hubiera pensado dos veces antes de tomar aquellas fotos.

7

Habían dejado atrás los grandes pinares. Los volcanes parecían dormitar bajo el tenue resplandor de la luna, y la carretera, recta en ese tramo, los llevaba de regreso a casa tras una jornada trepidante.

Poco antes del anochecer, los especialistas en plagas habían logrado izar una oruga elevadora con una plataforma a la altura del panal. Desde allí, enfundados en sus gruesos trajes protectores, con máscaras y armados con sopletes, habían abierto fuego al unísono. El sonido de los lanzallamas se había prolongado durante varios minutos como el coro de un réquiem abrasador. Las avispas habían quedado calcinadas junto a las ramas que acogían su nido. Todo había ardido a la vez en aquella macabra pira funeraria.

Iria conducía concentrada, sin dar síntomas de cansancio. Aunque habían pasado todo el día fuera, su rostro seguía igual de fresco que por la mañana.

—En tu diario se van a quedar impresionados cuando les entregues el reportaje gráfico —dijo con voz alegre.

Gabriel prefirió no desengañarla. Tal como estaba la empresa, nadie iba a dar saltos de entusiasmo, pero como el domingo era el único día en que la edición impresa se vendía bien, al menos el reportaje tendría una amplia difusión.

—Estoy seguro de que las fotos de «acción bélica» contra el avispero les van a encantar, pero me pregunto si no se podría haber acabado con ellas sin carbonizar el árbol.

Ella asintió con la vista fija en la carretera.

—En Galicia inyectan pesticidas dentro de la colmena y sellan las salidas con espuma de poliuretano. Al cabo de pocos minutos están todas muertas, y se puede retirar el panal sin causar daño alguno al árbol.

—¿Y por qué no se ha empleado aquí el mismo método? —preguntó él con extrañeza.

Iria miró de reojo por el retrovisor. Un camión cisterna estaba a punto de rebasarlos por el carril de la izquierda a más de cien kilómetros por hora.

—Las avispas asiáticas están asentadas en Galicia desde hace mucho tiempo, por lo que los agentes forestales tienen más experiencia y están mejor preparados —explicó mientras sujetaba con firmeza el volante—. Esta era la primera vez que se actuaba aquí con un nido tan colosal, y no han querido correr ningún riesgo.

El camión cisterna se incorporó con brusquedad a su carril tras haberles adelantado. Iria redujo la marcha con la palma de su mano derecha. Sus uñas, cortas y bien cuidadas, estaban pintadas de un color rosa tan pálido que parecían translúcidas.

—Aunque hoy hemos ganado una batalla destruyendo un nido, acabaremos perdiendo la guerra si no empleamos especies mutadas genéticamente contra las invasoras —prosiguió frunciendo el ceño—. En el País Vasco y en Galicia las avispas asesinas se han multiplicado por diez en los últimos años. Comienza a ser frecuente incluso encontrar nidos de avispas en algunos núcleos urbanos. Los apicultores están desesperados. Sus abejas son ahora una especie en peligro de extinción y las cosechas agrícolas se han reducido de forma drástica a causa de la falta de polinización.

—Hay algo que aún me parece más alarmante... —apuntó Gabriel— y es que las abejas están desapareciendo hasta de lugares donde no hay ni rastro de avispas asiáticas.

—Cierto, es lo que se conoce como Colapso de las Colonias. Empezó hace años en América y se está extendiendo por todo el planeta. ¡Es increíble! Solo en Santa Coloma de Farners, los apicultores encontraron muertas a más de dos millones de abejas el pasado mes de junio. No hay una explicación definitiva.

Unas gotas de lluvia empañaron el cristal delantero. Iria pulsó el botón del limpiaparabrisas y esperó a que se aclarara el vidrio frontal antes de continuar:

—En mi opinión, esas abejas murieron por estar expuestas a los pesticidas de los campos vecinos. En China, regiones enteras se han quedado sin abejas por culpa de los insecticidas más empleados en el mundo: los neonicotinoides. Estoy convencida de que esos agentes químicos derivados de la nicotina alteran el comportamiento de su delicado organismo.

—¿Y por qué no prohíben estos productos de una vez?

—El Reino Unido se opone a que Europa impida la comercialización de esos pesticidas, y Estados Unidos lo apoya. Les importa un pimiento que todos los estudios independientes hayan alertado sobre la catástrofe a la que nos enfrentamos. Las pruebas son tan concluyentes que a finales de año la Unión Europea suspenderá el uso de algunos neonicoitinoides. Pero de momento los agricultores todavía los pueden utilizar a discreción en sus cultivos…

Los labios de Gabriel dibujaron una sonrisa sarcástica.

—No se por qué, pero me huelo que las multinacionales anglosajonas deben de fabricar la mayor parte de esa mierda con la que fumigan los campos.

—Así es —dijo Iria, mientras trazaba una larga curva manteniendo constante su prudente velocidad de crucero—. El problema es que salvar a las abejas supondría renunciar a uno de los negocios más boyantes del sector químico.

Gabriel meneó la cabeza con disgusto. Conocía muy bien cómo funcionaban los lobbies de presión anglosajones y lo difícil que les resultaba a los políticos resistirse a sus encantos.

Ambos se quedaron callados. En la radio sonaba una canción extrañamente delicada y melancólica. Sus notas iban calando con lentitud, como si fuera una prolongación de la suave lluvia que había empezado a caer.

Along another street
I'll hear my lonely feet
And I'll step to the falsest of freedoms
To an old story
To that old sadness
To that hole in time
Dance me to the end of the world
Dance me to the end

Cuando la canción llegó a su fin, Gabriel sintió que la música había establecido un puente capaz de unir sus silencios con los de Iria. Como si ambos hubieran sintonizado una frecuencia secreta a la que nadie más tuviera acceso.

8

El politono de *I want to break free* le advirtió que la llamada era de la redacción. Gabriel interrumpió su desayuno para cubrir en dos zancadas la distancia que lo separaba del sofá donde reposaba el móvil.

—Buenos días, Gabriel.

—Hola, Mario, ¿qué tal? ¿Has leído ya el reportaje que os he enviado por mail? —preguntó, deseoso de escuchar la opinión del redactor jefe.

Había trabajado toda la noche en el tema de las avispas asesinas, pero estaba orgulloso del resultado. Su primer encargo para el dominical había superado las expectativas más optimistas. Sin presupuesto ni para gasolina, había conseguido localizar un panal gigante, fotografiar a los agentes forestales incinerando las avispas invasoras, y unas bellas panorámicas desde el helicóptero.

—¡Un reportaje fabuloso, sin duda! Es una pena que no podamos publicarlo en la fecha prevista… —se disculpó Mario en un tono de voz compungido.

—¿Qué ha ocurrido? —inquirió Gabriel, preocupado.

Al otro lado de la línea se produjo un silencio más largo de lo habitual.

—Dirección ha suspendido temporalmente la edición del dominical. Por supuesto, en cuanto vuelva a salir publicaremos tu reportaje.

—Pero… ¡La revista es el buque insignia de nuestro periódico, Mario! Si la suprimen, los lectores dejarán de comprar el diario los domingos ¿Quién ha decidido esta locura?

Mario carraspeó antes de contestar.

—Es un problema de costes. Ya sabes: se imprime en color, sobre papel satinado, sesenta y cuatro páginas... Ahora mismo no hay dinero.

Gabriel notó cómo pequeñas gotas de sudor recorrían su frente.

—¿Qué habéis pensado para mí? Acababa de empezar a trabajar en la revista y...

—No te preocupes, Gabriel. Contamos contigo. En cuanto salgamos del hoyo, estarás en el primer lugar de la lista para volver al tajo. En un mes, o como máximo dos, arrancará el nuevo proyecto que estamos diseñando. Las conversaciones para vender la empresa a un grupo de inversores están muy avanzadas.

—¿Y qué pasa con mi sueldo? —preguntó angustiado.

—A final de mes cobrarás tu cheque. Y en cuanto los nuevos accionistas entren en la empresa, todo volverá a su cauce.

—Es decir, que el próximo mes no cobro...

—Tengo que dejarte ahora, Gabriel —lo cortó—. No te preocupes, en un par de meses todo se habrá solucionado.

Después de que le colgaran el teléfono, regresó al salón como un sonámbulo y se dejó caer abatido sobre el sofá. Le pareció que todo se desmoronaba bajo sus pies. Si las cosas no cambiaban, dentro de un mes no podría pagar el alquiler del piso.

Maquinalmente, tomó un sorbo de café y miró a través de la pequeña ventana que daba a la calle. Unas gaviotas sobrevolaban el parque de tierra donde unos adolescentes hacían equilibrios sobre sus *skateboards*. Más allá, el tráfico avanzaba por la avenida con el estruendo habitual. El mundo no iba a detenerse porque él se hubiera quedado sin trabajo. De hecho, tampoco pensaba quedarse de brazos cruzados.

Lo primero era averiguar si podía cobrar el subsidio de desempleo. Sergio, un amigo de la universidad, regentaba una gestoría y todavía se veían cuando jugaban al fútbol sala con su antiguo equipo.

Marcó su número en el móvil y antes de que hubieran sonado cuatro tonos, escuchó la característica voz ronca de su amigo. Tras los saludos de rigor, fue directamente al grano y le explicó su situación.

—El tema está jodido —resumió Sergio con su habitual pragmatismo—. Por muchos años que hayas cotizado como autónomo, no tienes derecho al paro.

—En realidad, siempre he sido un trabajador fijo del periódico. Todo el mundo lo sabe…

—Si, sí, pero eso hay que probarlo en los tribunales. En el mejor de los casos, tardarías un año en cobrar, y eso con mucha suerte.

Hacía tiempo que conocía los riesgos de trabajar sin contrato, pero la empresa no le había dado opción. O cotizaba como autónomo o de patitas en la calle… Ahora ya estaba en la calle, pero le habían puesto en la boca un caramelito: tal vez lo rescatarían en un par de meses si aguantaba sin abrir la boca.

Al otro lado de la línea, Sergio se aclaró la voz un par de veces, un tic muy propio de él cuando tenía prisa.

—En fin, mucho ánimo y cuenta conmigo para lo que quieras —se despidió.

Tras colgar el teléfono, inspiró hondo y se masajeó la nuca tratando de paliar la ansiedad. Después abrió el portátil y, como un náufrago desesperado, redactó un SOS pidiendo ayuda a todos sus contactos periodísticos.

```
Querid@ compañer@,

No creo que te sorprenda saber que acabo de
quedarme sin trabajo por culpa de los problemas
financieros de mi empresa. Por dicho motivo, estoy
libre para colaborar como periodista en cualquier
medio de comunicación. También puedo traducir
libros del inglés y corregir textos. Cualquier
cosa de la que te enteres, me sería de gran ayuda.

Un fuerte abrazo y gracias por adelantado,

                                        Gabriel
```

A continuación, procedió a seleccionar los correos de su agenda para un envío masivo. Justo entonces volvió a sonar el teléfono.

Era Iria.

Gabriel no dudó en detener su *mailing* de inmediato.

—Hola, espero no interrumpir nada importante —dijo ella con voz vacilante.

Su tono era confuso, algo que le extrañó pues habían pasado el día anterior juntos y se había mostrado muy decidida y segura en todo momento.

—No estaba haciendo nada importante —mintió—. ¿Puedo ayudarte en algo?

—Sé que apenas nos conocemos, pero he recibido una propuesta inesperada esta mañana y me gustaría comentártela… ¿Tienes tiempo para comer?

—Por supuesto —respondió.

En aquellos momentos, lo único que tenía era tiempo.

9

Roberto subió pedaleando hasta el barrio de Gracia y, tras asegurar su bicicleta con un candado, entró en Cal Boter.

El restaurante, decorado con carteles de las fiestas del barrio que estaban expuestos como si fueran litografías de Toulouse Lautrec, le resultó acogedor.

Al fondo, sentada a una mesa al lado de la pared, divisó a Iria, que se levantó para saludarlo con una tímida sonrisa.

Pese a que hacía calor, vestía nuevamente tejanos y un jersey, esta vez de cuello ancho y más ceñido. La mirada de Gabriel se desvió por un instante hacia sus pechos, pequeños y firmes, cuyos volúmenes se dibujaban con nitidez a través de la fina tela que los cubría.

—Te agradezco mucho que hayas venido —dijo cuando él hubo tomado asiento—. Debes de tener mil cosas que hacer…

Gabriel se inclinó hacia delante para tratar de amortiguar el ruido que se filtraba desde las mesas vecinas.

—Habitualmente es así, pero hoy no es un día cualquiera. Me acaban de despedir.

—¡Vaya, no sabes cuánto lo siento! —exclamó, apenada—. Pensaba que te felicitarían por tu exclusiva sobre las avispas asesinas…

—Ese reportaje ha sido mi canto del cisne. Al menos he disfrutado con mi última función en el periódico… Aunque van tan mal de fondos que ni siquiera saldrá la revista este próximo domingo.

Iria se llevó una mano a la barbilla y entreabrió los labios, como si buscara, sin éxito, las palabras para expresar su turbación.

La camarera acudió en su ayuda, ofreciéndose a tomar nota. Tras una ligera vacilación, eligieron un par de platos del menú del día acompañados por vino de la casa.

—Hablemos de temas más interesantes —propuso Gabriel en cuanto la camarera se retiró—. ¿Qué me querías comentar cuando me llamaste por teléfono esta mañana? Dijiste algo de una propuesta completamente inesperada.

Iria volvió a ruborizarse.

—Después de lo que me has contado, me da apuro agobiarte con mis dudas. Quizás no sea el mejor momento...

—¡En absoluto! —mintió Gabriel—. Vamos, ¡cuenta!

Iria sonrió fugazmente y sus rasgos faciales se relajaron un tanto.

—Pues resulta que esta mañana he recibido una oferta laboral increíble de una empresa británica —dijo de tirón, como si se sacará un peso de encima—. Pero lo asombroso es que no les había enviado ni siquiera un currículum...

—Ya me decía mi madre que me había equivocado de profesión —bromeó Gabriel—. En fin, dime. ¿Qué te han ofrecido exactamente?

—Un puesto como investigadora en un laboratorio privado, con todos los medios imaginables a mi disposición. Además, me cuadriplican el sueldo y la vivienda corre de su cuenta...

Como para celebrar la buena nueva, la camarera hizo acto de presencia y escanció sus vasos con una jarra de vino.

—Una oferta tan fabulosa se merece un brindis —propuso Gabriel, mientras elevaba su copa.

Iria hizo otro tanto y los cristales entrechocaron con un ruido ahogado.

—Eso sí, estoy intrigado por saber cómo te seleccionaron.

—Esta mañana recibí una llamada telefónica de un hombre que se identificó como el jefe de Recursos Humanos de New World Ink Corporation. Hablaba un castellano muy correcto con acento inglés. Me aseguró que un artículo mío recién publicado por la revista *Nature* les ha interesado muchísimo y que, tras examinar mi tesis doctoral, han llegado a la conclusión de que doy el perfil ideal para un proyecto sobre avispas asiáticas que acaban de iniciar.

Iria bebió un pequeño sorbo de su copa antes de proseguir:

—Esta empresa investiga nuevos métodos para combatir plagas mediante modificaciones genéticas, un tema que me apasiona. Y lo mejor es que cuentan con unos recursos formidables para llevar a cabo sus planes. —Iria sonrió visiblemente emocionada—. Al principio, pensé que algún compañero de la universidad me estaba gastando una broma, pero la compañía me envió en cuestión de minutos la documentación necesaria a mi correo electrónico. Ya tengo incluso los *contratos* y solo me falta estampar mi firma.

—¿Y dónde está el problema? —preguntó Gabriel, mientras lo invadía la dolorosa sensación de ser un perdedor.

—¡Es el sueño de toda mi vida hecho realidad, pero estoy más nerviosa que un flan y no acabo de decidirme!

El ruido ambiental había ido *in crescendo* y cada vez resultaba más difícil oírse manteniendo las distancias. Iria se acercó mucho a él, como si fuera a hacerlo partícipe de un secreto.

—Tendría que trasladarme a una pequeña isla al norte de Escocia. New World ha instalado allí sus laboratorios de última generación y un complejo de viviendas para sus empleados, gracias a que les han cedido terrenos para que desarrollen su actividad. No creas, he investigado un poco por mi cuenta. —Iria le guiñó el ojo antes de seguir—: La isla tiene pocos habitantes y estaba muy deprimida económicamente, por lo que es un buen negocio para todos. El problema es que mi inglés no es ninguna maravilla y nunca he viajado al extranjero.

—Si es por eso, no tienes que preocuparte —la animó Gabriel—. Mi inglés era patético cuando me fui de Erasmus a Edinburgo, pero sobreviví sin problemas. Además, por lo que leí sobre ti, el artículo en *Nature* no es el único que has publicado en revistas anglosajonas.

—¡Si supieras cuánto tardo en escribirlos!… Me he acostumbrado a leer libros y publicaciones en inglés, pero hablarlo es algo completamente distinto.

—Te las apañarás a la perfección. Otra cosa es que no te entusiasme cambiar Barcelona por una isla lluviosa donde la niebla y tus compañeros de trabajo sean la única distracción…

—La verdad es que vivir en una comunidad pequeña no me disgusta. Yo nací en Cedeira, un pueblecito gallego de pescadores. Para distraerme, me bastaba con acudir a las playas de Valdoviño o ir en bici por el camino a San Andrés de Teixido, donde se ven caballos salvajes —sus ojos brillaron, como poseídos por la melancolía—. Aunque vivo en Barcelona desde hace años, me relaciono con cuatro gatos. Y todos de la facultad, donde paso más horas que un reloj.

El rostro de Iria estaba ahora muy cerca del de él. Casi podía sentir su respiración. Su piel parecía suave, pero los ángulos de sus facciones y la determinación que irradiaban permitían adivinar una voluntad inflexible.

—¿Por qué has querido consultar conmigo esta decisión? —preguntó Gabriel de improviso.

Ella jugueteó con su tenedor, rediseñando la disposición geométrica de su ensalada como si eso la ayudara a ordenar también sus pensamientos. Sus iris azules parecieron agrandarse tras los vidrios de sus gafas de pasta cuando le contestó:

—Porque todas mis amistades pertenecen a la universidad. Y tendrán sus propios intereses, ya sea en que me quede o que me largue. Al fin y al cabo, dejaría una plaza libre como profesora… En cambio tú eres un «extraño», y además… —bajó el tono de voz— me inspiraste confianza desde la primera vez que te vi, algo que raramente me sucede.

Gabriel entrelazó las manos con expresión pensativa.

—Por lo poco que sé, estás muy contenta con tu trabajo estable en la facultad. Esta nueva oferta es una aventura y como tal comporta riesgos… Antes de darte mi opinión, solo otra pregunta: ¿puedes pedir una excedencia a la universidad para regresar más adelante si las cosas no salen bien?

—Sí puedo —se limitó a responder.

Después, guardó un largo silencio.

—Pues no le des más vueltas y acepta la oferta.

Iria respiró aliviada. Necesitaba escuchar justo aquello.

Pasaron el resto de la comida hablando de *Gravity*, la película del espacio exterior en 3D, y de otros temas tan ingrávidos como amenos. Cuando la camarera trajo la cuenta, ella insistió en invitarlo.

—De ninguna manera —zanjó Gabriel, depositando un billete sobre la nota—. Pagaremos a medias.

Lo que fuera a ocurrir con su vida, pensó, no dependía de diez euros.

—¿Puedo invitarte al cine, entonces? —propuso Iria—. Hoy es el día del espectador y podríamos ir a la sesión de las ocho.

—¿Para ver *Gravity*?

Iria asintió.

—Entonces de acuerdo —dijo arqueando las cejas con un suspiro—. Me vendrá bien sentirme un astronauta por un par de horas y alejarme de los problemas del mundo.

10

Iria se presentó en el cine Bosque exhibiendo una imagen muy distinta a la de las ocasiones anteriores. Aprovechando el clima cálido de aquel día, en lugar de tejanos y jersey llevaba un vestido floreado de una pieza cuyos tirantes dejaban sus hombros al descubierto. La tela, muy fresca, se deslizaba por su estilizado cuerpo de manera natural, hasta acabar en una falda corta que permitía admirar unas piernas bien torneadas. Su melena suelta le otorgaba un aire más sensual, y sus ojos azules no quedaban opacados por ningún cristal. Se había dejado las gafas en casa.

—¿Hace mucho que esperas? —le preguntó después del intercambio de besos en las mejillas.

Una larga fila de personas se extendía como un reguero a lo largo de la Rambla del Prat.

—Acabo de llegar y ya estaba toda esta gente haciendo cola —dijo Gabriel—. ¿Sabes lo que dicen los cinéfilos de Estados Unidos? Que hay tres tipos de películas: las buenas, las malas y las de Sandra Bullock. Y según parece, en esta peli acapara más protagonismo que el bueno de George Clooney.

Tras veinte minutos de espera, llegaron a la taquilla y una empleada con cara de hastío les informó:

—Solo queda última fila. Y son dos euros extra por las gafas 3D.

Iria pagó las entradas y Gabriel insistió en que las palomitas y los refrescos corrían de su cuenta.

Lograron llegar a la sala antes de que los tráileres hubieran comenzado. Iria se removió incómoda en su asiento, cambiando de posición como si algo la molestara. Dio un sorbo a su Coca Cola y la dejó en el antebrazo de su butaca.

—Me he puesto lentillas para no tener que llevar unas gafas encima de otras —explicó mientras se colocaba las de plástico que le había dado la taquillera.

Justo entonces las luces se apagaron y el volumen subió escandalosamente durante los anuncios.

Sin prestar atención a la publicidad de teléfonos móviles, coches y perfumes, Gabriel recordó su primera cita en un cine con una chica de su instituto. En su momento había sido el acontecimiento más excitante de su vida, pero aquel tipo de sensaciones se había desvanecido con los años. Y, sin embargo, volvía a estar tan nervioso como un colegial.

El espectacular inicio de la película devolvió su atención a la pantalla. Dos astronautas reparaban el telescopio de una estación orbital colgados en el espacio con la Tierra bajo sus pies. Desde la estación tridimensional, el planeta azul semejaba la faz de un ser vivo. Gabriel se sentía ingrávido, flotando en aquel espacio mientras compartía palomitas con Iria.

Sin embargo, la paz del astronauta se vio truncada por los fragmentos de un satélite a la deriva que de repente impactaban contra la estación espacial. El realismo de las imágenes tridimensionales era tan brutal, que Gabriel no pudo evitar sobresaltarse en su butaca. Cuando los astronautas cayeron de la nave nodriza hacia el vacío estelar, notó una sensación de vértigo en el estómago y algo más: la mano de Iria sobre la suya.

La tomó con suavidad mientras los protagonistas pugnaban por agarrarse a una cinta en medio de la nada. Su tacto era cálido, pero él dudó sobre cómo actuar. Hacía demasiados años que no iba al cine a hacer manitas. Sus citas, siempre más maduras, tenían demasiada experiencia como para aquel juego inocente.

De momento, Iria seguía mirando fijamente la pantalla, por lo que juzgó precipitado cualquier movimiento y ambos permanecieron así, en silencio, durante un buen rato.

Por contraste, los acontecimientos en la pantalla eran sobrecogedores. George Clooney no solo lograba equilibrarse durante la caída gracias a sus propulsores, sino también rescatar a su compañera de reparto utilizando una cuerda como remolque. Las escenas se sucedían a un ritmo electrizante y Gabriel podía sentir cómo el pulso de Iria se aceleraba con cada nueva amenaza. Con la estación inutilizada, la comunicación con la Tierra cortada, el oxígeno de sus trajes en reserva y el resto de la tripulación muerta, las emociones fuertes estaban garantizadas.

A Gabriel le costaba concentrarse en cualquier otra cosa que no fuera el tenue temblor de esa mano. Pese a su experiencia con las mujeres, aquella situación le resultaba desconcertante.

Ya había anochecido cuando salieron del cine, pero la temperatura seguía siendo primaveral. Al poco de andar sin rumbo fijo, les llamó la atención un bar escondido en una de las callecitas de Gracia. La puerta era de color verde oliva, y al trasluz de sus cristales se adivinaba un lugar cálido de tonos ocres y tenues. En el dintel de la puerta se podía leer: TOURNESOL.

—Como el profesor Tornasol de los tebeos de Tintín —dijo Gabriel—. El verde de la puerta es idéntico al de su gabardina y bombín. ¿Qué te parece si tomamos algo aquí?

Iria asintió con la cabeza.

En el interior, varias lámparas de época irradiaban una luz tenue que apenas alcanzaba a los sofás de terciopelo. La amalgama de muebles reciclados, de las más variadas procedencias, confería al local un encanto singular.

Gabriel eligió el rincón más íntimo. Un camarero les trajo una carta y les ofreció sus sugerencias.

—Nuestra especialidad son los cócteles y los *gin-tonics*.

—Tomaré uno de Bombay Sapphire —dijo él sin ojear la carta.

—Un San Francisco —pidió Iria tras un momento de duda.

Por un instante, Gabriel no pudo evitar imaginarla desnuda bajo ese fresco vestido de tela fina. Trató de distraer su atención hablando sobre aquella película tan espectacular como inverosímil.

—¿Qué me dices de la interpretación de Sandra Bullock?

Iria sonrió mostrando unos dientes blanquísimos.

—La pobre no podía hacer demasiado. Bastante tenía con regresar a la Tierra saltando por el espacio de un transbordador a otro sin haber tripulado jamás una nave.

—Tienes razón —rió él—. En cualquier caso, a mí me ha ayudado mucho a nivel personal. Verás, de pequeño siempre quise ser astronauta, y esa es una espina que tenía clavada. Pero ahora, gracias a *Gravity*, me he convencido de que es una profesión terrible.

Ella rió y sus caras quedaron muy próximas. Demasiado para seguir conteniéndose. Sin pensárselo dos veces, él envolvió su espalda con el brazo y la besó. Sus labios se juntaron y la lengua de Iria acarició la de él muy lentamente, como si estuviera retraída o no estuviera segura de lo que estaba haciendo.

Gabriel se retiró un instante de los labios de ella.

Iria lo miró en silencio. Luego se abalanzó sobre él y lo besó con una pasión inesperada. Cuando sus labios volvieron a despegarse, el rostro de Iria había subido considerablemente de tono y sus ojos estaban entornados.

Desde una mesa próxima, un grupo de estudiantes seguían con indisimulado interés la marcha de los acontecimientos. Gabriel ardía en deseos de irse al piso a solas con ella, y la curiosidad que habían despertado en el bar podía ayudarle.

—Esto empieza a llenarse. ¿Quieres que vayamos a otro sitio?

—Creo que volveré a casa —contestó ella, aturdida—. Todo está girando demasiado rápido en mi vida ahora mismo…

11

Gabriel se levantó de la cama y rememoró otra vez lo sucedido con Iria el día anterior. Su inesperada retirada tras el primer beso lo había dejado descolocado. Todo lo que lo envolvía últimamente parecía teñido por un halo de irrealidad.

Tal vez fuera mejor así, pensó. No quería encapricharse de Iria, pues estaba seguro de que aceptaría la oferta del laboratorio para trabajar en Escocia. Le costaba dejar de pensar en ella, y apenas había logrado conciliar el sueño durante la noche. Sin embargo, debía superar las decepciones y seguir adelante.

Lo más inmediato era encontrar un trabajo para mantenerse a flote. Tenía amigos que aún vivían en casa de sus padres, pero él ni siquiera se hablaba con el suyo. Era un asunto que lo torturaba por dentro, pero que ya no tenía remedio. Jamás podría perdonarle la muerte de su madre y ambos sabían por qué.

Se enfundó un albornoz y, tras subir la persiana del salón, consultó el correo electrónico. Había numerosos mensajes de apoyo pero ni una sola oferta concreta. Repasó su cuenta bancaria por Internet e hizo números. Por más sumas que hiciera, el resultado era invariable: el mes siguiente no podría pagar el alquiler. Decidió que dedicaría la jornada a visitar a antiguos compañeros de profesión. Hablar personalmente con la gente solía ser más efectivo que enviar mails a sus saturados correos electrónicos.

Tras ducharse con agua fría, concertó algunas citas por teléfono. Luego bajó con su bicicleta a la calle y se dispuso a recorrer la ciudad.

En menos de veinte minutos llegó al Starbucks de Diagonal. Allí lo esperaba Daniel, su primer jefe de redacción. Lo saludó con un leve movimiento de cabeza mientras sorbía café en un vaso gigante de papel. Desde que dejara aquel periódico local, diez años atrás, no lo había vuelto a ver.

El tiempo, pensó, no pasaba en balde. Le habían salido canas grises y unas arrugas marcadas en las comisuras de sus ojos.

—Hola, compañero. Cuánto tiempo… ¿Quieres un buen café?

Gabriel sonrió. Aquella cadena que invadía el mundo con sus franquicias era conocida entre los cafeteros con el mote de *Charcoalbucks*, porque sus granos de café estaban casi tan tostados como el carbón. Pero a sus millones de clientes eso no parecía importarles y él no había acudido allí a hablar de café.

—Ya he tomado uno en casa.

—Siento mucho lo de tu trabajo, Gabriel. Esto es una plaga… —siguió en tono abatido—. En mi periódico también han despedido a unos cuantos y nos han reducido un quince por ciento los salarios. Encontrar un empleo de periodista ahora mismo es casi un milagro.

Los dedos de Gabriel tamborilearon sobre la superficie de la mesa. Comprendió que no había nada que rascar allí.

—Estoy intentando vender colaboraciones a los periódicos y revistas, aunque sean digitales. Ya sé que pagan una miseria, pero si te enteras de algo, te agradecería que me avisaras.

—No dudes de que lo haré, pero no esperes que salga nada en breve.

Se hizo un silencio incómodo, difícil de llenar. Daniel resopló y se pasó la mano por el pelo, que también comenzaba a clarear.

—Ya sabes que, en este país, para un periodista ahora mismo hay tres salidas —prosiguió el jefe de redacción—: por tierra, por aire y por mar.

Gabriel respondió a su ocurrencia con una mueca de fastidio. Luego dijo:

—En fin, gracias por atenderme de todos modos.

—Un momento… ¿qué tal te ha ido con la novela que publicaste? Esa de la Revolución Francesa. Recuerdo que cosechó muy buenas críticas.

—Entre mis amistades periodísticas del mundillo cultural, pero no vendí apenas nada y…

Daniel lo interrumpió con un gesto para responder la llamada de su teléfono móvil.

—Sí, sí. Entendido… Vaya marrón —exclamó preocupado, antes de colgar.

Después se dirigió a Gabriel de nuevo:

—Lo siento mucho, pero tengo que irme enseguida. Te llamo otro día y charlamos con más calma, ¿vale?

Tras despedirse, Gabriel consultó su reloj. Todavía quedaba una hora para su siguiente cita. Se pidió un zumo de naranja en el mostrador, y de vuelta a su mesa encendió su iPad para ojear los periódicos internacionales. Un artículo de un semanario norteamericano captó su atención. Su título: EL APOCALIPSIS LLAMA A LA PUERTA.

Hace diez mil años, nuestro planeta estaba habitado por tan solo un millón de seres humanos. A principios del siglo XVII, en plena Revolución Industrial, pasamos a ser mil millones. En 1960 alcanzamos los tres mil millones. En la actualidad superamos los siete mil. Solo en la India viven mil doscientos millones de personas sin que exista ningún plan para frenar su expansión demográfica. De seguir a este ritmo, pronto llegaremos a los diez mil millones.

El sistema económico se basa en el consumo masivo de carbón, petróleo y gas. Nuestro principal problema no es que dichos recursos se agoten. El drama es que se van a seguir explotando allá donde se hallen: a centenares de kilómetros bajo el mar, fragmentando la tierra con explosivos, colonizando Alaska y el círculo ártico…

Existen pruebas irrefutables de que la acumulación de anhídrido carbónico (CO_2) en la atmósfera está cambiando el clima. Y el clima no es el tiempo que hace cuando vamos de vacaciones. El clima es un sistema complejo e inestable que determina si podemos vivir o no en este planeta.

Solo existe una directriz económica en el mundo: aumentar el PIB al coste que sea. Más PIB y más población = más aumento de CO_2. Una ecuación sin incógnitas que despejar. Y un dato fundamental que la gente suele ignorar: la producción de comida es responsable del treinta por ciento de los gases de efecto invernadero.

Más población demandará más comida. Para alimentarnos en los próximos cuarenta años, necesitaremos tanta comida como la consumida en los últimos diez mil años. La presión para talar los bosques tropicales que aún quedan en el planeta será inmensa.

La deforestación, el uso masivo de pesticidas, la contaminación y la sobrepesca está aniquilando a miles de especies: vamos camino de causar la mayor destrucción de vida en el planeta desde la extinción de los dinosaurios, hace sesenta y cinco millones de años. Las capas de hielo de Groenlandia y el Ártico pierden al año unas cuatrocientos setenta y cinco mil millones de toneladas de masa. El deshielo eleva el nivel del mar y también libera cantidades colosales de metano, un gas de efecto invernadero más nocivo que el CO_2 para la biosfera. Y por primera vez en la historia, se han observado bolsas de metano de varios kilómetros emergiendo de los depósitos precintados durante siglos por los hielos del mar de Láptev...

Gabriel dio un sorbo a su ácido zumo de naranja. Si continuaba leyendo aquel artículo, pensó, acabaría más deprimido de lo que ya estaba. Aun así, se obligó a terminarlo.

La segunda parte no era tan pesimista. El articulista reconocía que en el estadio actual de la ciencia no había ninguna salida para evitar el colapso. Sin embargo, enumeraba diversos episodios de la historia de la humanidad en que las previsiones más pesimistas habían resultado erróneas por un factor imprevisible. De hecho, afirmaba, la propia aparición del hombre sobre la Tierra y su posterior evolución desafiaba todas las probabilidades estadísticas conocidas.

El autor despedía su artículo con una frase del gran pensador y escritor francés Edgar Morin:

«Lo improbable es posible».

En el preciso momento en que la leía, un parpadeo de su móvil lo avisó de que tenía un mensaje. Era de Iria.

Le preguntaba por wasap si esa noche quería cenar en su casa.

12

El apartamento de Iria estaba en el barrio de la Barceloneta, muy cerca de su renovado mercado. La radical transformación de la ciudad había determinado que ya no hubiera pescadores faenando como antaño, pero la estrecha y vetusta calle de la Sal todavía evocaba el ambiente marinero y barriobajero de tiempos pasados.

Una sonrisa amarga se le escapó entre los labios al percatarse de que el bloque al que se dirigía se encontraba justo frente a la librería *Negra y Criminal*. Había acudido allí semanas atrás para cubrir la presentación de una novela de Petros Márkaris, que retrataba con crudo realismo la crisis griega a través de su célebre protagonista: el policía Jaritos. La misma crisis helena ya había llegado a España y, por el momento, él ya no escribiría más sobre eventos literarios ni culturales.

Dio la espalda a la librería y llamó al piso de Iria.

Al oír su voz femenina a través del interfono sintió un cosquilleo recorriéndole el estómago. Lo sorprendió hallarse tan nervioso por una cita sin posibilidades de futuro.

En todo caso, era la única alegría de aquel día que ya tocaba a su fin. Ninguno de sus contactos le había dado esperanzas de encontrarle colaboraciones y mucho menos un empleo. No divisaba ninguna salida en el horizonte.

Tras subir las escaleras en penumbra con una botella de Protos en la mano, un Ribera del Duero que nunca fallaba, alcanzó la quinta planta.

Una puerta entreabierta iluminaba levemente el rellano, y la cabeza de Iria asomaba por ella. Llevaba el pelo recogido en un moño alto y le sonreía con una expresión entre divertida y expectante, como si fuera una niña cometiendo una travesura.

—La luz de la escalera funciona fatal —se disculpó invitándolo a pasar.

Vestía una falda tejana corta, blusa de seda blanca muy entallada, y unas sandalias japonesas.

Al entrar, Gabriel notó algo que se movía bajo sus pies y estuvo a punto de perder el equilibrio. Una gata siamesa se le había enroscado entre sus piernas.

—Es mi compañera de piso: *Mima*. Vivimos juntas desde hace dos años. Me la encontré abandonada en la calle justo el día de mi mudanza y decidí quedármela. Claro que *Mima* piensa que es ella quien me ha adoptado a mí... —añadió mientras se agachaba para cogerla entre sus brazos.

Gabriel pensó que hacían una bonita pareja. Los ojos de la gata eran del mismo color azul que los de su dueña. Y no era el único rasgo común que compartían. La cabeza triangular de la gatita guardaba cierta semejanza con la estructura facial de Iria: orejas ligeramente puntiagudas, los pómulos marcados, el mentón angulado... Hasta el cuerpo blanco de *Mima* hacía juego con la blusa de seda sobre la que se recostaba.

El piso estaba iluminado por velas y un quemador de incienso impregnaba la atmósfera de un agradable olor a canela. La pequeña cocina americana, integrada en aquel espacio único, estaba casi pegada a una mesita surtida con una fuente de embutidos y otra de tostadas.

Gabriel alcanzó la mesa en dos zancadas y depositó la botella sobre el mantel. Iria cortó la cápsula con un cuchillo y descorchó la botella con suavidad. Después sirvió un par de copas.

Tal vez no cocinara demasiado, pero debía reconocerse que tenía habilidad para abrir botellas, pensó para sí.

Iria propuso que, antes de empezar a cenar, se sentaran a degustar el vino en el sofá. Una mirada general al pequeño piso bastó a Gabriel para darse cuenta de que la decoración era inexistente. Dedujo que pasaba casi todo su tiempo enfrascada en el laboratorio y que solo iba allí para dormir.

Mima parecía aceptarlo de buen grado en su territorio. Una vez sentado en el sofá, había vuelto a enroscarse en sus pies y ronroneaba satisfecha.

—Le has gustado —dijo Iria.

Gabriel desvió la mirada a su falda corta. Sus piernas esbeltas le parecieron más deseables que nunca.

—¿Y cuál es el motivo de tanto honor? —preguntó, haciéndose el tonto.

—¿No te lo imaginas? —dijo en voz baja mientras inclinaba la cabeza, acercando los labios a los suyos…

El olor a incienso se mezcló con el fresco aliento de Iria y la suavidad de sus labios húmedos. El beso comenzó lentamente, como una exploración del deseo que cada uno sentía por el otro. Sus lenguas se rozaron antes de enlazarse en un baile acompasado que progresó *in crescendo* hasta que ella se detuvo.

Gabriel la rodeó con su brazo y la atrajo hacia sí. Los dientes de Iria le mordisquearon la lengua por un instante y se retiraron, esperando su reacción. Él la besó con intensidad, casi con violencia. Ella respondió con mayor fuerza. Sus lenguas se buscaron formando círculos una y otra vez. Con cada nuevo inicio la energía crecía y se realimentaba hasta que resultó imposible de contener.

Sin dejar de besarlo, ella se sentó a horcajadas sobre sus piernas. Las manos de Gabriel se introdujeron entonces bajo su blusa. Tantearon su cintura y se deslizaron vacilantes hasta encontrar sus pechos: tersos, desnudos y desprovistos de sujetador.

Los ojos de Iria estaban entornados, sus labios entreabiertos, y las aletas de la nariz ligeramente dilatadas, cuando se desabotonó la blusa.

Sus pequeños pechos se sostenían erguidos en el aire, muy erectos. Gabriel posó sus manos sobre aquellos senos y los palpó con deleite. Después, comenzó a lamer la punta de sus pezones con la lengua.

Ella emitió un gemido ahogado. Después lo abrazó con fuerza, tan apasionadamente que se valió también de sus dientes. Las aguas se habían desbordado y no había dique capaz de resistir su empuje.

Gabriel desabrochó el botón de su minifalda tejana. Ella se incorporó y, con un ligero contoneo de caderas, dejó que cayera al suelo por sí sola. Debajo llevaba un tanga negro. Aquella diminuta pieza de ropa interior realzaba todavía más la sensualidad de su figura femenina.

Justo tras ella, se apoyaba en la pared un espejo alargado. Gabriel dedujo que debía usarlo para comprobar cómo le quedaban los vestidos de cuerpo entero. En aquel momento, la visión que le devolvía no podía ser más excitante. En la penumbra, los glúteos de Iria, redondos y firmes, se veían reflejados en el cristal, bien definidos por la fina tira del tanga.

Ella se aproximó, tentadora, hacia él y, tras cogerlo de la mano, lo condujo hasta su dormitorio. Allí jugaron largamente a darse placer hasta que sus cuerpos entrelazados iniciaron una danza sin retorno. Los límites entre uno y otro desaparecieron mientras se fundían como gotas estremecidas por las olas.

13

Abrazados en la cama, compartieron confidencias y risas como si volvieran a ser dos niños pequeños descubriendo mundos nuevos. El deseo desenfrenado había dado paso a una complicidad muy diferente a la lujuria y la pasión. Gabriel había leído libros y artículos sobre flechazos, pero nunca había sentido nada tan intenso. Ahora, por primera vez en su vida, comprendía lo que significaba estar totalmente embriagado por una mujer. Separarse de Iria, cuando se fuera a la isla de Moore, le dolería más que cualquier otra cosa.

La musiquilla de un teléfono móvil interrumpió sus pensamientos. Iria se incorporó de inmediato y Gabriel, desde la cama, admiró la silueta de su espalda mientras respondía a la llamada.

—¿Ocurre algo, mamá? —preguntó con un brillo de inquietud en la mirada.

La gata se irguió sobre los cuartos traseros y tras observar a Iria con sus ojos rasgados, izó las orejas como si fueran antenas.

—Algo te pasa, mamá, no me digas que no… ¿Seguro?… Vale, vale, pero ¿como quieres que no me preocupe?…

Mima abandonó su rincón y se acurrucó a los pies de su dueña, como si quisiera tranquilizarla. No hizo falta su ayuda. Iria escuchaba con atención lo que le llegaba desde el otro lado de la línea, pero de pronto su sonrisa luminosa anunció que los motivos de inquietud se habían desvanecido.

—Sí, claro que tengo decidido irme a Moore. ¿Cuántas veces tendré que repetírtelo para que te lo creas?

A partir de ese momento el tono de la conversación pasó a ser jovial e Iria se despidió de su madre con palabras cargadas de cariño.

—Parecías muy preocupada al principio de la conversación —dijo Gabriel.

Iria no contestó hasta meterse nuevamente bajo las sábanas, junto a él.

—Es que mi madre suele tener arritmias —explicó al fin con el ceño fruncido—. Por eso le pusieron un marcapasos hace unos meses. En principio está controlado, pero cada vez que me llama a deshoras se me acelera el corazón. No sé qué haría si le pasara algo…

Gabriel notó la rigidez de su cuerpo y la abrazó en silencio con ternura.

—Los médicos —dijo ya más relajada— me han repetido mil veces que gracias al marcapasos ya no corre ningún peligro, pero como la pobre está tan sola en su casa…

—¿Y tu padre?…

—Ni siquiera lo conozco. Mi madre tuvo la valentía de tenerme soltera, sin importarle lo que dirían las malas lenguas. Y de mi padre, nunca más se supo. Despareció del pueblo para no volver. Todo se lo debo a ella. Siempre trabajando en su pequeña cafetería para que yo pudiera estudiar. Cuando me admitieron en la Universidad de Barcelona, logró reunir suficiente dinero para que me pudiera venir a vivir aquí. Todavía no se cómo lo consiguió, pues el negocio da lo justo para ir tirando…

El temblor de sus labios revelaba que aquellos secretos familiares le habían dejado una herida profunda que todavía seguía abierta. Gabriel comprendía muy bien el dolor que causaban esas cicatrices imposibles de coser. Su familia también escondía sus propios secretos, oscuros y terribles…

La gata se encaramó a la cama, e Iria la recogió entre los brazos. Después la acarició con delicadeza, como si aquel gesto la ayudara a controlar sus nervios. El animal entornó sus ojos azules y ronroneó muy suavemente.

Gabriel guardó silencio y se limitó a observar aquella escena. Había oído que las gatas pueden absorber la energía negativa de las personas y tal vez fuera verdad. A juzgar por cómo se le erizaba el pelo al contacto con los dedos de su dueña, parecía existir una corriente eléctrica circulando entre ambas.

Al cabo de un rato, Iria depositó a la gata en el suelo y comenzó a vestirse.

—Necesito tomar el fresco —dijo mientras se abrochaba la blusa—. ¿Te apetece dar un paseo por la playa?

Iria sonrió. Sus dientes destacaban incluso de noche. Las nubes cubrían la mayor parte del cielo, pero la luna alumbraba parcialmente su rostro con una rara luminosidad.

—Andar sobre la arena con los pies descalzos me relaja —dijo ella—. Ese fue uno de los motivos por los que alquilé un piso en la Barceloneta, para poder estar cerca del mar. Quizás porque crecí en un pueblecito gallego de pescadores.

—Yo nunca he estado en Galicia, pero todo el mundo dice que sus playas son fabulosas.

—Las de Valdoviño son como un sueño… Cuando baja la marea, impresiona contemplar las extensiones de arena y cómo se abren caminos comunicando calas separadas por las aguas. En algunas playas hay monolitos de piedra que parecen esculturas de civilizaciones extinguidas… Deberías ir allí —dijo con un brillo emocionado en los ojos—. Tal vez te inspire tu siguiente novela.

—De momento, no tengo intención de escribir más novelas —dijo él en tono lacónico.

—Pues me parece una mala decisión —repuso Iria, dirigiéndole una mirada de reproche.

—¿Se puede saber por qué?

—Porque me he leído los primeros capítulos de tu novela *Un periodista en la Revolución Francesa*.

Gabriel arqueó las cejas en señal de sorpresa. La temperatura era primaveral a pesar de haber anochecido, y una suave brisa llegaba desde el mar refrescando sus rostros.

—Hoy me he cogido el día de fiesta para sopesar la oferta de New World —explicó Iria—. No sabía qué hacer, pero esta mañana, mientras corría por la playa, me he dado cuenta de que mi decisión ya estaba tomada. Como me sobraba tiempo, me he dedicado a curiosear por Internet. Me ha costado un poco, pero finalmente he localizado una librería de segunda mano que tenía tu novela. Estaba a diez minutos de casa, así que me he acercado a comprarla. De momento me está encantando.

Gabriel se encogió de hombros.

—La verdad es que me hizo muchísima ilusión escribirla y publicarla, pero no tuvo nada de éxito...

—Quizás porque la Revolución Francesa queda un poco lejos como tema de novela... Deberías probar a escribir otra más actual.

Su mirada permaneció clavada en él aguardando una respuesta, como si su carrera literaria tuviera una gran importancia para ella.

—Hay muchas épocas fascinantes —dijo Gabriel—. El Renacimiento italiano, la Revolución Científica del siglo diecisiete, la Segunda Guerra Mundial... También la actualidad, claro. Pero lo que me entusiasmó del París de la Revolución Francesa es que el periodismo alcanzara su máximo esplendor y creatividad. Cientos de periódicos se disputaban la opinión de los ciudadanos franceses. Informaban, juzgaban e influían de tal manera que sin ellos la historia no hubiera transcurrido como la conocemos. Periodistas anónimos se convirtieron de la noche a la mañana en celebridades aclamadas por la sociedad. Pero el precio que pagaron la mayoría de ellos por contar su verdad fue la muerte. En aquellos tiempos no faltaban editores dispuestos a jugarse la vida junto a sus escritores, no como ahora.

Iria dejó de caminar y se sentó sobre la arena. Gabriel se quitó sus deportivas y se acomodó junto a ella.

Ambos contemplaron en silencio la luna que salía de entre las nubes.

—Entonces… en esa novela has querido unir tus dos pasiones: literatura y periodismo…

—Solo sé que hubiera dado cualquier cosa por ser periodista en aquella época en lugar de esta.

Iria tomó un puñado de tierra con la mano. Después, dejó que los granos se fueran escurriendo lentamente entre sus dedos.

—No es posible viajar al pasado para convertirte en un periodista del París revolucionario, pero aún estás a tiempo de ser un escritor de éxito en nuestro siglo.

Poder vivir de sus libros era la máxima ambición de Gabriel. Sin embargo, sabía que era un sueño inalcanzable.

—Ahora mismo, mi única aspiración es encontrar un empleo, de lo que sea, para poder pagar el alquiler. No tengo derecho al paro, y sin un trabajo…

—¿Y por qué no te vienes conmigo a Escocia?

Gabriel la miró desconcertado por aquella proposición completamente inesperada.

—Allí tendrías alojamiento gratuito y podríamos cocinar en el chalet prefabricado que ponen a mi disposición. Le he preguntado al jefe de Recursos Humanos si había algún problema en viajar acompañada y me ha respondido que no. La empresa se haría cargo, incluso, de los vuelos de ambos. ¿No es un chollo?

—Te agradezco muchísimo el ofrecimiento, pero ¿qué haría en esa isla, además de acompañarte?

—Bueno, podrías escribir otra novela —propuso Iria dirigiendo su mirada hacia el mar—. Dicen que a la tercera va la vencida…

14

El avión se sacudió en el aire al iniciar un viraje para encarar el descenso hacia la isla. El fuerte viento dificultaba la maniobra y Gabriel temía que las hélices del pequeño aeroplano no pudieran superar su resistencia.

Iria, absolutamente pálida, lo agarraba de la mano sin articular palabra.

La pista del aeropuerto de Sumburgh era la más diminuta y estrecha que había visto en su vida. Con solo dos carriles y rodeada de agua, acababa abruptamente en el mar. Aterrizar allí debía de ser una pesadilla para los pilotos.

—Los aviones de hélice son los más seguros del mundo —dijo Gabriel para tranquilizar a Iria, pese a que él mismo estaba asustado—. Para el piloto, todo esto es pura rutina.

Como respondiendo a sus deseos, el aeroplano consiguió estabilizarse. Después, inició un rápido descenso.

Ella se santiguó, inspiró hondo, y cerró los ojos. El impacto al tocar tierra fue brusco, pero el avión no se zarandeó, y los frenos cumplieron su cometido de forma rápida y eficaz.

Iria sonrió aliviada y aplaudió. El resto de los pasajeros se unieron espontáneamente a la ovación.

El piloto agradeció entonces por radiofonía que hubieran confiado en su compañía aérea, les deseó una buena estancia y anunció que el desembarco se iniciaría de inmediato.

Gabriel bajó las dos maletas de mano, e Iria se hizo cargo de la jaula de plástico donde la gata dormía plácidamente desde hacía horas. Poco acostumbrada a salir de su piso en la Barceloneta, habían recurrido a un somnífero para evitarle mayores sobresaltos.

Tras bajar las escalerillas del avión, un auxiliar de tierra les entregó las maletas grandes. Con todo el equipaje ya en su poder, siguieron a los pasajeros nativos a través de la pista, mientras potentes ráfagas de viento gélido les azotaban con fuerza.

Las enormes extensiones de césped circundando el aeropuerto daban fe de que en aquellos parajes las lluvias no daban tregua.

En pocos minutos alcanzaron un edificio grisáceo y funcional. Ocho coches aparcados se alineaban en su entrada. Apoyado en un elegante Jaguar metalizado de color plata, un hombre de mediana edad ataviado con un abrigo largo y oscuro sujetaba un cartel con sus nombres.

—Por lo que se ve, New World no padece estrecheces presupuestarias —comentó Gabriel—. El *Dientes de Sable* cuesta una fortuna.

—¿De qué diablos hablas?

—Es así como se conoce el Jaguar XJR. Durante un tiempo trabajé en una revista de coches de lujo.

El conductor, de piel muy clara y pelo castaño cortado al cepillo, se presentó como James. Colocó su equipaje en el maletero y les invitó a subir al automóvil.

Los asientos eran extremadamente cómodos y la tapicería de piel en tono marfil proporcionaba un entorno mucho más confortable que el ruidoso avión de hélices. El coche arrancó en silencio, como si flotara sobre sus cuatro neumáticos, y dejó atrás las instalaciones del aeropuerto para enfilar una estrecha carretera flanqueada por el mar y húmedos campos verdes.

—Nos dirigimos a Lerwick, el puerto del que sale el *ferry* hacia Moore y otras islas del norte —explicó James, en un inglés gutural casi inescrutable para los no iniciados en el acento escocés.

Tal vez por ello, desgranaba sus palabras con lentitud. O quizás en aquellas islas no existieran las prisas y no necesitaran hablar tan rápido como en las ciudades, pensó Gabriel.

A medida que se adentraban en la carretera, el cielo se fue oscureciendo hasta quedar completamente encapotado de nubes. Un trueno resonó en lo alto y enseguida comenzó a diluviar.

—El acceso a la isla de Moore por barco está siempre condicionado por el parte meteorológico, pero hoy no se esperan problemas —afirmó el chófer con ademán imperturbable.

Había puesto en funcionamiento el limpiaparabrisas y, tras encender las luces antiniebla, continuaba conduciendo con tal delicadeza que el coche ni siquiera parecía que estuviera en movimiento.

—Ya no estoy segura de que instalarse aquí vaya a ser tan buena idea... —dijo Iria mientras limpiaba con una gamuza sus gafas de pasta.

Gabriel también tenía sus dudas. Refugiarse en una isla remota con una chica a la que solo conocía desde hacía dos semanas era muy arriesgado, aunque estuviera loco por ella. Pero la decisión ya estaba tomada. Al menos, en aquella isla perdida tendría tiempo para escribir y tal vez colaborar con los periódicos y revistas que se interesaran por sus artículos, si es que alguno lo hacía.

—Solo hay una cosa segura. Vamos a echar de menos el clima primaveral de nuestra ciudad —afirmó Gabriel.

—Comentarios de ese tipo no ayudan en nada —protestó Iria frunciendo el ceño—. Si mal no recuerdo, tú mismo dijiste que preferías venir aquí en lugar de quedarte en Barcelona.

Justo entonces, la voz del chófer impidió que la tensión latente fuera a más.

—Las islas Shetland son un archipiélago compuesto por más de cien islas, pero solo quince están habitadas —informó con voz neutra—. Están perdidas en el mar del Norte, tan lejos de Gran Bretaña como de Noruega. De hecho, fueron territorio vikingo durante siglos, pero a mediados del quince pasaron a formar parte de Escocia como parte de la dote de una princesa nórdica por casarse con nuestro rey Jacobo III.

—¿Entiendes bien lo que dice? —preguntó Gabriel con tono conciliador.

Iria asintió en silencio. La expresión melancólica de su rostro indicaba a las claras que no tenía ganas de hablar.

El acento de James era difícil de descifrar para quien no hubiera vivido en Escocia. Gabriel no tenía ningún problema porque tras el Erasmus había residido un año más en Edimburgo compaginando trabajos de camarero con un curso de posgrado que no le había servido para nada.

—Nos dirigimos a las tierras del noreste más alejadas de Escocia —siguió explicando James—. Justo encima de las islas de Yest y Unst se sitúa la de Moore. Allí están ubicados nuestros laboratorios.

Un maullido ahogado resonó en el interior del coche, como si *Mima* también quisiera expresar su disgusto por su nuevo destino.

Iria abrió la reja de plástico de la jaula y, tras tomarla entre sus brazos, le acarició la cabeza y el lomo. La gata ronroneó débilmente, todavía soñolienta. Apenas se movía y sus ojos permanecían entrecerrados.

—Habéis hecho muy bien en traeros una mascota —valoró James, adentrándose por primera vez en un tema personal—. Esas islas son un tanto solitarias… La población de todo el archipiélago es de unas veintitrés mil personas, y la mayoría están en Lerwick, la ciudad de la que zarpará nuestro *ferry*. Lejos de la capital reina el aislamiento. Moore no tiene ni cobertura de móvil. El jefe de New World ha instalado en la base una antena wifi para que tengáis Internet, pero lo del teléfono no está solucionado y todavía carecemos de conexión para hablar desde los móviles.

—Al menos aquí no hay aglomeraciones, ni siquiera en verano —apuntó Gabriel, tratando de distender el ambiente lúgubre con una nota de humor.

Iria persistía en encerrarse en su mutismo. Su mirada seguía fija en *Mima*, y parecía no querer saber nada de nadie más.

—Nunca hemos sido un destino turístico —apuntó el chófer manteniendo así la llama de la conversación—. Las tormentas y los fuertes vendavales no son el mejor reclamo para relajarse. Pero tenemos otra clase de visitantes... —James esbozó una sonrisa apenas perceptible—. Cada verano las islas reciben a millones de aves migratorias que llenan los acantilados. Cientos de miles de frailecillos, alcatraces, fulmares, araos y muchas otras especies marinas anidan en nuestros parajes... En verano es el paraíso de los ornitólogos, que vienen a observar las aves aprovechando que la luz solar se alarga casi veinte horas. Naturalmente, ahora en octubre todo es mucho más frío y oscuro...

El resto del trayecto continuó en silencio, sin más sonido que las gotas de lluvia golpeando los cristales.

Al llegar al puerto, James localizó con rapidez el emplazamiento de un *ferry* negro atracado en el muelle. Tras bajar la ventanilla con el botón automático, entregó tres billetes a un encargado que capeaba el mal tiempo protegido por su chubasquero. Luego ascendió con el Jaguar por la rampa de metal que comunicaba tierra firme con la popa del barco.

Cuando el coche fue engullido dentro de la gran cámara interior, Gabriel se preguntó si realmente sabía dónde se estaba embarcando.

15

El Jaguar *Dientes de sable* salió de las bodegas del barco y descendió por la rampa metálica. En cuestión de minutos dejó atrás el diminuto puerto de la isla de Moore y se adentró en una carretera serpenteante recortada sobre vertiginosos acantilados.

La visión del océano le recordó a Gabriel cómo el viento salvaje del Atlántico y sus enormes olas habían zarandeado el *ferry* durante toda la travesía. Aún se sentía mareado y con el estómago revuelto, pero Iria estaba mucho peor. Más pálida que la espuma del mar, apoyaba la nuca en el reposacabezas, con las piernas estiradas y los ojos entrecerrados.

Mima dormitaba, ajena a todo, desde que le habían suministrado un nuevo somnífero durante el turbulento viaje marítimo.

Impertérrito, James conducía el coche con suavidad por aquella abrupta carretera costera. Las espesas nubes cubrían el cielo por completo, pero la luz crepuscular del atardecer se filtraba a su través iluminando un cabo lejano azotado por las olas.

El coche se desvió hacia el interior por un camino flanqueado por pardos y húmedos tremedales de aspecto pantanoso que pronto se trasformaron en un páramo inhóspito. Luego ascendieron por un escarpado monte pelado.

Una vez que lo hubieron remontado, la morfología del terreno cambió de forma radical. Como si se tratase de otra isla, el nuevo paisaje estaba compuesto exclusivamente de rocas volcánicas. Sobre el suelo de lava petrificada se elevaban prominentes desniveles de basalto, semejantes a las dunas de un desierto.

Aquella solitaria carretera que estaban atravesando daba fe del tesón humano. Vivir en medio de un entorno tan hostil no debía de ser fácil.

—¿Cuántas personas residen aquí? —preguntó Gabriel.

—En la isla de Moore viven unos ochenta nativos, concentrados en la zona del puerto que hemos dejado atrás —explicó James—. El pueblo consta de una única calle construida de espaldas al mar para protegerse del viento. En total son una veintena de casas, incluyendo una tienda que vende un poco de todo y un pub donde se puede jugar al billar.

Con aquel panorama, que su estancia fuera llevadera dependería exclusivamente de su relación con Iria, pensó Gabriel. Por el momento, el cambio de aires no les había sentado bien. Según le había confesado ella en el barco, el viaje había coincidido con su peor día del mes.

—En verano la población se triplica con la llegada de turistas —prosiguió James con su voz ronca—. La gente de Moore alquila habitaciones e incluso han construido un par de casas sobre la colina del puerto para familias o grupos organizados. El turismo y la pesca son las únicas industrias que dan algo de dinero aquí.

—Imagino que el desembarco de New World en la isla es ahora una nueva fuente de ingresos.

—Sí, pero no ha supuesto ningún cambio importante —lo cortó James algo a la defensiva—. Más allá de Port Moore, la isla sigue desierta con la excepción de nuestros laboratorios y de dos personas que siempre han vivido al margen de la comunidad…

—¿Y quiénes son esas dos almas solitarias? —se interesó Gabriel.

—Un físico huraño y alcohólico que vive en el faro y controla una estación meteorológica. La otra es una mujer con fama de loca que tiene una casa en la costa norte. Aunque bien podría estar muerta. Hace mucho tiempo que nadie ha tenido noticias de ella en el pueblo…

—¿Y esa es toda la fauna humana de la isla? —le preguntó, intentando alargar la conversación.

—En circunstancias normales, sí.

—¿Qué significa eso de *circunstancias normales*? —inquirió Gabriel, tras una larga pausa.

James no contestó. Siguió conduciendo en silencio hasta una singular meseta de roca rojiza de unos cien metros. Tras cambiar de marcha con gesto adusto, ascendió velozmente por una carretera de pronunciada pendiente que les condujo a una amplia planicie desde cuya altura se dominaba toda la isla.

—Hemos llegado a nuestro destino —anunció el chófer.

Iria se masajeó la nuca y entreabrió los ojos, como si despertara de un largo sueño.

—Buenos días —bromeó Gabriel—. Bienvenida a New World.

Frente a sus ojos se desplegaba una extensa valla. A través de las rejas se podía contemplar unos grandes contenedores blancos rodeados por cubículos más pequeños de idéntico color. El contraste entre el blanco reluciente de los laboratorios y el suelo rojizo de aquel altiplano volcánico producía el efecto de estar contemplando una futurista base espacial en Marte.

—¿Qué hace esta gente aquí? —preguntó Iria súbitamente, con expresión sobresaltada.

Alarmado, Gabriel giró la cabeza hacia la ventanilla de su compañera. Lo que vio lo dejó estupefacto. Varios jóvenes de largas cabelleras, vestidos con tejanos, jerséis y chubasqueros, salían a la carrera de sus tiendas de campaña. Otros, ataviados de idéntica guisa, se encontraban ya a pie de la carretera.

Antes de que James pudiera reaccionar, una joven pelirroja de aspecto nórdico les cortó el paso enarbolando un cartel con letras de molde donde se podía leer:

EL MUNDO ESTÁ EN PELIGRO.
¡NO A LAS MULTINACIONALES DE LA MUERTE!
DETENGAMOS LOS EXPERIMENTOS GENÉTICOS.

16

El chófer esbozó una sonrisa sarcástica y bajó del coche con la barbilla erguida y una mirada intimidatoria capaz de disuadir a cualquiera. Con el abrigo negro, sus anchas espaldas y su metro noventa, parecía un guardaespaldas adiestrado para recurrir a la violencia.

Sin apresurarse, como si cada paso fuera una advertencia silenciosa, se aproximó a la joven plantada frente al Jaguar. Ella lo miró desafiante sin moverse ni un palmo.

Gabriel se dijo que aquella mujer de melena tan rojiza como el suelo volcánico de la isla parecía una fuerza de la naturaleza. Debía de medir cerca de metro ochenta y el pelo le llegaba casi hasta la cintura. Sus pechos prominentes se marcaban a través de su ceñido jersey, y sus piernas atléticas, enfundadas en unos tejanos desgastados, se apoyaban sobre unas botas de suela ancha.

James se encaró con ella y le dirigió unas palabras inaudibles para los recién llegados. La pelirroja entregó el cartel a un tipo melenudo que había acudido en su ayuda, y cerró los puños en actitud defensiva. Tres jóvenes de aspecto nórdico rodearon a la pareja mientras el resto vigilaba de cerca la escena.

—Será mejor que salga a ayudarlo —dijo Gabriel, abriendo la puerta del coche para dirigirse hacia el tumulto.

—Yo aquí no me quedo sola —afirmó Iria—. Vamos juntos a ver qué pasa.

En cuanto hubieron avanzado unos pasos, la pelirroja alzó la mano izquierda y el círculo de hombres que envolvía a James se hizo a un lado. Gabriel intuyó que aquella mujer era la líder de esa manada de jóvenes contestatarios.

Con una mirada inquisitiva lo examinó de arriba abajo. Tras exhibir una amplia sonrisa, relajó la postura de sus piernas y bajó los puños. Luego señaló los laboratorios con la palma extendida.

Estaba invitándolos a pasar.

Los ojos de James hervían de indignación, pero se contuvo y se limitó a acompañarles en silencio hasta la valla del recinto. Al llegar allí, extrajo una tarjeta electrónica y la pasó por un sensor. A continuación, se abrió lentamente una puerta metálica.

—Bienvenidos a New World —dijo con la expresión neutra del mayordomo de una mansión británica—. Ahí dentro os atenderán como es debido.

Ella lo observó desconcertada.

—¿Te vas a quedar ahí fuera?

—Tengo pendiente una conversación con esa señorita, pero no temáis... La política de nuestra empresa es extremadamente pacífica.

Una vez dentro del complejo, comprobaron que constaba de quince cubículos alineados formando un círculo, en cuyo centro se alzaba un edificio de tres plantas flanqueado por dos construcciones más bajas de estructura rectangular. Todas las edificaciones, de color blanco inmaculado, se elevaban unos treinta centímetros sobre el suelo rojizo y daban la sensación de estar flotando sobre aquel singular espacio geométrico.

Un hombre salió del módulo principal, bajando los peldaños de las escaleras con agilidad, y se aproximó a ellos. Alto, de complexión delgada y fibrosa, vestía un traje que parecía cortado a medida. El pantalón caía sin mostrar un solo pliegue hasta la altura de los talones, y los zapatos relucían como si los acabara de estrenar.

Gabriel calculó que tendría unos cuarenta y cinco años muy bien llevados. Su planta era la de un deportista y el rostro maduro no mostraba arrugas apreciables. Lucía unas pequeñas gafas doradas a juego con su pelo rubio. Sus ojos claros, de un azul acuoso, brillaban bajo la frente alta y despejada, que tenía un punto aristocrático.

—Bienvenidos. Mi nombre es Leonard y soy el director de este centro. Espero que el viaje haya sido agradable.

Su inglés era de la vieja escuela británica, con una dicción impecable. Iria le contestó con un indisimulable acento gallego.

—Todo ha ido muy bien.

Sus mejillas se ruborizaron un poco al acabar la frase.

Leonard sonrió, y su rostro blanquecino adquirió un tono rojizo.

—Lo celebro, aunque debo disculparme por el caos que habéis encontrado al llegar. La isla carece de policía y, aunque hemos presentado varias denuncias en la comisaría de Lerwick, de momento no disponen de efectivos para lidiar con esa tropa de indeseables.

Dicho esto, el director del centro se encogió de hombros, meneó la cabeza y se ofreció a acompañarles al chalet que sería su nueva vivienda.

—Son cubículos prefabricados de alta densidad para combatir el frío y el calor —prosiguió mientras se dirigían hacia la cara norte del complejo.

La temperatura rondaría los seis grados y, aunque apenas soplaba el viento, a Gabriel no le sobraba el anorak. En cambio, el director parecía perfectamente confortable sin más abrigo que su camisa y su chaqueta.

—Todas las construcciones —añadió— se elevan sobre pequeñas patas, apenas visibles, para aislarlas térmicamente de las humedades. Aunque estamos en un desierto volcánico, las lluvias son muy frecuentes.

Iria posó su mirada sobre unas placas solares que se extendían, como campos de cultivo, más allá de los chalets hacia los que se encaminaban.

—Es nuestro huerto solar de última generación. Diseñadas a imitación de los girasoles, las placas giran durante el día siguiendo el curso del sol. También contamos con un potente generador de energía geotérmica que aprovecha el calor bajo el suelo en el que nos asentamos...

—En estas islas tan ventosas, los molinos eólicos serían otra fuente de energía no contaminante —se aventuró a proponer Gabriel.

El director lo miró durante unos instantes a través de sus gafas, como si lo estuviera evaluando.

—Contemplamos esa posibilidad —concedió Leonard—, pero la descartamos para proteger las migraciones masivas de aves. Valoramos más la vida de los pájaros que nuestras necesidades energéticas... Nosotros somos mucho más ecológicos que esa banda de *hippies* que monta guardia a nuestras puertas.

—¿Hace mucho que duran las protestas? —preguntó Iria.

—Demasiado ya... Lo desconocido siempre ha dado miedo a los ignorantes. En el pasado, la alquimia se tomó por brujería. Hoy en día, la investigación genética choca con los prejuicios supersticiosos. No hay que darles mayor importancia —concluyó, subiendo los tres escalones de uno de los cubículos futuristas.

Abrió su puerta con una tarjeta electrónica.

Aquel sería su nuevo hogar.

El interior, también blanco, carecía de cualquier artificio superfluo, pero su diseño era muy práctico y funcional. Los setenta metros cuadrados incluían un amplio salón, una cocina con electrodomésticos nuevos y relucientes, un baño, un dormitorio principal y otro más pequeño.

Tras mostrarles el chalet, se ofreció a acompañarles al edificio central. De camino les explicó que allí se encontraban las oficinas administrativas, los ordenadores donde se analizaban los datos y el despacho particular de Leonard, en el piso superior.

En la planta baja, les presentó a una atractiva recepcionista, elegantemente vestida y provista de unos auriculares inalámbricos con micrófono incorporado.

—Susan os ayudará en todo lo que necesitéis. No dudéis en preguntarle cualquier cosa. Es la persona mejor informada del lugar —añadió con una sonrisa.

Acto seguido, salieron de nuevo al exterior.

—Los edificios rectangulares albergan nuestros laboratorios. Mañana tendrás tiempo para familiarizarte con ellos —dijo dirigiéndose a Iria—. Esta es la llave de entrada al de la izquierda, que es donde trabajarás —le explicó mientras le entregaba una tarjeta magnética.

Gabriel se sintió fuera de lugar, y tenía razones para ello. Él era un cuerpo extraño en aquel centro puntero de investigación.

—No puedo dar ninguna copia a quien no pertenece a nuestro equipo de investigación —señaló el director en tono impersonal, como si le hubiera leído el pensamiento—. Os espero dentro de una hora para cenar —agregó, mientras sus ojos penetrantes miraban con fijeza los de Iria.

17

Iria tomó en brazos a *Mima* y se fue a la cocina. Gabriel se quedó en el salón, examinando con la mirada lo que sería su hogar durante los próximos meses. Al cabo de poco, ella reapareció con un plato lleno de pienso y lo depositó en el suelo junto a la gatita.

—Parece que los de New World tienen de todo —dijo él con una media sonrisa—. Jugar a ser Dios es más rentable de lo que creía.

Iria le lanzó una mirada de reprobación, pero antes de que pudiera añadir ningún comentario, el zumbido de un timbre resonó dentro del chalet.

Tras un instante de vacilación, Gabriel acudió a abrir la puerta.

James saludó con un gesto de cabeza y entró con las maletas. Pese a que eran voluminosas y pesaban más de veinte kilos, las transportó con sorprendente ligereza hasta el centro del salón. Acto seguido, se retiró en silencio con expresión circunspecta.

Iria se apresuró a extraer algo de ropa y unos útiles de su equipaje.

—Voy a tomar una ducha y a arreglarme un poco para la cena.

—¿Vas a ponerte guapa para el director? —preguntó Gabriel con ironía—. Se nota que le has gustado.

—¡No digas tonterías!

Luego cerró de un portazo la puerta del baño tras de sí.

Gabriel se dijo que solo habían salido juntos un par de semanas y ya estaban discutiendo como un matrimonio mal avenido…

Repantingado en el único sofá del salón, encendió con el mando a distancia la televisión extraplana colgada en la pared y seleccionó un canal de música. La calidad del sonido y de la imagen eran extraordinarios.

Estaba claro que New World no reparaba en gastos.

¿Por qué habían decidido invertir tanto dinero en aquella isla desierta?, se preguntó mientras fijaba la mirada en el techo impoluto. ¿Y cómo había llegado a las puertas de su remoto santuario aquel grupo antisistema?

Gabriel se levantó algo inquieto y rebuscó en su maleta la ropa más adecuada para acudir a la cena. Tras revolver un buen rato, confirmó que no había traído nada apropiado para la ocasión. Finalmente se decantó por unos pantalones grises de lana y una camisa de color caqui con dos tiras abotonadas en los hombros. Como no tenía chaqueta, optó por probarse una cazadora de cuero.

Justo al acabar de enfundarse su improvisado vestuario, Iria salió del baño envuelta en una toalla que dejaba al descubierto sus bien torneadas piernas.

—Pareces un explorador de la sabana —le recriminó ella—. ¿No tienes nada más formal que ponerte?

—Pues no… —replicó, molesto—. Si hubiera sabido que asistiríamos a cenas de gala, habría traído mis trajes Armani para hacerle la competencia al director.

Iria se aproximó muy despacio hasta él y, por sorpresa, lo besó en la mejilla.

—La verdad es que estás guapísimo.

Tras sellar la paz con aquel beso, ambos se acabaron de arreglar y acudieron a la entrada del módulo central.

La atractiva recepcionista les esperaba para acompañarles hasta el comedor del subterráneo. Tras bajar en ascensor, atravesaron un pasillo de paredes inclinadas por las que caían sendas cortinas de agua sobre piedras blancas de diversos tamaños. De entre sus hendiduras surgían unas llamas vaporosas que iluminaban débilmente el trayecto.

Agua, tierra y fuego, pensó Gabriel. Los elementos que dieron inicio a la vida.

El final de aquel túnel iniciático dio paso al comedor: una estancia diáfana de un blanco resplandeciente, cuyos únicos ornamentos consistían en un cuadro de gran formato, una chimenea de negras rocas volcánicas y la mesa circular en el centro.

Allí les esperaba Leonard, el director, y otros dos hombres de unos cincuenta años elegantemente trajeados. El que se sentaba a su izquierda era calvo, de complexión gruesa y piel lechosa. El de su diestra lucía una larga melena azabache y era de tez morena.

Leonard les dio la bienvenida y procedió a realizar las presentaciones de rigor. George Black, el individuo calvo, era el director financiero de la compañía. Y Jiddu Rajid, un reputado doctor en biología de Bombay al que habían convencido de que abandonara su ciudad para dirigir los proyectos de New World.

Iria pareció muy impresionada al escuchar el nombre del indio, pero él había dejado de prestar atención a la conversación de la mesa. Estaba absorto en la contemplación del cuadro que colgaba unos metros por encima de la chimenea.

Protegido por un fino cristal, la pintura acrílica mostraba un colorido mandala formado por alas de mariposas que se entrelazaban como las hélices del ADN. Si Gabriel no se equivocaba, solo había un pintor vivo en el mundo capaz de crear algo así.

—¿Es de Damien Hirts? —preguntó de repente, dejándose llevar por la excitación ante un hallazgo tan inesperado.

—En efecto —concedió Leonard, como si no tuviera mayor importancia—. Después se dirigió de nuevo a Iria y continuaron elogiando los logros profesionales del científico indio.

Un hombre rotundo ataviado con el traje blanco característico de los chefs entró con una gran bandeja y la depositó sobre la mesa. Contenía arroz basmati con lomos de salmón decorado con cilantro picado y sésamo tostado.

—Os vendrá bien para reponer fuerzas después de un viaje tan pesado —dijo Leonard, dedicando una breve sonrisa a Iria.

Las maneras del director eran aristocráticas. Parecía acostumbrado a controlar hasta el más pequeño músculo de su cara, pero resultaba evidente que solo tenía ojos para ella. La única duda que albergaba Gabriel era si lo hacía de modo intencionado o no lo podía evitar.

Iria se había arreglado para la ocasión y estaba radiante. Una sombra rojiza resaltaba el color de sus ojos, y sus sensuales labios estaban bañados por un delicado color burdeos. Las gafas, por supuesto, se habían quedado en el chalet. Si quería ponerlo celoso, estaba teniendo éxito, pensó Gabriel.

—¿Dónde se encuentran el resto de investigadores? —preguntó Iria con su acento característico.

—La mayoría en sus chalets —respondió Leonard—, pero algunos se han ido al pub del pueblo. Necesitan desconectar tras una larga jornada de trabajo. Os aconsejo que acudáis allí otro día, cuando estéis más descansados. Ahora bien —dijo cambiando sin transición el tono de voz por otro mucho más grave—, nunca habléis en el pueblo de nada de lo que sucede aquí. Los lugareños son gente ignorante que todo lo tergiversa...

—¿Y cuándo conoceremos al resto de investigadores del centro? —insistió ella.

—Inevitablemente, os los iréis encontrando por aquí, pero me gustaría pedirte algo, Iria. No hables tampoco con ellos de los experimentos que lleves a cabo en estos laboratorios. Es una regla de la empresa que no se puede quebrantar bajo ningún concepto. Solo el doctor Rajid y yo podemos tener acceso a toda la información. El resto debe limitarse a trabajar en los proyectos estancos que tiene asignados.

—¿Y a qué viene tanto hermetismo? —inquirió Gabriel, dejando de lado la prudencia que debía guardar como invitado.

—Sería inútil explicárselo, caballero —dijo Leonard, marcando distancias—. No podría entenderlo porque carece de experiencia en investigación de élite, pero le aseguro que ninguna precaución es excesiva. Lo que se está llevando a cabo en estos laboratorios podría cambiar el destino de la humanidad.

18

Gabriel bajaba a toda velocidad por la pronunciada pendiente mientras su bicicleta cortaba el viento. Susan, la secretaria, le había aconsejado que utilizara uno de los automóviles del centro para evitar los constantes chaparrones y ventiscas que asolaban la isla de Moore. Pero lo que él ansiaba no era la seguridad de un coche, sino pedalear al aire libre, aunque el tiempo fuera imprevisible.

Tras completar la bajada, giró la cabeza para divisar en lo alto de la meseta rojiza las rejas blancas de New World.

Gabriel se congratuló de haber salido con aquella bici de montaña después de que Iria acudiera a su primer día de trabajo. Bajo el cielo encapotado, tenía la sensación de ser más rápido que el viento de cola del que se ayudaba para avanzar por aquel desierto rojizo de basalto. El tramo final de la solitaria carretera era muy recto, ideal para mantener un ritmo constante.

Sin embargo, al llegar a un cruce, aminoró la marcha y tomó el estrecho camino de la derecha para explorar un territorio distinto al recorrido en coche el día anterior. Pronto el paisaje se vio salpicado de pequeños lagos de aguas verdosas a ambos lados de la carretera. Pedalear entre aquel escenario de rara belleza era como estar atravesando un espejismo.

Invadido por una sensación de euforia, contempló cómo el sol lograba abrirse un hueco entre las compactas masas de nubes que cubrían el cielo.

Gabriel se apeó de la bicicleta, inspiró hondo, y estiró los brazos disfrutando del momento.

De repente, la paz natural de aquel silencioso lugar se vio alterada por el ruido de un motor. Una pequeña moto, tipo scooter, se acercaba en solitario por el mismo camino que había seguido él. Cuando llegó a su altura se detuvo a su lado, frenando en seco.

Su sorpresa fue mayúscula cuando el conductor se apeó del ciclomotor y se sacó el casco. Frente a él se alzaba la misma pelirroja que había cortado el paso al Jaguar blandiendo una pancarta en mitad de la calzada.

Le resultó aún más impactante que el día anterior. Vestida con botas altas, pantalones negros ajustados y su melena rojiza cayendo por detrás de la cazadora de cuero, parecía una versión moderna de las legendarias valkirias nórdicas.

—No tienes pinta de rata de laboratorio —dijo repasándolo con la mirada, como si estuviera sometiéndolo a una radiografía.

—No soy científico —se limitó a responder.

—De eso estaba segura… Los tengo muy estudiados. Créeme, lo que no consigo imaginar es qué hace un tipo como tú en esta isla perdida de la mano de Dios.

—He venido como acompañante de una amiga. Yo solía trabajar como periodista, pero ahora no tengo nada mejor que hacer…

—¡Periodista! —exclamó con un peculiar brillo en los ojos—. Entonces me gustaría explicarte unas cuantas cosas. ¿Qué te parece si nos sentamos allí?

Sin esperar respuesta, se dirigió hacia unas piedras redondas próximas a un pequeño lago al borde de la carretera. Con su casi metro ochenta de altura, cuerpo atlético y pechos de volúmenes rotundos, no debía de estar acostumbrada a que los hombres se hicieran de rogar.

Gabriel la siguió y se sentó junto a ella en una de las piedras frente al lago.

—Soy todo oídos.

—No sé si sabes que New World es la filial de una de las multinacionales más importantes del mundo —reveló ella, escrutándolo con la mirada.

Gabriel, a su vez, examinó a la pelirroja. Aunque actuaba como una líder acostumbrada a mandar, parecía muy joven. Tendría poco más de veinticinco años. La cara era pecosa, de rasgos fuertes y femeninos a un tiempo. La nariz recta, de perfil griego, marcaba la impronta de su personalidad. Sus ojos almendrados tenían una profundidad hipnótica, y sus labios eran carnosos y gruesos.

Decidió ser prudente y no revelarle lo poco que sabía sobre New World. Aun a riesgo de quedar como un bobo, prefería esperar a que fuera ella quien enseñara sus cartas primero.

—No tenía ni idea —mintió él, frunciendo el ceño.

—No es fácil indagar en esa organización. Son unos expertos en el arte del disimulo y gastan millones en pasar desapercibidos. Durante mi estancia en América, este verano, comprobé que tienen mucho que ocultar...

—¿Qué tratas de explicarme? Preferiría que fueras al grano.

—Lo descubrí por casualidad... mientras visitaba la granja de unos apicultores californianos. Allí me enteré de que sus abejas estaban desapareciendo, y no eran los únicos afectados. ¿Sabes que el número de colmenas en Estados Unidos ha descendido a la mitad en los últimos años? Es un hecho gravísimo, porque la mayor parte de los cultivos en el mundo necesitan ser polinizados por abejas.

—Curiosamente, escribí sobre el colapso de las colonias antes de venir aquí. Me interesa mucho lo que dices sobre esos apicultores californianos. ¿Qué opinan ellos sobre lo que está pasando?

—Han observado que al llegar el invierno las abejas se refugian en sus colmenas con el cuerpo impregnado de los pesticidas que se arrojan en los campos agrícolas vecinos. Aunque no son científicos, creen que esos productos tóxicos les debilitan el sistema inmunitario y los circuitos de memoria, hasta el punto que al llegar los primeros rayos primaverales muchas salen desorientadas, no encuentran el camino a casa y mueren sin haberlo logrado.

—Algo muy parecido opina mi amiga, que sí es científica, pero no veo la relación con New World...

—Pues es directísima. Su matriz fabrica pesticidas que se emplean masivamente tanto en Estados Unidos como en el Reino Unido. No es casualidad que ambos países encabecen el ranquin mundial de mortandad entre las abejas. Sus variedades silvestres ya son especies en peligro de extinción.

Gabriel meneó la cabeza, dubitativo, y optó por hacer de abogado del diablo.

—Por lo que sé, New World investiga métodos para combatir plagas mediante modificaciones genéticas, lo que encajaría con buscar alternativas para que los agricultores pudieran cultivar sin recurrir a insecticidas...

Ella se cruzó de piernas y se rió burlona, exhibiendo unos dientes magníficos.

—La primera vez que te vi me gustaste porque eres clavadito al Harrison Ford de «La guerra de las galaxias». Pero has salido un poco inocentón para ser periodista...

—Si no recuerdo mal, has sido tú quien ha insistido en explicarme algunas cosas, y no al revés... —le replicó molesto.

Ella asintió divertida.

—Y todavía quiero hacerlo, te lo aseguro... Pero me gustaría obtener algo a cambio.

—¿Lo que buscas es publicidad para tus protestas? Antes de nada, debes saber que no trabajo en ningún medio. Estoy en el paro y he venido hasta aquí porque ni siquiera podía pagarme un alquiler.

La pelirroja le lanzó una mirada penetrante y guardó silencio. Gabriel elevó su vista hacia el cielo. Las nubes lo habían tapado por completo y las renovadas ráfagas de aire llevaban consigo el olor a tormenta.

—Eso sí, aún conservo algunos contactos en los medios de comunicación españoles. Si la información que me proporcionas es novedosa, tal vez publiquen un artículo al respecto, o incluso un reportaje. La única pega es que, por mi situación como invitado en New World, el texto no podría llevar mi nombre. Te propongo una cosa. Si damos con algo potente de verdad, tú lo firmas y yo lo escribo.

—Trato hecho… a condición de que el dinero que paguen sea para ti —dijo ella tendiéndole la mano.

Él se la estrechó con fuerza.

—Si me acompañas a mi barco —añadió muy risueña—, te enseñaré algo que te va a interesar… Está anclado a solo un par de millas de aquí. ¿Quieres ir de paquete o crees que podrás seguirme el ritmo?

19

La pequeña moto lo protegía del viento y le permitía seguir pedaleando a rebufo. Casi sin pensar, Gabriel se lanzó cuesta abajo hasta alcanzar una velocidad que empezaba a ser peligrosa dado el precario estado de la carretera, repleta de socavones. La pelirroja aminoró la marcha y señaló con su brazo a la derecha.

Del fondo de la tierra emergían bolsas de vapor humeante. Dedujo que debía de ser una zona de aguas termales. El tono del suelo era anaranjado, quizás por el efecto de los negros nubarrones que cada vez se cernían más bajos. Al fondo, se divisaban los acantilados recortados sobre una bruma grisácea. Aquel era un paisaje de fin del mundo...

Sin previo aviso, estalló una tormenta colosal que descargó sobre sus cabezas un chaparrón tan denso que era imposible ver más allá de medio metro.

—Será mejor que continuemos a pie —propuso la pelirroja, dejando su moto a un lado del camino.

Gabriel la imitó y depositó su bici junto a la motocicleta. En aquel remoto paraje al menos no tenía que preocuparse de echarle el candado. A continuación, prosiguieron andando en silencio hacia los acantilados mientras la lluvia les calaba hasta los huesos.

Inopinadamente, cuando ya casi habían alcanzado el final de la tierra firme, la lluvia dejó de caer. Unos rayos de sol se filtraron entre las nubes mientras un brillante arco iris se dibujaba sobre el mar de azul cobalto.

—Esto es lo que me encanta de esta isla —dijo ella con una expresión de exultante felicidad—: Que nunca sabes lo que sucederá en el minuto siguiente.

Bajo sus pies, los acantilados formaban una uve muy alargada, como una extensa lengua que se adentraba en el océano desde una pequeña playa rocosa. Un vetusto velero de unos doce metros de eslora se balanceaba perezoso sobre las aguas de aquel inmejorable puerto natural. Parecía un modelo anticuado necesitado de un par de capas de pintura, pero parecía capaz de navegar por los mares salvajes que separaban Noruega de las Shetland.

Gabriel sintió que el estómago se le revolvía solo con pensar en otra travesía marítima por aquellas aguas tan turbulentas.

La chica le propuso bajar hasta el barco. Parecía imposible descender por aquel terreno tan accidentado, pero unos escalones naturales de piedra irregular dieron paso a un sendero pedregoso. Al final del mismo, una escalera de hierro oxidada les ayudó a completar el último tramo hasta la playa.

—Ahora viene lo más divertido —dijo ella, mientras su mano libre saludaba en dirección al velero.

Al cabo de poco, una pequeña lancha neumática conducida por un joven de largos cabellos partió del barco y atracó en la playa.

—Si quieres, puedes dejar la ropa en la zodiac y nadar conmigo hasta el barco —propuso la pelirroja.

Él sacudió la cabeza con sorpresa.

—Los manantiales termales de esta zona —explicó ella— mezclan sus aguas con las del mar en esta misma orilla. Por eso aquí está por encima de los veinte grados.

A continuación, se quitó las prendas de vestir y las arrojó a la zodiac con un deje provocador. Debajo llevaba un biquini rojo de licra que se adhería a su cuerpo de tal manera que le resultó inevitable imaginarla desnuda. Sus pechos turgentes parecían pugnar por liberarse de las tiras laterales que los sostenían. El vientre plano, con los abdominales marcados, enlazaba con sus piernas, largas, atléticas y fibrosas.

Cuando se giró para encarar el océano, la parte inferior de su minúsculo biquini mostró unas nalgas de firmes volúmenes. Ella sabía de sobra el efecto que producía en los hombres, pensó Gabriel. Sin decir una palabra más, se tiró de cabeza al mar y comenzó a nadar con brío.

Gabriel montó en la zodiac con el melenudo, y se limitaron a seguirla en silencio.

Al llegar al barco, el joven le mostró una escalerilla de cuerda que se bamboleaba al compás de la corriente. Mientras trepaba por la escala que ascendía hasta la cubierta, su acompañante se despidió alzando el dedo pulgar y le comunicó por señas que volvía a la playa con la lancha.

Cuando Gabriel subió a bordo, la pelirroja lo esperaba envuelta en una gran toalla granate.

—Te has perdido un baño fabuloso, pero imagino que al menos querrás secarte un poco.

Ambos bajaron por las escaleras de la escotilla. Olían a humedad, a madera gastada y a sal.

El interior estaba casi en penumbra; ella le guió sin vacilar hasta un pequeño cuarto, desprovisto de cualquier lujo pero limpio y con un camastro empotrado entre sus paredes.

—Puedes secarte aquí, mientras yo preparo algo arriba para que entremos en calor —dijo antes de cerrar la puerta.

Sobre la cama había un albornoz, dos perchas y una toalla.

Cuando subió de nuevo a cubierta, la puerta de la cabina principal estaba entreabierta. Gabriel la empujó y se encontró a la activista sentada en un sofá desgastado, con una copa en la mano, y enfundada en un albornoz blanco de algodón idéntico al suyo.

Lo invitó a sentarse a su lado y luego le ofreció un vaso con dos dedos de líquido dorado.

Gabriel aspiró su aroma. Era whisky de malta.

Ella sonrió.

—Te irá bien para entrar en calor. Ya no quedan hombres tan inocentes como tú. No entiendo cómo puedes creer que a New World le interese eliminar las plagas que atacan a los cultivos mediante ingeniería genética.

—Porque así se podrán obtener las cosechas sin necesidad de emplear insecticidas altamente tóxicos.

—¿Para que su matriz deje de venderlos y pierda miles de millones? ¡No me hagas reír! La multinacional que controla New World se está haciendo de oro gracias a un negocio redondo: semillas transgénicas diseñadas para ser estériles y obligar a los agricultores a comprárselas a ellos año tras año, junto a sus pesticidas, en un *pack* indisoluble. Cualquier campesino te explicará que se ven obligados a gastar gran parte de su presupuesto en herbicidas. Así que no creo que vayan a abandonar ese negocio...

—Nadie quiere perder dinero, pero debemos reconocer que New World y el resto de empresas biotecnológicas ya han sacado al mercado semillas modificadas genéticamente para ser más resistentes a las plagas —dijo Gabriel, poniéndola a prueba—. Algunas incluso están programadas para fabricar sus propios insecticidas.

—Sus semillas están diseñadas para resistir todo lo que se les ponga por delante. Son inmunes a pesticidas tan tóxicos que no solo acaban con los insectos, sino hasta con la fauna microbiana que fertiliza el suelo. Por eso los agricultores también terminan por comprarles grandes cantidades de abonos que ayuden a mantener el rendimiento de sus campos. Pero hay otra razón para fabricar semillas transgénicas prácticamente indestructibles...

Ella hizo una pausa y bebió un trago de su copa. Sus mejillas resplandecieron con un brillo rojizo al cruzarse de piernas y dejarlas expuestas a la vista. Gabriel tragó saliva y tomó un sorbo corto de su vaso.

Era el mejor malta que había probado en su vida. Suave, con un toque equilibrado de cerezas y un final cálido ligeramente picante. Para ser una rebelde, tenía unos gustos muy refinados... Había algo que no encajaba, se dijo, pero empezaba a entender que una tropa de chicos nórdicos la siguiera al fin del mundo.

—Sus semillas transgénicas —prosiguió ella— han sido creadas como especies invasoras. Basta con que sople el viento para que los campos vecinos resulten contaminados con los genes de la especie modificada. Y como la multinacional que domina New World considera que todas las plantas le pertenecen desde el momento en que contienen un gen patentado, los campesinos se ven obligados a pagarles royalties para evitarse costosos juicios en los que llevarían las de perder…

—Ese es el modus operandi de los fabricantes de semillas transgénicas desde hace años y todo el mundo lo sabe. Pero si os habéis trasladado a esta isla remota para detener los experimentos de New World es porque sospecháis de algo mucho peor que esos transgénicos. ¿No es así?

Ella asintió con la cabeza y declaró:

—Una amenaza muy diferente que podría cambiar nuestro mundo de forma radical. Por eso queremos detenerles.

—Veamos entonces lo que me querías enseñar en el barco.

La pelirroja bebió otro trago de su copa. Después, se levantó y lo miró fijamente mientras se despojaba de su albornoz.

—¿Te gusta lo que ves? —preguntó con una sonrisa maliciosa.

—No he visto nada más espectacular en mi vida, pero tengo pareja —respondió Gabriel.

—Salvo contadas excepciones, no soy partidaria de las relaciones monógamas. Creo que perjudican seriamente la salud mental. Además, puedes estar tranquilo. Aquí solo estamos tú y yo.

La tentación era casi irresistible, pero sabía que si claudicaba la relación con Iria moriría.

—Tal vez otro día —acertó a decir.

—Tal vez no haya otro día —rió ella.

20

Todavía no eran las siete de la tarde cuando cenaron en la pequeña mesa pentagonal de madera que ocupaba el centro de la cocina. Orientada hacia la ventana, les permitía contemplar el reflejo de la luna llena sobre la desértica llanura rojiza sin tener que preocuparse de vecinos indiscretos gracias a su posición en el extremo más septentrional del círculo de chalets.

La temperatura interior era muy agradable. El calor ascendía uniformemente desde el suelo y les brindaba la oportunidad de andar descalzos por aquella vivienda futurista. New World se esforzaba para que la estancia de sus huéspedes fuera lo más placentera posible, pero Iria no estaba relajada en absoluto.

—¿Puedes repetirme otra vez cómo empezaste a hablar con esa pelirroja?

—Ya te lo he explicado —dijo Gabriel, con gesto cansado—. Me bajé de la bici para admirar el paisaje y apareció ella conduciendo una moto.

—Pero antes te habías separado de la carretera principal, tomando el desvío por el camino que conduce hacia los acantilados del oeste… —observó frunciendo el ceño.

Él se limitó a encogerse de hombros.

—Eso no puede ser casualidad, Gabriel. Esa estúpida te estaba siguiendo…

—Es posible, pero no seguro. La isla es pequeña y no es tan raro que ella fuera hacia el velero que tienen anclado en una cala de aquella costa.

Los ojos de Iria se abrieron desmesuradamente en un gesto de sorpresa.

—¿Y cómo sabes eso?

—Me invitó a acompañarla a su barco para darme información.

—¿Y aceptaste? —lo interrumpió, fulminándolo con la mirada.

—Me pareció que podía ser interesante…

Iria se levantó de la mesa y comenzó a andar por la cocina, inspirando hondo y resoplando con fuerza, como si le costara respirar.

—No me puedo creer que aceptaras… —dijo al fin.

Gabriel comprendió que llevaba las de perder en un duelo de recriminaciones. Debía alejarse cuanto antes de aquel terreno pantanoso y para ello recurrió a una polémica que no dejaría indiferente a Iria.

—Me aseguró que New World lleva a cabo experimentos prohibidos con animales y plantas modificadas genéticamente. Pensé que en el barco me mostraría las pruebas.

—¿Y la creíste?

Seguía enfadada, pero Gabriel confiaba en que sus argumentos tendrían el suficiente peso para hacer mella en su ánimo.

—Era una posibilidad que merecía ser investigada. Al fin y al cabo soy periodista… Además, las explicaciones tan herméticas de Leonard durante la cena de ayer me parecieron de lo más sospechosas. Por eso pensé que no perdía nada por comprobar qué tenía que mostrarme.

Ella se pasó las manos por las sienes y volvió a sentarse. Durante un rato se mantuvo en silencio, con el único sonido de los dedos de Iria tamborileando sobre la mesa.

—A mí también me sorprendió el secretismo que rodea esta base —dijo algo más relajada—. Hasta ahora siempre he trabajado en equipo para la universidad. Pero esto es una empresa privada que invierte una fortuna en investigaciones que rozan la ciencia ficción. Necesita seguir unos protocolos de seguridad muy estrictos. —Lo midió con la mirada, como si sopesara hasta dónde podía hablar—. Yo misma… —reveló bajando la voz— estoy involucrada en un proyecto revolucionario: conseguir una mutación en las abejas que las inmunice contra ciertos pesticidas. Un hito que no sería posible alcanzar si New World no pusiera muchos millones al servicio de un sueño que yo misma esbocé en mi tesis doctoral. Por eso, me parece razonable no poder comentar ningún detalle al respecto con mis compañeros. Cualquier fuga de información podría poner en riesgo la futura patente, si es que finalmente conseguimos algo que muchos consideran una quimera…

Gabriel se reservó su opinión sobre aquel modelo de negocio consistente en apropiarse de los códigos genéticos de seres vivos. Sin embargo, existía otra objeción que sí debía abordar.

—Si multinacionales sin escrúpulos no fabricaran pesticidas para fumigar los campos de cultivo con venenos capaces de acabar con todo bicho viviente, a excepción de sus queridas plantas transgénicas, tampoco haría falta que sus filiales estudiaran cómo mutar a las abejas. Que, dicho sea de paso, han logrado sobrevivir unos cuantos cientos de miles de años sin su ayuda.

—Deja de teorizar sobre lo que no entiendes y pasemos a temas concretos —propuso Iria, llevándose las manos a la cintura—. ¿Qué diablos es lo que te quería enseñar esa activista en su yate privado?

Los ojos azules de Iria centellearon desafiantes, y Gabriel se felicitó de no haber sucumbido a la tentación. Su conciencia estaba tranquila. Sin embargo, no pensaba revelarle todo lo que había sucedido en el barco. Tampoco creía que fuera buena idea explicarle ciertas cosas que la pelirroja le había contado sobre New World y su matriz dominante hasta que no obtuviera pruebas concluyentes.

El sonido del timbre de la puerta resonó de pronto, dando una pausa a la discusión. Ambos se encaminaron hacia la entrada sin cruzar palabra. En cuanto traspasaron el umbral de la cocina, el salón se iluminó. Un sensor encendía automáticamente las luces de cada estancia al detectar movimiento.

Al abrir la puerta, Gabriel descubrió el rostro aristocrático de Leonard, que saludaba con una imperceptible inclinación de cabeza. Vestía tejanos, un elegante jersey burdeos y un fular de seda estampado.

—Espero no molestar —dijo a modo de disculpa—, pero si no tenéis inconveniente, me gustaría tener una reunión privada con Iria en mi despacho.

Gabriel se disponía a replicarle, cuando un puntapié en el tobillo lo detuvo.

—No hay problema. Todavía no habíamos empezado a cenar —afirmó ella.

Tras tomar un abrigo a la carrera, se despidió con una sonrisa de satisfacción dibujada en el rostro.

Si aquella era su venganza por lo de la pelirroja, le iba a salir el tiro por la culata, pensó Gabriel. O, al menos, eso es lo que deseaba creer.

Entró hecho una furia en el dormitorio y tardó un par de minutos en prepararse la bolsa de deporte. Luego se dirigió al gimnasio del edificio principal. Se le había quitado el hambre y un poco de ejercicio le sentaría bien.

Susan lo guió muy atenta a través del subterráneo de la planta baja.

El gimnasio era más bien pequeño, pero estaba inmaculado y perfectamente equipado. Cuatro bicicletas estáticas y un par de cintas para correr, frente a pantallas extraplanas sintonizadas al canal musical de MTV, compartían espacio con diversas máquinas de última generación… Como siempre, New World había cuidado con mimo todos los aspectos materiales.

El gimnasio estaba vacío a excepción de un joven barbudo con gafas de culo de botella que corría torpemente sobre una de las cintas. Gabriel decidió empezar su rutina calentando un poco las piernas.

Se subió a la cinta deslizante situada al lado y empezó a correr de forma suave. Justo cuando subió el ritmo, el barbudo aminoró el suyo y apagó su máquina de cardio con expresión fatigada. Tras secarse el sudor con una toalla, se dirigió a él con la voz entrecortada.

—Estoy harto de esta jaula. ¿Qué te parece si bajamos al pub del pueblo? Por cierto, me llamo George.

—No soy de los vuestros —respondió Gabriel con tono seco.

—¿No trabajas en estos laboratorios? —inquirió perplejo.

—Estoy solo de visita. Soy periodista.

—¡Eso sí que es una buena noticia! —replicó el otro exhibiendo una sonrisa—. Voy a mostrarte algo que te va a sorprender.

21

El coche de George aparcó frente a The Devil's Anchor. Un desgastado portón de madera dio paso a un lóbrego interior repleto de viejos artilugios de pesca colgados en sus paredes: cañas castigadas por el paso del tiempo, arpones con forma de lanza, redes enmarañadas y anzuelos oxidados de gran tamaño competían con centenarios objetos de navegación: catalejos, brújulas, sextantes, timones, agujas de bitácora.

Todos ellos pertenecían a un siglo pasado, como los habitantes de la isla retratados en las fotos color sepia enmarcadas en sus muros. Sus caras adustas, ajadas y hostiles hablaban de un mundo ancestral que todavía seguía vivo en aquella taberna.

El rostro arrugado del hombre que se apostaba tras la barra era fiel testimonio de ello. Tendría unos setenta años, y una mirada azul que helaba por dentro. Gabriel y el científico le pidieron un par de pintas. El viejo lobo de mar se las sirvió, depositándolas sobre el mostrador con un golpe brusco.

Las pintas quedaron plantadas sobre un charco de cerveza, pero ninguno de los tres dijo nada. George sacó un billete de su cartera y pagó la ronda. El hombre de rostro ajado le devolvió el cambio sin articular palabra.

—No se puede decir que el barman de este local sea demasiado locuaz —comentó Gabriel mientras tomaban asiento.

—A los lugareños no les gusta hablar con nosotros —dijo George bajando la voz—. Creo que odian todo lo que tiene que ver con New World.

Gabriel barrió el local con la mirada. A su izquierda, cuatro hombres entrados en años jugaban a naipes sobre una mesa bien surtida de jarras de cerveza. Más al fondo, tres jovenzuelos echaban una partida de billar, envueltos por el humo denso de la chimenea que se elevaba sobre las brasas de una masa negruzca de textura terrosa.

De repente, una ráfaga de frío delató que alguien había entrado en el bar.

Un hombre corpulento de unos cincuenta años, de largas barbas y melena pelirroja, se encaminaba a la mesa donde se encontraban. Todas las miradas de los lugareños convergieron hacia ellos.

—Es el párroco del lugar —susurró George.

—Jamás lo hubiera dicho. En mi país suelen vestir hábitos negros.

—Los sacerdotes protestantes no tienen costumbre de hacerlo en estas islas. Es un tipo muy peculiar, pronto lo comprobarás…

Con ademanes de guerrero vikingo, el párroco saludó a la mesa de los mayores alzando una mano. Luego intercambió un gesto significativo con Arthur y se aproximó hacia ellos con paso decidido.

—Soy el reverendo Tom Baker —se presentó, sentándose a su mesa.

—Mi nombre es Gabriel Blanch.

—Entonces, eres el periodista.

—¿Cómo lo sabe? —preguntó con asombro—. ¿Quién le ha hablado de mí?

—En una isla tan pequeña como esta, todo se acaba sabiendo.

Arthur compareció en la mesa con cara de pocos amigos, y depositó sobre ella una jarra de cerveza negra sin una gota de espuma. El párroco la cogió por el asa y bebió un trago largo.

—La cerveza tibia de la casa es mi favorita —dijo con satisfacción—. El nombre literal de esta taberna es *el ancla del diablo*, pero en nuestro dialecto también significa «el faro del diablo». ¿Sabéis por qué? Porque es necesario iluminar el rostro del diablo para poder reconocerlo…

—En ese caso, no estaría de más comprar algunas bombillas de refuerzo, porque con esta penumbra... —dijo Gabriel exhibiendo una sonrisa socarrona.

—¿También estás a sueldo de New World?

—En absoluto. Estoy aquí solo de paso.

—Mejor así. No le tenemos simpatía a New World, pero nuestra comunidad es muy hospitalaria con los visitantes.

—¿Forman parte de la comunidad el físico del faro y la mujer que vive en la costa norte? —preguntó al vuelo, recordando las explicaciones de James sobre sus habitantes.

—Él no forma parte de la isla. Es irlandés...

—¿Y ella? —inquirió Gabriel.

Los ojos del cura se perdieron en el humo de turba que desprendía la chimenea. Por primera vez aquel hombretón de fiero aspecto pareció vacilar. Después, bebió un sorbo de cerveza y recuperó el aplomo.

—El Sabbat siempre ha sido nuestro día sagrado —dijo lentamente, como si estuviera evocando recuerdos lejanos—. Por eso se enciende un fuego en todos los hogares que debe apagarse justo antes de la medianoche. Todos los miembros de la familia deben estar siempre presentes en casa mientras se extinguen las últimas ascuas... Ella fue la primera en no respetar la tradición. Y lo peor es que persuadió a un amigo de su edad para que la acompañara en su desafío. Siempre ha traído problemas esa pecadora. Por eso me alegré cuando se largó de esta isla hace muchos años...

A Gabriel le pareció descubrir nuevas arrugas surcando el rostro sombrío de aquel hombre.

—He oído decir que podría estar muerta.

—¡Mala hierba nunca muere! —exclamó, posando nuevamente la mirada sobre las llamas de la chimenea.

—Entonces, ¿vive?

El párroco meneó la cabeza con gesto apesadumbrado. Después, sorbió un trago de su pinta antes de explicar:

—Natalie volvió y con ella regresaron los problemas. La belleza trae a veces su propia maldición... —susurró en voz baja—. Poco después de su llegada, New World empezó a edificar un complejo en mitad de la isla. Ninguno de nosotros quisimos trabajar para ellos y tuvieron que recurrir a gente de fuera, pero acabaron construyendo ese laboratorio de Satán. Ahora, si me disculpáis... —concluyó levantándose de la mesa.

Acto seguido, se dirigió con paso lento hacia el grupo de hombres que jugaba a las cartas.

—¿A que jamás habías visto un sitio semejante? —George sonrió irónicamente mientras se pasaba la mano por la frente—. Una vez que conozcas a fondo este poblacho podrás hacer un gran reportaje. Pero cuando lo publiques, te aconsejo que ya no estés por aquí.

Gabriel dio un nuevo sorbo a su pinta. Aquella isla parecía plagada de misterios y la mujer que había mencionado el cura podía tener algunas claves para desentrañarlos.

—¿Conoces a esa tal Natalie?

—No sé nada sobre ella, excepto que vive en la costa norte, pero si te interesa puedes preguntar al físico estrafalario que controla el faro... Son las dos únicas personas que residen en aquella zona remota de la isla.

—¿Cuándo crees que podría visitarlo? —inquirió, sin disimular su interés.

—Ahora mismo. Es un tipo huraño, pero si le llevamos una botella de malta, nos recibirá encantado. ¿Qué te parece el plan?

Gabriel pensó que si Iria podía dejarlo plantado para irse a cenar con su flamante jefe, él también podía irse a tomar unas copas al faro.

—Me parece una idea excelente.

—Pues prepárate para conocer a alguien muy singular...

22

La estrecha y sinuosa carretera producía vértigo incluso de noche. La luna se había ocultado tras las nubes, pero la luz intermitente del faro permitía ver los escarpados acantilados que descendían en picado hasta el mar negro agitado por las olas.

—Colum es un físico que lleva años trabajando en la estación meteorológica construida al lado del faro —explicó George—. Es un irlandés solitario que vive en la planta baja como un ermitaño en su cueva. Bueno, sería más correcto decir que viviría como un ermitaño si no estuviera enganchado al alcohol...

George redujo otra marcha para encarar una curva cerrada. La aguja fosforescente del salpicadero marcaba quince millas por hora. El firme del trazado presentaba socavones, y se hacía necesario conducir con lentitud.

—Si me condenaran a cumplir varios años trabajando en esta isla, creo que también me volvería alcohólico —dijo Gabriel.

George asintió con la cabeza.

—Desde que se divorció y su única hija se metió en una secta, ya no quiere saber nada del mundo. Solo de temperaturas, tormentas, y whiskies que lo ayuden a olvidar.

Una larga recta les permitió ver el promontorio sobre el que se erigía el faro. George pisó el embrague, cambió a una marcha más larga, y pronto llegaron al final de aquella lengua rocosa que se adentraba en el océano, como si quisiera explorar sus misterios. El faro rojo proyectaba su luz en el mar. Un edificio bajo y rectangular, completamente a oscuras, descansaba a su lado.

El biólogo pulsó varias veces el timbre del faro, pero nadie bajó a abrirles. Tras vociferar su nombre, una cabeza asomó por la puerta.

Rondaría los cincuenta y pocos años. De baja estatura, tenía cejas pelirrojas y la cabeza rasurada. Su cutis picado acrecentaba su cara de malas pulgas. Al ver la botella de malta, la expresión de su rostro se dulcificó enseguida y los invitó a entrar.

Subieron en silencio unas empinadas escaleras de caracol, que daban paso a un pequeño habitáculo. Desde allí, prosiguieron su ascenso por una escala de mano y, tras abrir una trampilla en el techo, accedieron a un recinto circular completamente acristalado.

—Bienvenidos a mi santuario —anunció Colum—. Como podéis ver, mi lámpara mágica brilla más que la de Aladino. Pero aunque la frote cada mañana, no hay manera de que aparezcan genios; ni siquiera un maldito duende…

La *lámpara* era una torreta metálica que ocupaba el centro de la estancia. Se elevaba hasta la cúpula y albergaba en su interior unas lentes semejantes a los ojos de buey marinos para amplificar la luz de sus bombillas. Media docena de cervezas se apilaban bajo una silla de madera.

Colum y George bajaron de nuevo por la trampilla y regresaron cargados con dos sillas plegables y unos vasos de cristal. Gabriel ya había abierto la botella de malta y le sirvió una copa al irlandés.

—Mi amigo es de Barcelona —dijo George—. Está aquí de visita, pero habla un inglés excelente.

—Así podremos entendernos —les espetó Colum antes de dar un sorbo a su whisky—. Los tipos de esta isla se creen descendientes de los vikingos y con derecho a hablar un inglés incomprensible. En fin, ¿qué se puede esperar de un pueblo en el que su única calle se llama Saint Olaf?… Solo salvaría al párroco. Es el más culto y, cuando quiere, es capaz de hablar con corrección. Pero para lo que tiene que decir…

Colum miró el fondo de su vaso con gesto hosco y bebió otro trago.

—Los he probado mejores.

—Pues el viejo Arthur me ha vendido la botella por una fortuna —protestó George—. Ya sabes cómo las gastan en The Devil's Anchor.

Gabriel bebió un sorbo y notó cómo el calor del malta reconfortaba su cuerpo. Aunque no atesoraba el aroma ni el cuerpo del que había probado en el barco de la pelirroja, era mucho mejor que los que solía tomar en los bares del Raval.

—The Devil's Anchor —repitió el irlandés con una sonrisa ácida—. Menuda taberna de mala muerte… Todos los habitantes de este pueblo merecen cocerse a fuego lento en el infierno.

El científico se mesó las barbas mientras le dirigía una mirada cómplice.

—Mi amigo Gabriel es periodista y está muy interesado en conocer sus costumbres…

—En tal caso, quizás le gustaría ver cómo los nativos de la isla masacran las crías de los alcatraces. En los días claros, se puede ver desde aquí un islote. Cien metros de altos acantilados donde esos pajarracos anidan por millares durante las migraciones. Desde tiempos inmemoriales regresan para poner sus huevos en ese lugar casi inaccesible. Pero los bárbaros de Moore, siguiendo otra centenaria costumbre, se hacen a la mar en sus barcas, invaden el refugio de las aves y estrangulan a las crías entre los quejidos desgarradores de los alcatraces adultos que vuelan a su alrededor.

Gabriel meneó la cabeza perplejo.

—¿Quieres decir que las estrangulan con sus propias manos?

—Bueno, sería más exacto decir que eso hacían hasta hace unos meses. Pero sí: las masacraban con la sola ayuda de sogas y palos. Es una tradición que se remonta a la época en que los vikingos conquistaron estas islas. De eso hace unos cuantos siglos, y entonces se mataba lo que fuera para sobrevivir. Pero en pleno siglo veintiuno los habitantes de Moore ya no pasan hambre.

El irlandés apuró su vaso y miró al vasto mar negro que se extendía frente a ellos. Las nubes se habían abierto un tanto y era posible divisar el contorno de lo que parecía una roca lejana apenas iluminado por la luna.

—Un buen día me harté —prosiguió, doblando sus labios con disgusto—. Cogí mi cámara de alta resolución y me acerqué hasta *la roca* con una lancha para hacer una serie de fotografías, a cuál más espantosa. Después, contacté con una asociación en defensa de los animales y logramos que se publicaran en la prensa. Se armó tal revuelo que el Gobierno prohibió su caza unas semanas después.

—A veces los periodistas servimos para algo —apuntó Gabriel con una sonrisa.

—En efecto —asintió Colum, tras servirse una segunda copa—. Pero a raíz de eso me convertí en la persona más odiada de la isla. No sé si lo sabes, pero consideran que la carne tierna de cría de alcatraz tiene un sabor exquisito. Vamos, que era una delicatesen para gurmés refinados como ellos. Que se jodan.

—Quizás haya almas sensibles que te lo agradezcan…

—No en esta isla. Son una comunidad tan cerrada que no existe más que una sola opinión sobre cada cosa.

Gabriel vio ahí la oportunidad de sacar a colación el misterio que tanto lo había intrigado en el pub.

—¿Y que hay acerca de esa mujer solitaria que vive por esta zona de la isla?

Colum resopló y se acarició la cabeza calva, como si todavía conservara su pelo. A continuación, se sirvió otra copa y tomó un trago largo antes de responder.

—Ella es tan especial que se puede decir que no pertenece a esta isla, aunque viva en ella —afirmó tajante.

Después, se quedó contemplando el mar y guardó un prolongado silencio.

—El párroco le tiene mucha simpatía… —dijo Gabriel con ironía.

El irlandés se rió con socarronería, pero en el rictus de sus labios se adivinaba un poso amargo.

—A veces los curas son los peores pecadores —susurró.

Tras dejar su vaso en el suelo, Colum se incorporó pesadamente de la silla y se dirigió a la pared acristalada del faro. Unas luces intermitentes parpadeaban en el mar.

—Es la policía —informó con voz grave—. Hace meses que no se acercan por aquí. ¿Qué demonios buscarán a estas horas esos pájaros de mal agüero?

23

—¡En fin, bebamos otra ronda! —propuso el farero con entusiasmo, sirviéndose un nuevo vaso de malta—. Solo el genio irlandés pudo inventar un producto como el whisky.

—Creía que era un invento escocés —dijo Gabriel.

—¡Pues no! Fuimos nosotros quienes empezamos a transformar la malta fermentada en aguardiente de cereales —protestó Colum, lanzándole una mirada recriminatoria—. *Uisce beathadh*, la llamaron los monjes que evangelizaron nuestra isla, que en gaélico significa «agua de vida»: porque era casi capaz de resucitar a los muertos, además de ser el único antídoto conocido entonces contra la tristeza. Y todavía hoy, quince siglos más tarde, lo sigue siendo…

El irlandés resopló y dio un trago largo a su vaso antes de proseguir:

—Los palurdos escoceses —siguió en tono irritado— descubrieron los milagrosos efectos del whisky en una correría militar por nuestras tierras allá por el siglo doce. Desde entonces, se han limitado a imitarnos, sin igualarnos jamás… Hasta mil novecientos veinte acaparábamos el mercado de Estados Unidos, pero la ley seca nos hundió al prohibir nuestras exportaciones. Y después…

Llevado de los efluvios del malta, el irlandés se sumergió en una bruma de confusas divagaciones sobre el whisky y la historia de su país.

Gabriel decidió esperar a la siguiente ronda para volver a abordar el tema que a él le interesaba: la misteriosa mujer que despertaba pasiones de signo opuesto, según quien hablase de ella. Sin embargo, en el preciso instante en que Colum se disponía a terminar su tercera copa, la voz metalizada de un megáfono traspasó el recinto acristalado del faro y les golpeó con la fuerza de lo inesperado.

—¡Policía! ¡Abran la puerta o la derribaremos!

—¡Es la poli de Lerwick! —exclamó el irlandés con estupor—. ¿Qué demonios querrán?

Tras bajar apresuradamente las escaleras, abrieron la puerta del faro y se encontraron con dos hombres vestidos con chalecos reflectantes y charreteras negras en los hombros con distintivos policiales.

—No funciona bien el timbre —se disculpó Colum nada más verlos.

—Lo que ocurre es que habéis bebido tanto que ni siquiera sois capaces de oírlo —le espetó el que parecía más veterano.

Ofendido, el farero se encaró con él, pero un policía de complexión gruesa lo empujó de malas maneras.

—Más vale que te des una ducha para despejarte y sacarte el mal olor de encima. ¡Hueles que apestas!

—Esto es un atropello —protestó Gabriel con vehemencia.

El poli aludido le dirigió una mirada intimidatoria.

—Ya veremos quién debe disculparse. Eso ya lo veremos… —auguró, amenazante—. Y tú, irlandés, ¿a qué esperas?

Colum agachó la cabeza y se encaminó con paso lento hacia el interior del faro.

—¿Y a ti se te ha comido la lengua el gato? —lo increpó el mismo policía a George, que presenciaba la escena estupefacto.

—Yo no he hecho nada —balbució atemorizado.

—Buen chico… Entonces, esperaremos al irlandés.

Colum no tardó en regresar y el grupo comenzó a marchar en la oscuridad, siguiendo la luz de las linternas de los policías.

Gabriel se preguntaba qué demonios estaba ocurriendo, pero no tenía ni la más remota idea. El viento era gélido y el único ruido que se oía era el de sus pisadas y el del mar batiendo contra las rocas. Desanduvieron en silencio la lengua que conducía al faro, giraron a la izquierda y caminaron un buen trecho hasta que les sorprendió la luz de una lancha patrullera. Estaba anclada en una pequeña ensenada que se internaba entre las rocas.

Un tercer policía de barba rubia, que se encontraba dentro de la embarcación, extendió una pasarela por la que subieron a bordo.

—Tú harás el trayecto con nosotros en la cabina de mando —dijo el poli de complexión fuerte, cogiendo por el brazo al irlandés para llevárselo consigo.

—Vosotros os quedaréis afuera tomando el viento fresco —anunció el otro—. Por listos... —remachó con sorna.

La cabina de mando acristalada permitía pilotar la lancha con visión periférica sin sufrir por ello las inclemencias meteorológicas. En su caso, se tendrían que conformar con unas colchonetas tiradas sobre el suelo de la cubierta trasera...

El policía veterano abrió una trampilla y les arrojó unos chalecos salvavidas.

—Por si acaso... —dijo antes de cerrar la puerta de la cabina.

Al poco de arrancar la lancha, la espuma del mar comenzó a salpicarles con fuerza, sobrepasando las planchas laterales de seguridad. El viento les heló las articulaciones. El motor rugía con fuerza y el suelo retumbaba por el impacto contra las olas.

Gabriel meneó la cabeza con furia contenida.

—¡Menudos cabrones! —exclamó, indignado.

—¿Tienes alguna idea de por qué estamos aquí? —preguntó George con voz vacilante.

—Ninguna, pero me van a oír.

La luna seguía oculta tras un manto de oscuros nubarrones, pero hacia el este un grupo de estrellas adornaban con su luz el cielo negro. Gabriel intentó reflexionar nuevamente sobre lo que les estaba sucediendo, pero no entendía nada.

—Tal vez los del pueblo han endosado al irlandés algún delito y nos quieren interrogar.

—¿Y qué podríamos saber nosotros? —repuso George muy despacio, como si estuviera eligiendo sus palabras con sumo cuidado—. Si apenas salgo de ese maldito laboratorio...

El barco aminoró su velocidad y la espuma de las olas dejó de saltar sobre ellos. Finalmente, el zumbido del motor se apagó.

Gabriel se incorporó y miró al frente. Habían anclado en una pequeña bahía, muy cerca de una cala oscura, donde brillaba una hoguera al fondo.

El policía grueso salió de la cabina de mandos, bajó las escalerillas traseras y echó una batea al agua mientras con un gesto les indicaba que se subieran a ella. El irlandés y el policía de la barba rubia permanecieron a bordo. El más veterano, en cambio, se unió a ellos y les condujo hasta la cala.

Justo antes de llegar a ella, apagó el motor y dejó que la embarcación encallara contra las rocas mecida por el oleaje.

Bajaron por su propio pie y se dirigieron en silencio hacia el fuego.

Dos pescadores y una mujer con el chaleco reflectante de la policía velaban un cuerpo tapado con una manta. El policía más veterano la levantó bruscamente y dejó al descubierto el rostro.

La pelirroja parecía mirar a Gabriel con sus ojos congelados por la muerte.

24

Gabriel apenas podía creerse lo sucedido. El policía más veterano había resultado ser el inspector jefe de Lerwick. Al parecer, la pelirroja había muerto despeñada por el acantilado sobre la ensenada donde tenía atracado el velero y él estaba siendo interrogado como sospechoso de su asesinato en una casucha deshabitada del puerto de Moore.

Se habían instalado en una habitación casi vacía, a excepción de las dos sillas donde se sentaban, una mesita auxiliar y una lámpara que emitía una luz tenue, muy acorde con aquella estancia lóbrega. Las paredes agrietadas, antaño blancas, habían adquirido manchas negruzcas de moho. No había calefacción, pero un fuego encendido en la vieja chimenea despedía un humo espeso con el fuerte olor de la turba.

El inspector se había quitado el chaleco reflectante dejando al descubierto una camisa negra con las mangas cuidadosamente subidas.

—Esperaba que la muerte de su amiga le afectara más —le soltó el inspector sin venir a cuento, como si quisiera provocarle.

—No era mi amiga —respondió lacónico.

—¡Vaya! Pues ya me explicará qué hacía en su yate a solas con ella... Uno de los activistas acampados frente a New World asegura que les dejó a ambos en el yate esta mañana porque la chica quería cierta intimidad... Usted ya me entiende...

Gabriel se revolvió con fastidio en la silla. —Me la encontré esta mañana en el camino que lleva a los acantilados del norte y me propuso que la acompañara a su embarcación.

El inspector abrió un tubo cilíndrico de aluminio del que

extrajo un puro con delicadeza. A continuación, sacó una navaja de su bolsillo y cortó su parte trasera de forma limpia y precisa.

—¿Por qué andaba usted por ese camino en lugar de seguir por la carretera principal? —preguntó, escrutándolo con sus ojos penetrantes.

—Estaba explorando la isla, y torcí por ahí sin pensar demasiado. Cuando me bajé de la bici para contemplar el paisaje, apareció ella en su moto y se puso a charlar conmigo.

Tras guardarse la navaja, encendió el puro ceremoniosamente y le dio una larga calada.

—Y esa joven que no conocía de nada... ¿por qué lo invitó a subir con ella a su barco? Tengo entendido que no hacía buenas migas con los trabajadores de New World. Además, usted ha venido con pareja... ¿Por qué subió?

Gabriel respiró hondo antes de tomar un sorbo de café. Estaba tibio y sabía a rayos.

—No trabajo en los laboratorios —aclaró—. Soy periodista, y estoy temporalmente en paro. He venido a esta isla con una amiga porque no tenía nada mejor que hacer. La tal Erika me propuso que la acompañara a su barco para mostrarme información que me podría interesar para un hipotético reportaje. Según me aseguró, New World tiene mucho que ocultar.

El interrogador le dirigió una mirada escéptica y dio otra calada a su puro.

—¿Quiere uno? —le preguntó con aparente amabilidad—. Son excelentes, se lo aseguro.

—No fumo, gracias.

El inspector se dio unos golpecitos en la cabeza, como si hubiera olvidado algo obvio.

—Debería haberlo adivinado... Lo suyo son más bien las copas. Espero que sabrá disculparme si no le ofrezco whisky, pero creo que ya ha bebido bastante por hoy.

Gabriel cambió nuevamente la postura de sus piernas y guardó silencio. Trataba de mantenerse tranquilo. Su situación era muy delicada y no podía permitirse perder la compostura.

—Dígame una cosa. ¿Suele darle a la botella en sus citas profesionales? Me refiero, por ejemplo, a cuando se reúne con sus fuentes de información periodísticas.

Se refería al vaso de malta que la chica nórdica le había ofrecido en el barco. Con toda probabilidad habrían tomado ya muestras de sus huellas dactilares.

—Erika me preparó una copa de whisky y me bebí un pequeño sorbo. La lluvia nos había calado hasta los huesos y pensé que me ayudaría a entrar en calor…

—¡Ah! —Suspiró el inspector algo afectadamente—. Si fue para entrar en calor…

Gabriel meneó la cabeza con disgusto y un escalofrío recorrió su columna vertebral. *Tal vez no haya otro día* —le había dicho Erika, riendo, cuando rehusó acostarse con ella…

—No es que quiera ser indiscreto, pero ¿cuánto tiempo estuvieron en el barco aproximadamente?

Su rostro afilado de ojos hundidos le hubiera recordado a un ave rapaz de no ser por su bigote recortado con esmero.

—Estuvimos hablando hasta las doce de la mañana, más o menos.

—¿Y después?

No tenía sentido mentir, pensó Gabriel. Al fin y al cabo, era inocente. Pero existía un problema. Al parecer, los pescadores habían encontrado el cuerpo sin vida de Erika cuando regresaban de faenar. Y él podía ser la última persona que estuvo con la pelirroja antes de su muerte…

—Pedaleé hasta New World y me quedé a solas en mi chalet hasta que regresó Iria, a las seis y media pasadas.

—Me gustaría saber qué hizo durante ese intervalo de tiempo.

—Tomar notas sobre lo sucedido en la isla hasta el momento, repasar las noticias del día, responder a mis correos y bucear en la Red en busca de datos que pudieran corroborar todo lo que

Erika me había contado. Puede comprobar esas conexiones en el historial de Internet de mi portátil.

—Ahora volvamos a lo del yate, ¿qué le explicó, si se puede saber?

—Que New World forma parte de un *holding* de empresas que fabrican transgénicos y pesticidas muy jodidos para el medio ambiente... También me habló de sus experiencias como activista en América, el pasado verano, del cambio climático...

—Comprendo —lo interrumpió—. Los temas que tocaron son apasionantes. Sin embargo, lo único que me interesa es si ella le facilitó algún dato novedoso que pudiera poner en peligro la reputación de New World.

—Erika está convencida... bueno, lo estaba, de que en los laboratorios de Moore se llevan a cabo experimentos genéticos ilegales. De hecho, esperaba obtener pruebas al respecto en el curso de esta semana.

—Ya, ya... Pero ¿le mostró algo tangible sobre ese asunto? ¿Una prueba concreta que pueda comprometer a New World ante la ley?

—En realidad, no...

El inspector se repantingó en su silla con gesto cansado.

—Una pregunta más. ¿Por qué está alojado en New World si no trabaja allí?

—Ya se lo he dicho, he venido con una amiga, Iria. Ella ha empezado a trabajar en los laboratorios hace nada. Llegamos ayer noche...

Su interrogador anotó algo en la libreta y guardó un prolongado silencio. La ceniza se había ido acumulando en el puro y cayó al suelo por su propio peso.

—Escuche, no sé lo que ha ocurrido, pero yo no he matado a esa chica —dijo dejándose llevar por los nervios—. ¿Qué motivo iba a tener para hacerlo?

El inspector dio una nueva calada, y exhaló muy despacio el humo, como si le produjera un placer casi voluptuoso.

—Aquí las preguntas las hago yo. ¡Usted limítese a responder! A ver si nos aclaramos… Usted vive con esa amiga suya, Iria. Digamos que se hospeda en su chalet, si lo prefiere. Pero el caso es que, en vez de quedarse con ella, decidió ir al pub a tomarse unas pintas con ese otro amigo suyo, George. ¿Es correcto?

—George no es amigo mío. ¿Cómo iba a serlo si acabamos de llegar?

El policía le lanzó una mirada burlona.

—Y entonces, ¿qué hacía con él?

El interrogatorio no estaba marchando bien. Gabriel dio otro trago a su café amargo y se dispuso a explicarse lo mejor posible.

—Iria se fue a una reunión con el director a la hora de cenar. —Aquello le sonaba extrañísimo incluso a él mismo, pero al menos ella confirmaría su información en ese punto—. Yo me fui al gimnasio y allí conocí a George. Estaba agobiado y me propuso bajar con él al pub del pueblo. Aún no había ido, así que no me pareció mala idea acompañarle.

El inspector tomó más notas. Gabriel supuso que estaría redactando una especie de pliego acusatorio, pero no había forma de saber qué escribía.

El viento golpeaba con fuerza contra la única ventana de aquella habitación desvencijada por el paso del tiempo. Empezaba a comprender que él era el principal sospechoso, y tenía motivos para estar preocupado.

—A ver si lo he entendido bien —dijo el inspector, dando golpecitos con su bolígrafo contra la libreta—. Llegó ayer a la isla con su amiga. A la mañana siguiente, conoce a la pelirroja, que le propone irse a su yate a tomar unos whiskies. —Hizo una pausa y dio otra calada a su puro—. Están allí a solas hasta las doce de la mañana y por la noche baja al pueblo a tomar cervezas con un científico que tampoco había visto en su vida. Y, ya puestos a seguir la fiesta, deciden comprarse una botella de malta en el pub e ir a remojarse el gaznate al faro de la costa norte con otro desconocido….

Gabriel recordó que habían comentado en la barra del pub

que la botella era para el irlandés. Arthur habría informado a la policía y por eso habían acudido al faro a buscarlos. Debía admitir que todo lo que le había sucedido aquel día era de locos, y la cosa amenazaba con empeorar.

—Por ser una isla casi desierta y no conocer a nadie, se lo pasa usted en grande, amigo… —le dijo el inspector con una mirada larga y provocadora.

O mucho se equivocaba, pensó, o aquella misma noche dormiría en un calabozo de Lerwick.

25

La cara pálida de Iria se iluminó al verlo regresar al chalet a aquella hora de la madrugada. Sonrió aliviada mientras se levantaba del sillón para abrazarle. Tras estrecharlo entre sus brazos con fuerza, reposó la cabeza sobre su hombro.

—¿Qué ha pasado? —le preguntó con las pupilas dilatadas y sus iris enrojecidos—. Me dijeron que la policía te estaba interrogando… ¡Estaba al borde de un ataque de nervios!

Gabriel también había sentido pánico en algunos momentos, pero al final el maldito comisario le había dejado marcharse tras completar su interrogatorio.

Se encontraba de nuevo en el confortable chalet de New World. Sin embargo, tenía que dar más explicaciones y tampoco esta vez iba a ser fácil.

Con un gesto cansado, comenzó a relatarle lo sucedido en las últimas horas mientras se acomodaban en el sofá. La expresión de Iria fue pasando del susto a la incredulidad, y del pasmo al enfado, a medida que desgranaba la historia.

—Así que te estuvieron interrogando por la muerte de la pelirroja. Es lo que tiene tomarse un whisky en el barco de alguien que no conocías de nada… —recapituló, irritada.

Gabriel asintió con la cabeza.

Iria guardó silencio. Estaba sofocada y respiraba pesadamente, como si le faltara el aire.

—No me lo puedo creer… Siento muchísimo su muerte, pero las cosas son como son. Esa chica solo quería seducirte y tú te dejaste llevar. ¿Crees que no me fijé en cómo te devoraba con la mirada el día en que llegamos?

Gabriel resopló y se encogió de hombros.

—¡Dime la verdad! —exigió Iria, con un tono de voz que cortaba como un cuchillo—. ¿Te liaste con ella?

—Por supuesto que no.

Gabriel la intentó coger de la mano, pero ella la apartó con un gesto brusco.

—La policía puede encontrar huellas mías en su vaso, pero nada más. Eso es todo lo que sucedió.

Iria lo fulminó con la mirada.

—Entonces te dejarán en paz. No te van a acusar por haberte bebido una copa con ella. ¡Faltaría más! Pero no logro entender qué hiciste durante tanto tiempo en el barco de esa chica…

—¡Joder! —protestó Gabriel—. Pensé que me iba a proporcionar información valiosa, aunque al final no aportó nada nuevo sobre estos laboratorios. Pero esa chica estuvo en Estados Unidos y Sudamérica investigando las prácticas de la matriz de New World. Vio morir en sus brazos a niños alérgicos, fumigados por pesticidas desde avionetas, conoció a centenares de enfermos, a poblaciones de campesinos arruinados por culpa de los monocultivos industriales… Y de eso, sí tenía pruebas.

Iria se levantó del sillón y se cruzó de brazos con gesto de irritación creciente.

—¿Estás insinuando ahora que New World está detrás de la muerte de esa mujer? Los acantilados de esta isla son muy peligrosos cuando sopla el viento, todos lo saben. Y esa chica tenía pinta de cualquier cosa menos de prudente. Estoy convencida de que esto ha sido un accidente.

Aunque podía estar en lo cierto, la intuición le decía a Gabriel lo contrario. Analizando en retrospectiva el interrogatorio, había llegado a la conclusión de que el interés principal del inspector consistía en averiguar si la pelirroja poseía pruebas concretas que pudieran implicar a New World en algo ilegal. ¿Y si estaba a punto de obtener esas pruebas y la habían empujado al precipicio por ello? Cada vez tenía más dudas, pero no era el momento de discutirlo con Iria. El sentido común aconsejaba plegar velas.

—Quizás tengas razón —concedió—, y comprendo que estés molesta conmigo. Solo puedo decir que he actuado en todo momento con buena intención siguiendo mi olfato de periodista.

Ella movió su pie con impaciencia. Sus ojos azules le parecían de hielo.

—Tampoco entiendo por qué te fuiste con ese tal George al pub del pueblo, y después a beber whiskies con el tipo del faro.

Gabriel agitó su cabeza exasperado.

—¿Qué hay de malo en querer saber cómo vive la gente fuera de esta jaula? Si no te hubieras ido a cenar con el dandi de tu jefe, dejándome con la cena en la mesa, tampoco hubiera bajado a ese pub de mal fario.

Iria guardó silencio y lo observó largo rato, muy seria, como si lo estuviera sometiendo a un juicio sumarísimo.

—Creo que no me entiendes —concluyó con expresión apenada—. He sufrido muchísimo por tu culpa. Ha sido horrible… Nunca imaginé que pudieras comportarte como lo has hecho. Y ahora vas y me sales con unos celos absurdos de colegial… Será mejor que me vaya a acostar. Quizás no seas el hombre que había imaginado…

Dicho esto, se fue con paso vacilante hasta su habitación, como si fuera un cervatillo herido.

Gabriel estaba agotado, emocional y físicamente. No podía sacarse de encima la imagen de la pelirroja, amortajada sobre las frías piedras de aquella oscura cala rocosa, y era la segunda vez en pocas horas que lo hacían sentirse culpable de faltas que ni siquiera había cometido.

Pero aunque se sentía como si una caravana de camiones le hubiera pasado por encima, sabía que debía entrar de inmediato en el dormitorio y no salir de allí hasta que ambos fueran capaces de expresar todo lo que les quemaba por dentro.

26

Iria se marchó a trabajar temprano después de desayunar. Durante la noche habían tenido tiempo de sincerarse, hablar, y abrazarse hasta caer dormidos. Pero la sintonía con su compañera no se había restablecido por completo. La sombra de una duda se había instalado en ella sin que Gabriel pudiera hacer nada para eliminarla pese a todos sus esfuerzos.

Una sombra imposible de tocar y hasta de definir. Como si algo invisible se hubiera cerrado dentro de Iria y ya no pudiera acceder a su interior. Al menos no como antes, no con la misma profundidad… A Gabriel le parecía frustrante porque él no tenía la culpa de nada. Pero ella tampoco. Nadie tenía la culpa de que su padre la hubiese abandonado incluso antes de nacer. Era hasta lógico que le costara confiar en un hombre y que temiera ser traicionada en cualquier momento, como su madre…

Gabriel se dijo a sí mismo que las aguas turbulentas acabarían por volver a su cauce si tenía un poco de paciencia. La sinceridad de sus sentimientos estaba fuera de toda duda y eso tenía más fuerza que cualquier otra cosa.

Suspiró hondo, y justo cuando se dirigía a la cocina para prepararse un café, el sonido del timbre lo hizo volver sobre sus pasos. Todavía en bata, abrió la puerta pensando que tal vez Iria se hubiera olvidado su tarjeta magnética. Pero no fue a ella a quien vio.

Susan, la secretaria, lo saludó muy seria y le informó de que el padre de la chica fallecida quería hablar con él. Acababa de llamar y se hospedaba en su propia embarcación, anclada en la bahía de Moore. Le aconsejó que fuera en coche acompañado por James, pero él insistió en utilizar la bicicleta.

Pertrechado con un ligero chubasquero, descendió la meseta sobre la que se asentaba New World. Enfiló la carretera principal, flanqueada por los desiertos rojizos, y después de atravesar los páramos de turba, alcanzó la sinuosa carretera de la costa.

Hacía una mañana soleada, sin apenas nubes, y al doblar una curva contempló la costa sur, poblada de pastizales verdes. En una isla que carecía de árboles, aquellas llanuras de hierba al borde del mar constituían una promesa de vida. Sin embargo, la bella pelirroja estaba muerta y ahora a Gabriel le tocaba apurar el mal trago de hablar con su padre.

El barco en el que se alojaba resultó ser un flamante yate de unos cuarenta metros de eslora que refulgía como si estuviera recién pintado.

Un hombre, pulcramente uniformado con traje de marinero, lo recogió en una lancha. Tras un breve trayecto, lo ayudó a subir a bordo y lo acompañó hasta el interior de un lujoso salón.

Situado en la cabina superior, desde sus grandes ventanas se podían contemplar las vistas del puerto. La decoración, a base de maderas y colores claros, acrecentaba la luminosidad natural de aquella estancia diáfana.

Un hombre grueso de presencia imponente, hundido sobre un sofá de cuero beige, levantó la vista del suelo y lo observó con detenimiento. Tendría unos sesenta años. Bajo unas cejas muy pobladas, sus ojos penetrantes lo escrutaban por encima de la nariz de halcón y la barbilla prominente.

Se incorporó pesadamente y le estrechó la mano con fuerza, tras presentarse como Carl Andersen. Mediría cerca de un metro noventa y, pese a que debía de pesar más de cien kilos, su porte le permitía vestir un traje gris de cachemira con sobria elegancia.

—¿Puedo ofrecerle algo de beber? —le preguntó con tono grave.

—Una tónica, por favor.

Carl lo invitó con un gesto a sentarse frente a él en uno de los sofás. El marinero que lo había acompañado se dirigió hacia el mueble bar y le preparó una tónica con dos cubitos de hielo en un vaso largo. Después, se marchó del salón dejándolos a solas.

—Gracias por venir señor Blanch —dijo con voz pausada—. Como sabrá, soy el padre de Erika, que…

Dejó la frase inconclusa y, mientras reclinaba la cabeza, se tapó la boca con la palma de la mano. A Gabriel se le hizo un nudo en el estómago y guardó un respetuoso silencio. Asimilar que aquella mujer tan joven y vital estuviera muerta era difícil incluso para él.

Tras unos instantes de vacilación el hombre logró dominarse y retomó la palabra.

—Estoy aquí para repatriar el cuerpo de mi hija, en cuanto finalicen los exámenes forenses —dijo con voz firme y poderosa—. Según tengo entendido, usted fue el último en hablar con ella.

Él asintió con un gesto mudo. Carl suspiró y miró al suelo. Sus ojos se habían enrojecido y pugnaba por controlar unas lágrimas incipientes que se habían detenido en sus párpados.

—Si no la hubiera consentido tanto, quizás todavía estaría con vida —susurró, mientras se secaba los ojos con un pañuelo—. No sé cuándo empezamos a distanciarnos… —Hizo una pausa y guardó un prolongado silencio—. ¿Tiene usted hijos? —le preguntó de improviso.

Sorprendido, Gabriel negó con un gesto de cabeza.

—Cuando los tenga, dedíqueles el tiempo que necesiten. Los negocios a veces son muy absorbentes y uno puede no prestar la suficiente atención a cosas que son mucho más importantes… De haber actuado de otro modo, quizás Erika no hubiera sido tan rebelde. Yo me dedico al negocio del petróleo, ¿sabe? A la mayoría de la gente le encantaría estar en mi situación, pero mi hija me lo recriminaba de todas las formas posibles desde que en la adolescencia comenzó a frecuentar grupos ecologistas.

Gabriel bebió un sorbo de tónica. Había imaginado que acudía a aquel barco para ser objeto de un nuevo interrogatorio, y en su lugar estaba siendo testigo de las confesiones de un padre que necesitaba desahogar su dolor.

—Desde entonces —prosiguió—, siempre quiso llevarme la contraria... Le parecía que ser la hija de un petrolero era un pecado original que debía redimir salvando al mundo. Al final, ni siquiera fue capaz de salvarse ella misma.

El rostro de Carl reflejaba una ira amarga. Inspiró hondo y logró que su semblante adquiriera un aspecto casi sereno.

—Dígame, ¿mencionó que su vida estuviera en peligro? —preguntó con el aplomo de quien está acostumbrado a enfrentar sin preámbulos todo tipo de conflictos.

Gabriel volvió a menear la cabeza en signo negativo.

—¿De qué hablaron durante sus últimas horas?

—Sobre todo de sus experiencias en América y de la multinacional que domina New World. Según me explicó, acumuló pruebas que demostraban la toxicidad de sus productos, en particular de sus pesticidas y...

Carl lo cortó con un gesto de mano enérgico.

—No siga por ahí. Mi hija tenía pasión por investigar, pero no averiguó nada nuevo al respecto. Ya se han publicado muchos libros sobre esos temas. Jamás la matarían por ello. Si la han asesinado, tendría que ser por haber averiguado algo muy diferente...

Gabriel inspiró hondo. Creía conocer los motivos que podrían haber provocado su trágica muerte.

—Erika me aseguró que New World está llevando a cabo experimentos prohibidos con especies modificadas genéticamente y que en unos días podría conseguir pruebas de ello.

El petrolero chasqueó sus dedos, como si hubiera dado con el filón que estaba buscando.

—Ahí podríamos encontrar un motivo, pero en tal caso debería ser algo de consecuencias devastadoras, algo que de ningún modo pudiera ser revelado al público. Y los activistas con los que estaba Erika, al igual que usted, carecen de más datos. No tenemos nada. He podido hablar esta mañana con ellos, justo antes de que abandonaran la isla acompañados por la policía. No les ha quedado más remedio que largarse.

Gabriel apuró su tónica. Carl Andersen, desde su abatimiento, le sonrió con afecto.

—Hubiera hecho buenas migas con mi hija. ¿Sabe? Le encantaba la saga de «La guerra de las galaxias» y su héroe favorito era Han Solo… Y usted me recuerda mucho a él cuando todavía era joven.

Se llevó una mano al bolsillo y extrajo una vieja foto polaroid. En ella se podía ver a una niña pelirroja sonriendo alegremente.

Le dio la espalda tras levantarse y caminó muy despacio hasta una de las ventanas del salón con la foto en la mano. Se quedó allí, contemplando el océano. Sus hombros temblaban, y si lloraba, prefería hacerlo a solas con el mar.

27

Al regresar a New World constató que su chalet seguía vacío. Encendió su portátil y, tras ojear las noticias de los periódicos en Internet, abrió su correo electrónico. Santi, un buen amigo, le había escrito un mensaje en Facebook:

```
He hablado con el director de mi diario para que puedas
publicar artículos de opinión en nuestro blog de cultura
digital. Me ha dicho que envíes uno de prueba para ver
qué tal...
```

No pagaban ni un euro, pero publicar en ese periódico digital le daría algo de visibilidad para que los medios no se olvidaran de él.

Pulsó con furia las letras del teclado y, con la ayuda de un café, logró dejarlo listo en un par de horas. Luego, se lo envió por correo electrónico a Santi. Aunque fuera a cambio de nada, estaba satisfecho con aquellas mil palabras donde desgranaba los peligros ocultos de las redes sociales mezclando datos de impacto con divertidas anécdotas reales. Una mezcla que solía funcionar bien entre los lectores.

El timbre del chalet resonó de improviso dentro del salón. *Mima* abrió sus ojos perezosamente y, tras echarle un rápido vistazo, los volvió a cerrar de nuevo. Gabriel la observó dormitar con envidia.

«A veces me gustaría ser un gato», pensó para sí mientras abría la puerta.

—Disculpe que lo moleste —dijo Susan, la secretaria del centro, con neutra profesionalidad—, pero el director lo ha convocado para almorzar dentro de diez minutos.

—¿Ya lo sabe Iria? —preguntó.

—Ya la he informado. Está trabajando en los laboratorios y en cuanto acabe acudirá al comedor —dijo Susan.

No había forma de comprobar si estaba en su módulo de trabajo o en alguna reunión privada con Leonard. Se preguntó si el sutil cambio de Iria respecto a él tendría algo que ver con su jefe. Un hombre elegante y refinado al que ella admiraba por su extraordinaria reputación como científico.

Se encogió de hombros con resignación. Como de costumbre, las preguntas sin respuesta se sucedían en aquella isla. Pero de una cosa estaba seguro. La última cena con el director no le había resultado grata, y esa comida le iba a gustar menos todavía. Razones para pensar así no le faltaban.

—Les he convocado a este almuerzo —explicó Leonard— a causa de los trágicos acontecimientos que nos han sacudido en las últimas horas.

En la misma mesa circular donde habían cenado el primer día, Iria, George y Gabriel escuchaban con atención las palabras del director, impecablemente trajeado para la ocasión.

Iria no había pasado por el chalet, y al parecer se había incorporado a la comida desde su módulo de trabajo. Llevaba una sencilla bata blanca muy similar a la que vestía el día en que la conoció en la Universidad de Barcelona. Pero en lugar de gafas, se había puesto lentillas otra vez.

—Pese a que, por razones obvias, los activistas no gozaban de mis simpatías —prosiguió Leonard—, hubiera preferido que siguieran acampados a nuestras puertas antes que lamentar la pérdida de una vida humana. Hemos enviado nuestro más sentido pésame al padre de la difunta, pero desafortunadamente no podemos hacer nada por mitigar su dolor. Tengo entendido que ha hablado con él esta mañana, ¿no es así, señor Blanch?

Gabriel no quería, bajo ningún concepto, que supiera las graves sospechas que tanto él como el padre de Erika albergaban sobre el papel de New World en su muerte. Sobre todo, tras haber leído el mensaje que le acababa de mandar por wasap citándolo de nuevo en su yate a las dos de la tarde. Aunque la isla carecía de antena de telefonía móvil, gracias al wifi instalado en la base podía recibir y enviar mensajes desde su *smartphone* a través de esa aplicación gratuita.

—En efecto —respondió, entrelazando sus manos en señal de respeto—. Estaba muy afectado. Perder a una hija joven en un accidente tan absurdo es muy difícil de asumir por ningún padre.

Leonard asintió a sus palabras con gesto grave y compungido.

—Todo ha sido tan desagradable… Incluso con interrogatorios intempestivos a altas horas de la noche…

—Fue un mal trago, pero ya está olvidado —intervino Gabriel por alusiones—. El inspector tan solo quería tomar nota de todo lo que recordase.

—Mi interrogatorio fue muy breve —aseguró George a su vez, con el rostro muy pálido—. En realidad, no había nada que pudiera decirles.

—Nunca insisto lo bastante en lo prudentes que debemos ser al asomarnos por los precipicios de Moore para admirar sus asombrosas vistas —sermoneó el director—. En particular, si uno ha bebido alcohol o fumado algo que no debía. No sé si en el caso de Erika…

Gabriel se estaba empezando a acostumbrar a los interrogatorios bajo todas las modalidades posibles. Aquella insinuación del director era echar sal sobre la herida abierta con Iria, pero dadas las circunstancias le convenía recalcar que la hipótesis del accidente era la única plausible.

—No la vi fumar nada, pero sí probar una copa de whisky….

El rostro de Iria se tensó, pero no hizo ningún ademán que delatara su malestar. Leonard, por su parte, agitó la cabeza con la expresión del maestro resabido que ha pillado en falta a los niños que no siguen sus consejos.

—Advertí en numerosas ocasiones a la policía sobre las costumbres de esos jóvenes imprudentes, pero hasta que no ha ocurrido una tragedia... En fin, supongo que Erika no le hablaría demasiado bien de nosotros, siendo usted periodista.

El camarero entró en el comedor con una bandeja de carne troceada acompañada de una guarnición de verduras a la brasa. Todos guardaron silencio mientras servía los platos. Cuando se hubo marchado, Leonard retomó la palabra.

—Hablando de periodistas, creo que no hace falta decir que están prohibidas las entrevistas sobre este particular. Lamentablemente, a los medios de comunicación les gusta sacar punta a los aspectos más morbosos de las noticias. En principio, un accidente desde un acantilado no tiene que interesar a nadie, pero el hecho de que fuera una mujer muy atractiva, que su padre fuera un conocido petrolero y ella una activista rebelde, permitirían presentarlo bajo un prisma sensacionalista. Ahí hay una historia. ¿Me entienden?

George y Gabriel asintieron con un gesto mudo de cabeza.

—Ser un centro puntero de investigación genética en una isla como esta puede inflamar ciertas imaginaciones —dijo el director con un suspiro de resignación—. Y a nosotros no nos interesa la publicidad. Por eso, exigimos el máximo silencio sobre todo lo que se vea y oiga dentro de nuestra base. Habitualmente se habla poco de espionaje industrial, pero en este sector es algo que ocurre con demasiada frecuencia. Por eso solo podemos ofrecer hospitalidad a quienes cumplen a rajatabla nuestras normas de confidencialidad, por extremas que parezcan —añadió dirigiéndole una significativa mirada a Gabriel.

Tras aquella inequívoca advertencia se produjo un largo silencio. La luz que se filtraba a través del vidrio translúcido del techo era cálida; la temperatura, óptima; y la carne, muy tierna, excelente.

—Espero que disfruten de nuestro plato estrella —dijo el director—. La cría de alcatraz es el manjar más exquisito que se puede probar en estas islas.

—Creía que su caza estaba prohibida —repuso Gabriel, sintiendo repulsión ante el bocado que acababa de probar.

—Acaba de aprobarse una orden que permite cazar doscientos ejemplares previa obtención de licencia.

Gabriel removió las piezas de su plato con el tenedor sin llevarse ninguna otra a la boca.

—¿Acaso no le gusta nuestro plato favorito? —preguntó el director observando sus titubeos.

—Me han venido a la cabeza las historias que nos contó el farero sobre la forma tan cruel en que morían las crías.

—Otro sentimental defensor de la naturaleza —dijo Leonard con una mueca de desdén—. Idealistas y ciegos a la realidad del mundo en que vivimos... Le diré una cosa, señor Blanch. A ese irlandés le gusta comer pescados, pero el modo en que mueren asfixiados es mil veces peor. A las crías de alcatraz, en cambio, se las mata de forma instantánea para evitar que sufran. Aunque solo sea para que su carne sepa mejor. De lo contrario, se tensaría demasiado y no estaría tan tierna.

Hizo una pausa para degustar una copa de vino blanco. Un albariño gallego fresco y afrutado. Otro guiño dedicado a Iria. Gabriel intentó que su rostro reflejara la máxima indiferencia.

—No me malinterprete, señor Blanch. Personalmente abomino de toda violencia innecesaria, pero es natural que las especies superiores se coman a las inferiores. Y eso no es crueldad. Yo más bien diría que es... inteligencia.

28

En cuanto terminó la comida, Iria se dirigió a su laboratorio acompañada de Leonard. Gabriel consultó su reloj. Al menos, se dijo, habían terminado a tiempo para acudir a su segunda cita con Carl, el padre de la chica fallecida.

Fue hasta el edificio principal y pidió una bicicleta a la secretaria. Esbozó una sonrisa amarga cuando comenzó a pedalear. Ya se estaba convirtiendo en una costumbre rutinaria bajar a toda velocidad la meseta rojiza, dejar atrás New World y adentrarse por caminos que se empeñaban en llevarlo a callejones sin salida.

Cada vez tenía más claro que New World era un organismo cerrado que necesitaba asimilar, o incluso engullir, a sus adeptos. Y Leonard, el gurú supremo, tenía un interés muy especial en Iria...

Las nubes descargaron una fina lluvia cuando enfiló la carretera costera, pero el chubasquero cumplió su función y cuando llegó al puerto de Moore estaba listo para subir a bordo con la ropa seca. El marinero del día anterior lo esperaba con una lancha para conducirlo hasta su patrón.

El padre de Erika lo recibió en el mismo salón acristalado que ya conocía. Sentado frente al mar en una solitaria silla de caoba, sostenía una taza humeante en la mano con expresión abatida.

En cuanto lo vio entrar, se incorporó para saludarle. Andaba con paso seguro y su rostro reflejaba una gran determinación, como si hubiera dejado su tristeza sobre aquella silla vacía. Con su metro noventa de altura, sus anchas espaldas y sus más de cien kilos distribuidos de forma uniforme por su cuerpo, se percibía en sus gestos que estaba acostumbrado a mandar. Debía de resultar difícil tratar de llevarle la contraria.

Tal vez, a causa de ello, su hija hubiera acabado siendo una rebelde contestataria, pensó Gabriel.

—Agradezco su puntualidad, señor Blanch. Dispongo de solo un par de horas antes de zarpar. Por cierto, ¿le apetece una taza de té? Está recién hecho.

—Con mucho gusto.

El petrolero señaló con un gesto hacia la mesa redonda, próxima a la moderna cocina de mármoles relucientes situada en el fondo del salón. Tras tomar asiento, el marinero le sirvió una taza de té verde y les dejó a solas.

Gabriel se planteó preguntarle cómo había averiguado su número de teléfono, pero ya conocía la respuesta. Lo había incluido entre los datos de su perfil profesional en linkedin.

—Los informes forenses apuntan a la caída desde el acantilado como la única causa de la muerte de mi hija —informó Carl, sin más preámbulos—. Eso implica que la policía tiene lo que necesitaba para archivar el caso. Es decir, que van a dejar de investigar si es que alguna vez lo hicieron.

—A mí me interrogaron a fondo, se lo aseguro —afirmó Gabriel.

Carl alzó la mano derecha con ademán autoritario.

—Solo querían arrinconarlo para averiguar qué sabía. Ya ha visto lo rápido que se han sacado de encima a los activistas, que son los que podrían haber aportado información sobre los contactos de mi hija en la isla.

—¿Y por qué cree que lo han hecho?

El petrolero dio un sorbo a su taza de té y lo miró fijamente.

—No quieren problemas. Cerrar el caso como un accidente es lo más cómodo para ellos. En estas islas hace décadas que no se produce un asesinato sin resolver, y romper esa estadística sería una mancha que ningún inspector está dispuesto a asumir.

Gabriel probó el té. Todavía quemaba.

—Cada vez estoy más convencido de que su muerte no fue accidental —prosiguió con rabia contenida—. Por eso lo he convocado, señor Blanch.

Él arqueó las cejas con signo interrogativo.

—Usted vive en New World con una científica que trabaja en sus laboratorios y está acostumbrado a investigar todo tipo de asuntos. Me gustaría que trabajara para mí.

Gabriel jugueteó con la cucharilla del té, dubitativo, antes de responder a un ofrecimiento tan delicado y complejo.

—New World es un mundo completamente cerrado. Y a raíz de lo sucedido, su obsesión por el hermetismo ha aumentado a niveles obsesivos. Obtener información de ellos puede ser misión imposible.

El petrolero lo miró con expresión satisfecha, como si acabara de pasar una prueba oculta.

—Es probable que no descubra nada, pero también es posible que a raíz de la muerte de mi hija empiecen a moverse cosas. Me bastará con que esté atento a cualquier situación imprevista por si surge algún tipo de información comprometedora. Y no me refiero solo al asesinato de mi hija...

Emitió un suspiro ahogado, y sus ojos enrojecieron antes de que prosiguiera:

—Usted tenía razón. He estado indagando en su ordenador, y Erika dedicó los últimos meses de su vida a rastrear los entresijos de esa organización. Estaba persuadida de que algo terrible se ocultaba en New World. Por eso, además de desenmascarar al asesino, me interesa cualquier información nueva que usted pueda obtener sobre lo que se hace ahí dentro. Es lo que hubiera querido mi hija, y merece que alguien siga tirando del hilo. Ya que no fui el padre que ella quería en vida, intentaré serlo ahora aunque sea demasiado tarde...

—Tenía previsto hacer justo lo que quiere, incluso antes de hablar con usted. Al menos, mientras no me vea obligado a abandonar esta isla.

El petrolero se levantó de la mesa y salió de la estancia. Cuando regresó, los iris de sus ojos volvían a estar claros y portaba un sobre en la mano. Tras abrirlo, sacó un cheque y se lo entregó.

—Es una cifra razonablemente generosa —dijo con voz neutra—, y se la multiplicaré con creces en caso de que consiga resultados.

Gabriel trató de disimular su sorpresa. El cheque a su nombre consignaba el pago de diez mil libras. Con aquella cantidad podría pagar un año de alquiler junto con todas sus facturas.

Aún en estado de *shock*, dobló el cheque y lo introdujo nuevamente en el sobre. Después, consultó su teléfono móvil y anotó en el reverso del sobre los datos de su cuenta corriente.

—Lo más práctico será que transfiera el importe a mi banco.

Carl asintió con la cabeza, y extrajo una tarjeta de su bolsillo.

—Memorice mi número y rómpala después. Mi teléfono está a prueba de pinchazos, pero cuando me llame, procure hacerlo desde un aparato que también sea seguro. Y una última cosa. No le diga nada a nadie sobre esta reunión. Ni siquiera a la chica con la que ha venido a la isla.

—Descuide… No pensaba hacerlo.

Una tenue sonrisa, casi imperceptible, se dibujó en los labios rectos del petrolero. Acto seguido, se levantó para acompañarlo en silencio hacia la salida.

Justo antes de atravesar el umbral de la puerta, lo tomó afectuosamente por el brazo.

—Ándese con cuidado, señor Blanch —dijo con voz firme—. Me cae bien y este trabajo puede ser muy peligroso.

29

Averiguar la verdad, pensó Gabriel, nunca le había parecido tan difícil. Sin embargo, eso no le impediría intentar cuanto estuviera en su mano para lograrlo. Lo más simple consistía en empezar justo donde se encontraba.

Las tabernas siempre han sido los lugares en que la gente habla más de la cuenta, y hasta el diminuto puerto de Moore contaba con una.

The Devil's Anchor no era un lugar demasiado acogedor, pero en su segunda visita le pareció incluso más lúgubre que en la primera noche. Su interior presentaba un aspecto tenebroso, apenas mitigado por los vetustos lamparones que proyectaban su débil luz sobre los viejos artilugios de pesca en sus paredes. La falta de ventanas y el humo viciado de la chimenea contribuían a aumentar la atmosfera asfixiante de aquella mañana brumosa.

Arthur, el dueño del pub, le dirigió una mirada dura y hosca. Gabriel puso cara de póker y le pidió un café.

Al adentrarse en el local buscando la cercanía de la única mesa ocupada, se percató de que quien se sentaba tras ella era el párroco de Moore.

—Buenas tardes, reverendo —saludó con la esperanza de entablar conversación—. ¿Le importa que me siente con usted?

El sacerdote asintió con un gesto de cabeza apenas perceptible.

—¿Qué te trae por aquí? Los de New World no soléis venir a nuestro pub hasta el anochecer…

—Ya le dije que no trabajo allí. Estoy de vacaciones, invitado por una amiga, y, francamente, esos laboratorios no me gustan nada.

—Ya somos dos —dijo el párroco, depositando su taza sobre la mesa.

—La chica noruega compartía nuestra opinión y ahora está muerta…

El sacerdote meneó la cabeza con disgusto.

—Nunca debería haber venido a esta isla —se limitó a comentar.

—Pero eso no quita que su muerte haya sido un tanto extraña, ¿no cree? Me gustaría saber qué se comenta por aquí.

El cura sonrió con sarcasmo.

—Cada cual dice algo distinto…

Gabriel dio un sorbo a su taza de café. Sabía a rayos, pero al menos estaba caliente.

El párroco suspiró con gesto cansado y prosiguió:

—La tarde en que murió esa chica, la niebla era espesa; cuatro pescadores faenaban en la barca que encontró su cuerpo sin vida. Uno asegura que divisó a un hombre en la cima del acantilado desde el que se despeñó, otro que no había nadie allá arriba… Y sus dos compañeros afirman que era imposible ver nada a esa distancia…, que si encontraron su cuerpo varado en las rocas fue por pura casualidad.

—¿Y usted quién piensa que dice la verdad?

El párroco dio un trago largo a su café.

—¿La verdad? Cada cual la ve como quiere, en lugar de como es.

—En efecto, pero lo cierto es que esa activista suscitaba odios viscerales en la dirección de New World. Y por lo que sé tampoco contaba con demasiadas simpatías entre la gente de la isla.

El párroco le lanzó una mirada desafiante.

—¿Qué insinúas…, que uno de los nuestros la arrojó al vacío porque no aprobábamos sus costumbres liberales? ¡Menuda estupidez! Si quieres saber la verdad, la mía al menos, te la diré: a esa forastera la mató Natalie.

—¿La mujer que nadie ha visto desde que regresó a la isla, hace más de un año? —preguntó con incredulidad—. Podría incluso estar muerta…

La cara del párroco enrojeció visiblemente.

—Ya le dije que mala hierba nunca muere. El mismo día en que vino al mundo, un terremoto asoló la parte de la isla en la que vivíamos. Todas nuestras casas quedaron destruidas. Esa mujer está maldita desde que nació… —Hizo una pausa y miró a las brasas de la chimenea, que empezaban a agonizar—. No digo que Natalie la empujara al abismo, pero si ella no hubiera regresado, New World nunca se hubiera instalado aquí y esa joven extranjera seguiría con vida…

Tras aquella enigmática sentencia, el cura se levantó de la mesa bruscamente y se marchó sin despedirse. Arthur le lanzó una mirada fulminante desde la barra.

Gabriel consideró preguntarle algo, pero desistió.

Si quería más información, lo mejor era pedalear hasta el faro. Erigido sobre un promontorio, desde sus alturas se podía controlar toda la costa oeste, y tal vez Colum hubiera visto algo…

Las capas de nubes bajas presagiaban tormenta, pero consiguió llegar al faro antes de que empezara a llover. Llamó al timbre y después gritó el nombre del irlandés en repetidas ocasiones hasta darse por vencido.

O no estaba, o no quería abrirle.

Unas finas gotas le refrescaron el rostro antes de que el cielo descargara un aguacero. Protegido por su parka, esperó a que escampara antes de proseguir su ruta. El viento acabó alejando las nubes y él se montó de nuevo sobre la bicicleta. Aunque ya había estado allí el día anterior, decidió regresar al lugar de la tragedia.

Masas de nubes oscuras volaban sobre el acantilado a gran velocidad. La niebla se había disipado un tanto, y a través de un claro se podía contemplar la espuma de las olas bravas golpeando el arrecife. Unos cincuenta metros de caída libre se abrían bajo sus pies. No era tan difícil caerse…

Las ráfagas de viento soplaban con fuerza; sintió vértigo y dio un paso atrás. La imagen de James, el inquietante chófer del Dientes de Sable, lo sacudió de improviso. Se preguntó si podría haber disfrutado empujándola hacia el abismo...

¿Qué había sucedido en realidad?

En la bahía donde había nadado Erika solo quedaba la espuma del mar como recuerdo. El barco de los activistas noruegos ya no formaba parte del paisaje de la isla. Y el acantilado desde el que su cuerpo se había precipitado al mar estaba vacío de respuestas. Las rocas volcánicas ni siquiera conservaban las huellas de sus pasos.

Meneó la cabeza, y comenzó a descender despacio por unas piedras que formaban una suerte de irregulares peldaños naturales. Abajo, en la planicie rocosa que se divisaba entre la niebla, una figura escurridiza se hubiera fundido con el paisaje de no llevar un largo abrigo granate.

Tuvo la corazonada de que era Natalie. Al fin y al cabo, tampoco vivía ninguna otra mujer en aquella parte de la isla. A riesgo de caerse, corrió tras ella saltando sobre las rocas.

30

Gabriel la alcanzó cuando ella se disponía a abrir la puerta de su coche: un Porsche Cayenne todoterreno. Vestía un largo abrigo granate y calzaba unas botas altas de agua. Debía de medir alrededor de un metro setenta y, aunque resultaba difícil calcular su edad, aparentaba estar en la mitad de su treintena. Su cutis blanquecino armonizaba con la media melena rubia que le caía sobre los hombros. Los ojos rasgados de color miel estaban enmarcados por unas finas cejas que trazaban un arco bien definido y ovalado.

—Disculpa, ¿eres Natalie? —le preguntó, todavía resoplando por la carrera.

—¿Cómo sabes mi nombre?

—El párroco me ha hablado de ti y me he arriesgado a probar suerte…

Sus labios, gruesos y esponjosos, se curvaron en una mueca de desdén.

—El viejo Tom Baker… *Mala hierba nunca muere* —dijo imitando la voz grave del cura.

Gabriel se encogió de hombros.

—Para ser un sacerdote, es un tanto supersticioso y gasta unas malas pulgas…

La expresión de Natalie se dulcificó y esbozó una débil sonrisa al decir:

—Supongo que debes trabajar en New World.

—No soy científico, sino periodista. Iria, una amiga de Barcelona, sí trabaja en los laboratorios y me ha invitado a pasar una temporada con ella.

—Iria —repitió ella lentamente—. Un nombre precioso.

Él asintió con la cabeza. Las ráfagas de viento volvían a arreciar con fuerza.

—¿Qué te parece si seguimos hablando en mi casa? —propuso Natalie—. Está muy cerca de aquí y nos evitaremos soportar este viento tan molesto. Si conduzco despacio no tendrás problemas para seguirme —añadió señalando su bicicleta caída en el suelo.

Gabriel la recogió y se montó sobre el sillín. Era la segunda vez que decidía seguir a una mujer en aquella isla. La primera había acabado muerta...

La casa, muy próxima al faro, estaba construida con piedra nueva sobre una playa de guijarros negros. Los grandes acantilados que circundaban aquella cala la protegían de los vientos, y su privilegiada posición le permitía disfrutar de vistas panorámicas sobre la pequeña bahía que se abría frente a ella.

Desde las ventanas del salón se podía admirar el resplandeciente azul cobalto del océano. Los anaqueles de madera que cubrían una parte de sus muros sostenían centenares de libros y la temperatura era cálida gracias al fuego de la chimenea, muy próximo al sofá de piel donde se habían sentado.

Natalie se había sacado el abrigo. De complexión delgada, vestía unos tejanos y un jersey blanco de cuello de cisne muy ceñido que marcaba las formas de sus pechos. Se ausentó unos minutos y volvió portando una bandejita en la que se apoyaban dos delicadas tazas de porcelana y una tetera.

—Un poco de té nos vendrá bien —dijo mientras le servía su taza.

Gabriel recordó los rumores que había oído sobre ella. Desde luego, no parecía ninguna loca. Por el contrario, su aspecto era el de una mujer elegante y acostumbrada a la buena sociedad. Aquella casa rústica, pero de líneas modernas, había sido diseñada para fundirse con naturalidad con el paisaje. Si los lugareños de Moore le profesaban tanta animadversión, quizás habría sido necesario trasladar a albañiles de otra isla cercana para construirla.

Según el párroco, se había ido de la isla muy joven. Gabriel se preguntaba por qué habría regresado allí. Tras agradecerle su hospitalidad, decidió tantearla.

—El lugar donde vives es precioso, aunque un poco solitario.

Ella le dirigió una sonrisa triste.

—Siempre he sido un ave rara. Estas tierras fueron sacudidas por un terremoto justo el día en que nací. ¿No te lo ha contado el párroco? Es una historia que le encanta…

—Soy periodista y no suelo creerme todo lo que me dicen a no ser que lo pueda contrastar. El cura también me aseguró que nadie te había visto durante los últimos meses, y yo, que solo llevo dos días aquí, ya te he encontrado esta mañana…

Natalie se quedó en silencio con expresión pensativa. Unas arrugas apenas perceptibles se dibujaban en las comisuras de sus ojos rasgados. Era sin duda una mujer muy hermosa pero, tras su mirada de color miel, se adivinaba un poso de amargura que la torturaba sin descanso.

—La verdad —dijo bajando el volumen de su voz— es que si me hallaba en lo alto de ese acantilado es porque quería observar el lugar desde el que se cayó ayer una joven noruega.

—¿Y cómo supiste lo que le sucedió a esa chica? Según tengo entendido, no hablas con nadie del pueblo.

—Y así es.

—Entonces…

—Me lo dijo Colum. El irlandés y yo formamos una suerte de alianza en esta parte perdida de la isla. Él en su torre y yo en mi castillo de piedra…

Gabriel dio un sorbo a su taza de té. Quizás, pensó, fuera el irlandés el que le hiciera las compras para evitarle el mal trago de bajar a un pueblo en el que nadie deseaba verla. Con toda probabilidad el farero estaría más que contento de poder ayudar a una mujer tan atractiva, pero eso no resolvía muchos de los misterios que la envolvían.

—Torres, castillos de piedra… y, en el centro de Moore, el laboratorio que promete revolucionar el mundo genético.

—Un nuevo mundo no será el mejor para todos —auguró ella con gesto sombrío.

—¿Qué quieres decir?

Natalie no respondió. Se levantó y, tras repasar con su vista los anaqueles de madera, escogió un libro muy grande bellamente encuadernado y se lo entregó en silencio. Era la Biblia. A continuación lo abrió por el pasaje del Génesis en que Adán y Eva son expulsados del Paraíso. Una parte estaba subrayada.

Y dijo Yahvé:

«¡Resulta que el hombre ha venido a ser como uno de nosotros, en cuanto a conocer el bien y el mal! Ahora, pues, <u>cuidado, que no alargue su mano y tome también del árbol de la vida y comiendo de él viva para siempre</u>. Y lo echó Yahvé del Jardín del Edén.»

Tras expulsar al hombre, puso delante <u>del Jardín del Edén</u> querubines y la llama de espada vibrante <u>para guardar el camino del árbol de la vida</u>.

—¡Vaya por dónde! —exclamó Gabriel—. Toda mi infancia creyendo que la expulsión del paraíso se había producido por culpa de morder una manzana, y lo que de verdad preocupaba a Yahvé era que el hombre probara los frutos del árbol de la vida.

—Nuestra secuencia genética está diseñada —explicó Natalie— para que tengamos una vida relativamente corta, pero si fuéramos capaces de cambiar su programación, nuestros años se transformarían en siglos. El santo grial de la genética siempre ha sido la inmortalidad. Cuando se consiga, seremos los nuevos dioses y podríamos superar incluso a los elhoim del Antiguo Testamento...

Natalie recogió la Biblia y la cerró con cuidado. Sus labios temblaban ligeramente.

—En un futuro próximo —afirmó—, existirán personas que tengan acceso a comer de ese árbol y a vivir durante siglos o incluso milenios...

Imágenes espantosas cruzaron por la mente de Gabriel.

—Los recursos de nuestro planeta son limitados. ¿Qué pasaría entonces con los miles de millones de habitantes que actualmente lo pueblan?

Natalie dio un pequeño sorbo a su taza de té.

—Por eso decía que el nuevo mundo no será para todos. Será solo para los elegidos.

—En ese caso, los nuevos dioses serían para nosotros un nuevo tipo de especie invasora: la definitiva...

31

El sol fue desapareciendo de su vista, como engullido por la tierra, mientras pedaleaba hasta New World. Abrió con su tarjeta la verja de entrada e ingresó en aquel centro puntero de investigación enclavado dentro de una isla donde el tiempo se había detenido para sus lugareños.

Aislada en aquel mundo primitivo que la rechazaba como a un cuerpo extraño, Natalie debía de encontrarse muy sola. Gabriel se preguntó una vez más qué hacía en Moore una mujer atractiva, adinerada y que parecía haber pasado buena parte de su vida en la alta sociedad.

Por mucho que en aquella isla estuvieran sus raíces, su regreso desprendía el aroma oscuro de un exilio impuesto como penitencia a sus pecados, ya fueran reales o imaginarios. Pero tal vez existiera otro tipo de razones que explicaran su presencia allí…

Saltaba a la vista que Natalie tenía ganas de conversar y eso lo podía entender muy bien. La mera compañía de Colum jamás cubriría los vacíos de aquella alma cultivada e inquieta. Sin embargo, sus misterios seguían ocultos por una espesa niebla que ella misma se encargaba de que fuera impenetrable.

Distraído con estos pensamientos, Gabriel se sorprendió al descubrir en New World a un hombre mirando al cielo, sentado sobre los peldaños de uno de los chalets. Al acercarse, se percató de que se trataba de George.

—Hola, Gabriel —lo saludó al reconocerle—. ¿No es magnífico? El viento se ha llevado todas las nubes y las estrellas casi parecen al alcance de la mano.

Gabriel alzó la vista. El espectáculo era ciertamente inmenso. Infinitos puntos de luz se distinguían ya en el firmamento.

Resultaba imposible mirar aquel prodigio sin creer en algo más. Acudieron a su mente los elhoim del Antiguo Testamento y los anunnaki de las milenarias tablillas sumerias. Un escalofrío lo recorrió por dentro.

—Y pensar que estamos viendo ahora lo que sucedió tanto tiempo atrás —dijo George, extrayendo un puntero láser de su bolsillo para señalar varias de las estrellas más resplandecientes—. Esa es la constelación de Orión y la que brilla más es Rigel, una jovencita gigantesca que se encuentra a tan solo novecientos cincuenta años luz de nosotros.

—O sea, que en realidad ya no es tan jovencita —bromeó Gabriel.

George suspiró, sosteniendo su mirada contra el cielo.

—De adolescente quise ser astrofísico, pero al final me decanté por la biología molecular. ¿Y sabes? Lo malo de tomar una decisión es que el tiempo no permite dar marcha atrás para corregir errores.

Su cara se ensombreció y bajó la vista a tierra. Luego le propuso:

—Te invito a tomar una cerveza en mi choza.

Gabriel aceptó. El frío viento arreciaba y quería hacerle algunas preguntas que nada tenían que ver con las estrellas.

El interior de su vivienda era un auténtico caos. Las mesas y las sillas estaban cubiertas de latas de cerveza abiertas, y los ceniceros sucios se diseminaban sin criterio por el salón. Las bolsas de comida se amontonaban en el suelo, y era posible divisar libros apilados en cualquier punto donde uno fijara la vista.

Gabriel se preguntó cómo alguien tan desordenado podía destacar en la investigación. Había leído estudios en los que se concluía que los trabajadores con mesas desordenadas eran más creativos que el resto, pero lo de George era excesivo.

El científico trajo dos sillas de la cocina atestadas de ropa y libros. Entre ambos retiraron los objetos y, tras servirse unas latas de cerveza, se sentaron en el salón.

—Creo que la cena de ayer fue una advertencia para mí —dijo George de sopetón.

Gabriel casi se atragantó con la cerveza.

—¿Qué quieres decir con eso?

—Digamos que Leonard puede no estar del todo tranquilo conmigo. —Dio un trago largo a su cerveza, como si quisiera darse ánimos para continuar hablando—. La verdad es que expliqué a Erika ciertos detalles de los experimentos en que he participado recientemente.

—¡Vaya! Entiendo tu preocupación... ¿Y por qué a Erika?

—Eso no es asunto tuyo ni le importa a nadie —repuso George.

Llevaba en su dedo anular un anillo de casado. Aquel era un tema del que, por motivos obvios, prefería no hablar.

El científico apuró su lata y la dejó en el suelo con un gesto brusco. Pequeñas gotas de sudor comenzaban a perlar su frente. A Gabriel le pareció estar viendo a un animal acorralado.

De repente se levantó y, tras dirigirse a la cocina con paso vacilante, regresó con una botella de medio litro de cerveza negra.

—Vine a esta isla atraído por los altos sueldos que ofrecían, así como por el prestigio del profesor Rajid y del propio Leonard. Ambos son brillantes y para ellos los límites a la investigación no deberían existir. Tal vez tengan razón, pero hay ciertas cosas... A mí me contrataron para combatir la plaga de los insectos que se conocen popularmente como picudos rojos. ¿Has oído hablar de ellos?

Gabriel asintió con la cabeza.

—He leído varias noticias sobre esos insectos. Es otra de las especies invasoras procedentes de Asia que se han instalado en España y sus víctimas propiciatorias son nuestras palmeras. Se introducen dentro de ellas para criar las larvas, y perforan en los troncos galerías de más de un metro de longitud. Para cuando se descubre su presencia, el árbol ya no tiene salvación.

George dio un trago a su botella antes de explicar:

—No me extraña que la prensa de tu país haya publicado noticias sobre el asunto. Solo en Valencia han muerto cuarenta mil palmeras en los dos últimos años, y la plaga se extiende en todo el Mediterráneo. La Unión Europea ha impulsado el programa Palm Protect para buscar soluciones, pero nosotros ya tenemos una que representa toda una revolución.

Gabriel se acomodó en su silla. Aquello prometía ser de lo más interesante.

—No soy un experto en el tema, pero intentaré seguirte.

—Es muy sencillo. Hemos diseñado unas palmeras genéticamente alteradas para producir las mismas proteínas que un hongo llamado *beauveria bassiana*. Su contacto enferma de muerte a los picudos rojos, que dejarán de ser amenazas para una palmera capaz de defenderse a sí misma.

—Erika me habló de que New World está controlada por una multinacional dedicada al negocio de los transgénicos —dijo Gabriel— y estaba muy preocupada por los efectos que podrían tener esta clase de experimentos.

—Tenía razones para ello… Los tests sanitarios solo miden los resultados durante el tiempo en que se realizan las pruebas. Pero no tienen en cuenta que, al insertar nuevos genes en el ADN de las plantas su comportamiento futuro tendrá un componente aleatorio que, por distintos motivos, podría ser muy distinto al inicialmente previsto. Pero eso no es lo que más me asusta…

George guardó silencio y se secó la frente con su mano. Ahora sudaba copiosamente y su mirada se paseaba sin rumbo por la habitación.

—¿Qué es entonces lo que te inquieta?

—New World ha dado un paso de gigante. Que las palmeras puedan matar a los picudos rojos es solo un ejemplo de lo que puede lograrse con la tecnología genética que estamos desarrollando. Hemos franqueado la barrera de las especies y de aquí en adelante cualquiera podrá matar a otra con la programación adecuada.

Gabriel sintió vértigo al recordar las palabras de Natalie.

«El nuevo mundo será solo para unos pocos: los elegidos.»

—Oye, ¿no te preocupa contarme todo esto? Leonard exige la más estricta confidencialidad y yo no dejo de ser un periodista...

—Ya no me importa —lo cortó George—. He decidido que en un par de días presentaré mi dimisión y volveré a Glasgow con mi mujer. Prefiero ser un profesor mal pagado en una facultad, o incluso en un instituto de secundaria, que permanecer una semana más aquí. Este lugar me está volviendo loco.

32

El sonido de la alarma despertó a Gabriel. Todavía somnoliento, buscó a Iria, pero ya no estaba en la habitación. Se levantó de la cama y, tras enfundarse la bata, se remojó la cara con agua fría. A continuación salió al salón. Las luces se encendieron automáticamente a su paso y *Mima* emitió un maullido que le sonó como una queja. Erguida sobre un sillón hecho trizas, con los ojos entrecerrados y los bigotes muy tiesos, parecía una reina enfadada con su imperio.

Esbozó una sonrisa y se dirigió a la cocina. *Mima* saltó con agilidad del sofá y le siguió los pasos.

Iria estaba sentada a la mesa octogonal de madera frente a la ventana. Vestía una colorida bata de seda japonesa y se había preparado el desayuno: zumo de naranja y tostadas con mantequilla.

Al verlo entrar, alzó la vista y lo observó en silencio. Como si quisiera cortar la tensión latente, *Mima* se abalanzó sobre la mullida moqueta instalada bajo la mesa y le propinó una sarta de arañazos furiosos.

—Parece que no le gusta demasiado este lugar —observó Gabriel con un punto de ironía.

—Los siameses odian los cambios y la pobre estaba tan acostumbrada a mi piso de la Barceloneta… —dijo Iria tomando a la gata entre los brazos—. Pero pronto se adaptará a su nueva casa —afirmó mientras la acariciaba.

Gabriel desvió la vista hacia la ventana de la cocina. El sol naciente iluminaba las rocas rojizas del desierto como huevos incandescentes que aguardaran su momento para despertar.

Iria frunció el ceño y lo miró con expresión impaciente.

—Bueno, ¿me vas a explicar por fin lo que pasó ayer?

Por mucho que lo lamentara, no le podía revelar lo que le había dicho George. El riesgo de que se lo acabara contando todo a Leonard era enorme. En tal caso, el científico tendría serios problemas y él mismo no podría seguir indagando con discreción sobre lo que se tramaba en New World. Tampoco podía desvelar su trato secreto con Carl, el padre de la pelirroja. Y tras lo sucedido en el barco de la pelirroja, hablar de su largo encuentro con Natalie tampoco lo ayudaría en nada sino todo lo contrario.

—Ya te lo conté anoche —dijo con voz firme—. Estuve explorando la isla, al volver me encontré con George, me invitó a su chalet y...

Los mofletes de Iria se habían inflamado y la piel de su rostro brillaba con el tono rojizo del amanecer.

—Sí, sí, pero ¿se puede saber de qué hablaste tanto rato?

—Necesitaba hablar con alguien de sus problemas, pero, como te dije, le prometí no explicárselos a nadie.

Ella meneó la cabeza con incredulidad. Gabriel sopesó que su mejor defensa radicaba en pasar al ataque, así que añadió:

—Tú tampoco me contaste nada de tu reunión particular con Leonard.

—¡Son temas estrictamente profesionales sobre los que debo guardar secreto!

—¡Ah, sí, claro! ¿Crees que no me he dado cuenta de que Leonard te tiene echado el ojo? Y lo que más me molesta es que lo sabes muy bien.

—No sigas con tus tonterías —lo advirtió, dejando libre a la gata, que corrió rauda hacia el salón—. Leonard es un hombre fantástico que actúa como un profesor para sacar lo mejor de mí misma. Y si se toma tanto interés...

—Sí, sí, un interés muy personal... —la cortó Gabriel con sarcasmo—. Sobre todo con algunas. Es conocido que los gurús siempre se fijan en las chicas más jóvenes y guapas de su grupo.

Iria se levantó de la mesa con expresión ofendida y se cruzó de brazos frente a él. Sus ojos habían enrojecido pero su mirada era firme y resuelta.

—¡No voy a tolerar que hables mal del profesor! —exclamó indignada—. Espero que reconsideres tu actitud. Desde que has llegado a la isla no está siendo muy positiva, que digamos. Ahora me tengo que ir a trabajar, pero esta noche hablaremos…

Dicho esto, salió de la cocina envuelta en su bata japonesa, dejando el desayuno intacto sobre la mesa. No había probado ni un bocado.

Gabriel era consciente de que su actitud debía de ser incomprensible para ella. El problema era que no le podía explicar casi nada. Al menos de momento. En un par de días, cuando George hubiera presentado su dimisión, le desvelaría algunas cosas y ella podría comprenderlo mejor. Por nada del mundo quería que su relación con Iria se convirtiera en otra de esas vías muertas que se amontonaban en su vida. Y, sin embargo, también sabía que no podía abandonar sus investigaciones sobre New World por alto que fuera el precio que tuviera que pagar por ello.

Se levantó y salió a tomar el aire. Tenía la sensación de estar ahogándose.

El viento helado le azotó el rostro con fuerza. Una suave neblina cubría el cielo. Se acordó de su admirado Albert Londres, el padre del periodismo francés de investigación. Su último trabajo, en el año 1932, versaba sobre el tráfico de drogas y armas en Asia. Había pasado un año recabando pruebas sobre el terreno y regresaba a Europa con un amplio reportaje que supondría un golpe mortal para los magnates occidentales que amasaban fortunas a costa de aquellos crímenes. Un incendio en el paquebote que lo llevaba de vuelta propició su muerte y la oportuna pérdida de todos sus papeles. Nunca se pudo probar si fue un accidente o un atentado.

Gabriel se preguntó si la pelirroja también habría escrito su particular bloc de notas antes de precipitarse al vacío.

33

El sol de la mañana salpicaba de reflejos dorados las olas que rompían contra el promontorio sobre el que se elevaba el faro. Solitario y alargado, su sombra se extendía sobre las rocas de tonalidad anaranjada que le servían de base. El frío viento estaba trayendo nubes bajas y niebla, pero al menos Gabriel había conseguido llegar hasta allí sin que el cielo descargase sobre él ninguna tormenta.

Llamó al timbre mientras vociferaba el nombre de Colum. Tuvo que esperar varios minutos, pero al final su perseverancia obtuvo premio y el irlandés asomó su rostro tras la puerta.

—Hola, Gabriel —lo saludó con voz carrasposa.

Tenía legañas en los ojos y su cara parecía un poco hinchada, pero aun así lo invitó a pasar.

Subieron las escaleras de caracol hasta un habitáculo desordenado con todo tipo de objetos esparcidos por el suelo. Colum se las apañó para localizar rápidamente una taza de café y una silla plegable. Cargaron con ellas y, tras abrir la trampilla del techo, subieron al recinto circular acristalado desde donde la torreta metálica con ojos de buey alumbraba a los barcos durante sus travesías nocturnas.

El irlandés cogió un termo del suelo y le llenó la taza de un humeante café.

—Iba a tomarme uno justo cuando has llamado —dijo, sirviéndose otro.

Gabriel dio un sorbo. No le desagradó. Era dulce y ácido con un toque amargo. Admirando la panorámica desde aquella atalaya que dominaba las costas norte y este de la isla, comentó:

—Sería difícil encontrar un sitio mejor para desayunar.

—¿Tú también tomas un café en ayunas para despertarte?

Asintió con una sonrisa.

—La verdad es que he venido por lo que sucedió con esa chica. Quería saber si viste algo desde aquí el día en que falleció Erika.

Colum emitió un hondo y prolongado suspiro.

—Suponía que volverías...

Gabriel no estaba seguro de si se refería a la mañana anterior, cuando estuvo llamándolo de forma insistente sin que nadie le abriera. Ya no tenía importancia.

—La tarde en que sucedió la tragedia subí un momento a la torre de vigía —dijo Colum, posando su vista en el horizonte con gesto cansado—. Pura rutina para comprobar que todo estaba en orden. La vida en un faro es muy solitaria y las distracciones, limitadas. Vi a unos pájaros sobrevolando el faro e intenté seguir su vuelo, pero la niebla me lo impidió. Por puro entretenimiento me quedé un rato más tratando de adivinar adónde iban.

Gabriel recordó la historia que les había contado sobre cómo había conseguido prohibir la forma en que los lugareños cazaban a las crías de alcatraces, granjeándose así la enemistad unánime del pueblo de Moore. El irlandés era un tipo peculiar al que parecían gustarle más las aves que la compañía humana...

—¿Ves aquel acantilado de allí? —le preguntó señalándolo con un dedo.

Desde lo alto del faro se podía divisar el contorno de la isla como si fuera uno de sus pájaros. La costa, cortada verticalmente, caía a plomo sobre un mar furioso. Las olas se hacían trizas contra sus rocas en un vaivén incesante. Un acantilado sobresalía de entre el paisaje, como si fuera el abanderado de la isla en su lucha contra el océano.

—La niebla era espesa —prosiguió—, pero se abrió un pequeño claro que me permitió divisar a un hombre entre las brumas, justo en lo alto de ese acantilado que se adentra más en el mar. Serían alrededor de las cuatro. Estaba de espaldas, y llevaba un anorak azul con capucha, pero no le di mayor importancia. Supuse que era uno de esos activistas con los que iba la pelirroja. A ella le gustaba contemplar el atardecer asomada a ese barranco. La había visto allí más de una vez…

Se hizo un largo silencio. Un solitario alcatraz pasó volando frente al faro. Con sus alas extendidas, Gabriel calculó que debía de medir casi dos metros. Blanco como la espuma del mar, planeaba por el aire sin esfuerzo.

Colum meneó la cabeza. Su respiración se había hecho más pesada, como si le costara inspirar el aire.

—¿Sabes qué? —le preguntó sin mirarlo—. Hace tres días vi a George y a esa pelirroja encaramados sobre el mismo arrecife desde el que se despeñó. También él llevaba un anorak azul…

Resopló como si se hubiera liberado de un peso enorme y continuó sin apartar su vista del ave voladora. Gabriel comprendió al instante el impacto de aquella revelación.

—¿Qué le contaste a la policía? —le preguntó expectante.

—Querían saber si había visto algo desde mi atalaya el día en que murió esa chica. Les contesté que hacia las cuatro de la tarde me pareció ver a un hombre de espaldas sobre ese acantilado que ves.

—¡Joder! Los pescadores encontraron el cuerpo sin vida de Erika poco después de las cinco. Podría ser un dato clave para la investigación.

El irlandés se encogió de hombros mientras afirmaba con voz carrasposa:

—No creo. El inspector recalcó que yo iba muy cargado de copas y que, según el parte meteorológico, la niebla era muy espesa en esta parte de la isla. Después, me preguntó si estaba completamente seguro o si podía haberme equivocado y ser todo meras imaginaciones mías. Me sentí intimidado y le dije que en realidad no estaba seguro.

Gabriel sopesó que la actuación de la policía había sido muy irregular, cebándose con Colum desde el primer momento y manteniéndolo aislado en la lancha patrullera.

—¿Firmaste alguna diligencia escrita? —le preguntó.

El irlandés asintió con un gesto mudo de cabeza.

Leerla hubiera sido muy revelador, pero sospechaba que eso no sería posible.

—¿Te facilitaron una copia?

Colum se encogió de hombros.

—Ni me la dieron ni la pedí. Ya oíste cómo me amenazaron…

Las palabras del policía de complexión gruesa resonaron de nuevo en su memoria: «Tú vives aquí, y creo que sabrás mejor lo que te conviene…», le había soltado para amedrentarle, tras haberlo empujado y tildado de borracho.

Gracias a su declaración firmada, concluyó, la policía podría cerrar fácilmente el caso de la pelirroja como un accidente.

—¿Y qué hay acerca de George? ¿Les contaste algo?

—No me preguntaron sobre lo que había visto tres días atrás ni tampoco me pareció que quisieran saberlo… Sería diferente si hubiera visto que alguien la empujaba o al menos pudiera reconocer a quien estaba de espaldas el día de la tragedia, pero ni siquiera podría asegurar que era un hombre —se justificó antes de tomar un largo trago de café—. Mi trabajo consiste en controlar el faro y la estación meteorológica. Aquel día había bebido demasiado… Pero no es algo que pueda cambiar. La vida aquí es demasiado solitaria, incluso para mí.

Un espeso silencio se interpuso entre ambos. Probablemente, pensó Gabriel, la comisaría de Lerwick habría recibido alguna llamada de instancias superiores para que concluyeran la investigación tan rápido como pudieran, sin ruido mediático que pudiera poner en peligro los impuestos que pagaba New World.

—No hubiera servido de nada llevarles la contraria —susurró en un tono de voz tan bajo que le costó oírlo—, pero necesitaba contárselo a alguien.

—Dadas las circunstancias, creo que has actuado lo mejor posible.

Se acabaron los cafés y conversaron un poco más sobre temas triviales. Al despedirse, Gabriel estaba persuadido de que era George quien había precipitado a la pelirroja hacia el abismo. Pero antes de comunicar nada a Carl, debía corroborar sus sospechas.

34

Desde que había salido del faro, el viento azotaba su bicicleta sin descanso, mientras los truenos anunciaban un diluvio inminente. El sol había quedado cegado por las negras nubes que se cernían sobre él, pero se podía ver el puerto iluminado por los rayos que descargaban su furia en aquella parte de la isla.

Gabriel pedaleó con todas sus fuerzas hasta el diminuto pueblo de Moore y, con un último esfuerzo, logró alcanzar The Devil's Anchor justo a tiempo de evitar la tromba de agua.

Aunque el pub seguía siendo una cueva oscura, esa tarde le pareció de lo más acogedor. Arthur lo recibió una vez más con una mirada glacial. Debía de ser un rasgo hereditario, porque los retratos que colgaban de sus paredes mostraban generaciones de hombres rudos cortados por el mismo patrón.

Pidió media pinta y el tabernero se la sirvió con los labios fruncidos en un vaso pequeño.

Solo las chicas jóvenes piden medias pintas, parecía querer decirle con aquel gesto de desprecio. Pero de su boca, como de costumbre, no salió ni una palabra.

Gabriel se adentró en el local buscando algún lugareño para entablar conversación. Las mesas estaban vacías. Al fondo, un par de chavales compartían una jarra de cerveza y jugaban una partida de billar. Esperó a que acabaran mientras sus ojos se acostumbraban a la escasa luz de aquel antro. Cuando el chico alto y rubio metió la última bola, puso en práctica su plan para recabar información sobre la muerte de Erika.

—Os reto a una partida —dijo depositando una moneda en la mesa.

El chaval más bajo y pelirrojo la cogió con una sonrisa.

No era de extrañar que, por una vez, alguien del pueblo se mostrara risueño. George le había dicho que las partidas de billar estaban incluidas con la consumición, por lo que ambos creían estar tomándole el pelo. Pero él estaba dispuesto a perder una moneda a cambio de hacerles algunas preguntas.

—Abres tú —dijo el rubio, lanzándole una mirada de desafío.

Gabriel agrupó las bolas con el triángulo, afinó suavemente la punta del taco con tiza y golpeó con decisión.

El primer tiro siempre era el más aleatorio, pero tuvo suerte. Introdujo la bola número catorce en una de las troneras, y otra roja le quedó en una excelente posición. Si conseguía ganarles, les picaría en su orgullo y tendría garantizada otra partida, como mínimo.

Los tiros se sucedieron entre cerveza y cerveza. Gabriel intentó romper el hielo con las típicas preguntas de turista, pero los nativos respondían con monosílabos. La estrategia de confraternización parecía condenada al fracaso. Sin nada que perder, optó por ir directamente al grano.

—¿Venía por aquí la chica noruega? —preguntó, aprovechando una pausa de aquellos dos para apurar su jarra.

Le dirigieron sendas miradas hoscas y continuaron bebiendo.

—La conocí antes del *accidente* —prosiguió él, sin darse por aludido—, y me gustaría saber qué sucedió exactamente. Ni siquiera se ponen de acuerdo los pescadores que encontraron su cuerpo sin vida. El párroco me dijo que uno de los tripulantes de la barca vio a un hombre en lo alto del arrecife desde el que se despeñó...

El pelirrojo no pudo contener una sonrisa socarrona.

—El padre de Andy... No te puedes creer todo lo que cuenta.

El otro chico meneó la cabeza con disgusto.

—Todo el pueblo decía que acabaría mal... Ella misma se lo buscó, pero no es algo de lo que queramos hablar con forasteros.

La partida continuó en silencio. A los chavales les quedaban un par de bolas naranjas, y a él tres rojas. Logró colar dos de las suyas en las troneras y les dejó un golpe difícil. La bola blanca había quedado bloqueada por la única roja que quedaba en juego, y eso les obligaba a una carambola de improbable éxito.

El muchacho espigado se inclinó de cuclillas, estudió su difícil situación durante unos instantes y se jugó un golpe de fantasía. La bola blanca rebotó en dos bandas, cogió efecto, y golpeó con suavidad la naranja número tres, que cayó con precisión milimétrica sobre uno de los hoyos. El resto fue coser y cantar. Encadenó un acierto tras otro hasta que todas sus bolas, incluyendo la negra, fueron desapareciendo de la mesa.

Solo quedó la número cuatro de color rojo. Gabriel había perdido la partida sin margen para reaccionar.

—Nos gustan los turistas —le dijo el chico a modo de disculpa—. Pero no la gente que viene a acampar fuera de temporada o a instalarse en la isla. Esa gente tan solo nos trae problemas. Sobre todo los de New World.

—Lo comprendo —asintió Gabriel con la cabeza—. Yo estoy aquí de paso. Me iré en el próximo *ferry*, pero trabajo de periodista y me gustaría saber qué tipo de problemas acarrea New World a la gente de Moore.

Los chavales se miraron de reojo.

—¿Te juegas cinco libras a la siguiente partida? —le preguntó el más bajo.

Gabriel se metió la mano en el bolsillo, rebuscó en su cartera y depositó el billete color crema encima de la mesa.

El chico rubio y espigado no había mostrado su verdadera habilidad hasta el final. No tenía dudas de que perdería otra vez, pero era el precio por recabar un poco de información. Para animarlos, invitó a otra ronda de cervezas. La estrategia en esta ocasión sí funcionó, porque a mitad de la partida empezaron a soltar la lengua.

—New World ha traído consigo una maldición bíblica —dijo el pelirrojo.

Su compañero asintió enérgicamente con la cabeza.

—Este verano hemos tenido una plaga de gusanos que jamás se había visto en esta isla —dijo con una mueca de disgusto—. Algo de veras extraño porque, además, el párroco aseguró que pertenecían a una especie tropical que no tolera el frío.

Los chicos hablaban con una cadencia propia de escandinavos y Gabriel no entendía algunas palabras sino por el contexto. Tampoco juzgó conveniente mostrar un interés excesivo. Dio un sorbo a su cerveza, afinó su taco e intentó un tiro difícil que a punto estuvo de entrarle.

—Pues yo no he visto ningún gusano y llevo ya unos días dando vueltas por aquí —musitó fingiendo indiferencia.

—Ya... Eso es porque tal como vinieron, desparecieron —afirmó el rubio.

—Pero el remedio fue peor que la enfermedad —intervino el otro—, porque entonces aparecieron las hormigas, y lo peor de todo, aquellas malditas avispas que picaban como demonios.

Todas sus alertas saltaron al escuchar esto último.

—¿Picaron a alguien del pueblo?

Por toda respuesta, el chico espigado cogió el taco y coló en los hoyos todas las bolas que les quedaban en juego, una detrás de otra.

—¿Otra partida? —propuso el pelirrojo—. ¿Elevamos la apuesta a diez libras?

Gabriel se rascó el bolsillo y depositó otro billete sobre el tapete verde. Luego repitió el ritual de acomodar las bolas con el triángulo y colocar la blanca detrás de la línea de cabecera. Al romper la formación multicolor con un tiro lateral, insistió nuevamente:

—¿Atacaron entonces las avispas a alguien?

El pelirrojo frunció el ceño.

—A las dos ovejas de la familia MacNulty. Y ambas murieron.

—Joder... ¿Y se pidieron explicaciones a New World?

El más alto vaciló unos instantes, pero optó por contestar:

—El párroco exigió una entrevista con el director, que negó cualquier responsabilidad del laboratorio. Dijo que las dos ovejas habrían muerto de otra cosa, pero acabó pagando el doble de lo que valían. ¡Menudo cabrón más mentiroso!

—Fue listo y rápido, en todo caso —opinó Gabriel—. Si pagó un buen dinero, fue para evitarse posibles pleitos.

El pelirrojo se llevó una mano a la barbilla con expresión pensativa.

—Es posible, porque cuando una de las avispas picó a la abuela Mary...

Dejó la frase inacabada al advertir la mirada de reproche de su compañero.

—Esas avispas pueden ser una auténtica pesadilla —intervino Gabriel—. Antes de venir aquí hice un reportaje sobre avispas asesinas asiáticas y hasta filmé la destrucción de una de sus colmenas... Si han llegado a Moore, no puede deberse a la casualidad.

El pelirrojo no hizo caso de un puntapié del espigado, y retomó el hilo de su historia.

—La abuela Mary casi la palma tras ser picada por aquella avispa gigante. Se puso blanca como un muerto, le bajó el pulso y apenas podía respirar. El párroco llamó a New World y, en cinco minutos, llegó un hombre con bata blanca que se identificó como médico. Le puso una inyección y acabó salvando la vida.

—¿Y después?... —preguntó asombrado.

—Las avispas desaparecieron junto a las hormigas tan rápido como habían llegado.

35

Gabriel escuchaba con incredulidad las palabras del director, que anunció con expresión airada:

—George se ha marchado. Ha dejado una nota de despedida sin ningún tipo de explicación, más allá de que su abogado se pondrá en contacto con nosotros para pactar el finiquito. —Hizo una pausa y meneó la cabeza indignado—. ¡Serán nuestros abogados quienes se pongan en contacto con él!

Iria murmuró con estupefacción:

—Es increíble…

—Quizás no tanto. Se ha llevado consigo documentación de los experimentos que ha realizado en New World. Como os anticipé, el espionaje industrial está a la orden del día en este negocio. Solo gracias a nuestras estrictas reglas de seguridad hemos podido limitar los daños.

Las sorpresas se sucedían sin pausa, pensó Gabriel.

Al regresar a New World, tras sus visitas al faro y al pub del pueblo, había encontrado un mensaje de su amigo Santi en el correo electrónico. Su artículo sobre los peligros ocultos de las redes sociales había obtenido un número de comentarios muy superior a la media y el director del periódico digital quería que escribiera otro cuanto antes.

Tras reflexionar unos instantes, decidió redactar un nuevo artículo sobre los peligros de las especies invasoras para buscar información por Internet sobre las plagas descritas por los chicos del pub sin levantar sospechas. Como empezaba a temer que el navegador de su ordenador estuviera controlado por New World, debía extremar las precauciones.

Cuando terminó de redactar el artículo, entró Iria en el chalet y le informó de que el director les había convocado a una cena para explicarles algo completamente inesperado.

—Por desgracia, nunca imaginamos de lo que son capaces ciertas personas hasta que ya es demasiado tarde —afirmó Leonard.

Iria troceó un espárrago con expresión abrumada y lo dejó olvidado en su plato.

—Quizás todavía esté en la isla y se pueda dar con él —aventuró.

Una sonrisa irónica se dibujó en los labios del director.

—Ya nos gustaría, pero las cosas son como son. Hemos localizado el coche que solía utilizar al lado de una ensenada de la costa este, ideal para atracar un barco. La organización que le ha pagado unas sucias monedas de plata también se ha cuidado de diseñar su fuga a conciencia. —Hizo una pausa y probó un sorbo de vino—. Lo único bueno es que a partir de ahora ya no tendremos más problemas.

Aquello le sonó a Gabriel como un aviso a navegantes. Tal vez supiera que la noche anterior había pasado un buen rato en el apartamento de George y quería formularle unas cuantas preguntas al respecto. Sin embargo, Leonard no volvió a mencionar aquel asunto.

Durante el resto de la velada se mostró muy ameno y tan seductor como un encantador de serpientes, logrando que el tiempo transcurriera de forma inesperadamente agradable. A la hora de los postres, tras excusarse alegando que debía atender un asunto urgente, los dejó en la anodina compañía de Jiddu Rajid. El doctor era una eminencia en el campo de la biotecnología, pero carecía de los recursos mundanos de su anfitrión.

La conversación se fue apagando sin remedio y, en cuanto el camarero retiró los platos, se despidieron de él con amabilidad.

En el exterior, apenas soplaba el viento y la temperatura nocturna era casi templada, como si tras la tormenta de aquel día la isla necesitara reposar.

—¿Por qué no aprovechamos para andar un poco por la costa? —propuso Gabriel—. Estirar las piernas nos vendría de maravilla...

Quería hablar a solas con ella, pero bien lejos de New World. No podía descartar que Leonard hubiera introducido micrófonos ocultos en su chalet para espiar sus conversaciones.

Ella sonrió débilmente.

—La luna está casi llena, no hace frío. Estará bien dar un paseo nocturno por la costa. De pequeña me relajaba el olor del mar y escuchar su respiración antes de dormirme...

La secretaria les facilitó la llave de uno de los coches que New World tenía a disposición de sus empleados. Gabriel lo condujo hasta el noroeste de la isla, y aparcó justo pasado el faro. Su luz parecía confabularse con la luna para formar una estela plateada en aquel océano extrañamente tranquilo, como una bestia adormilada tras haber saciado su hambre.

El camino que bordeaba la costa estaba iluminado por un deslumbrante firmamento de estrellas. Sin querer, a Gabriel le vino a la mente la imagen de George sentado en los peldaños de su chalet, contemplando el cielo nocturno. No dejaba de asombrarle lo que había hecho aquel aspirante a astrofísico.

—Hay algo que quería decirte, Iria. Cuando George me invitó ayer a tomar unas cervezas en su caótico apartamento, parecía un animal enjaulado. Se lo veía tan agobiado... Ahora comprendo por qué: estoy convencido de que fue él quien mató a la pelirroja.

Ella abrió mucho sus ojos azules con expresión desconcertada.

—¿Cómo puedes estar seguro de algo así?

—Por varias cosas. La primera es que el farero les vio juntos hace tres días en el borde del mismo acantilado desde el que se despeñó.

—Eso no prueba nada.

Gabriel giró su cabeza y contempló la luz que desprendía aquel faro solitario, testigo mudo de cuanto había sucedido.

—Colum también vio a un hombre de espaldas sobre las cuatro de la tarde del día en que sucedió la tragedia —reveló, bajando el tono de voz—. Estaba envuelto por la niebla, y su cabeza quedaba oculta por la capucha de un anorak azul. El mismo color del que llevaba George cuando bajamos juntos al pub del pueblo...

Iria meneó la cabeza.

—Lo que vio el farero es muy inquietante, y George ha demostrado ser capaz de cualquier cosa, pero de ahí a pensar que la asesinara...

—Espera, eso no es todo. La noche en que la policía acudió al faro, instaló a Colum en la cabina de mando de su lancha patrullera y a nosotros nos dejaron en la intemperie, tumbados sobre una colchoneta en la cubierta de popa. El trato que nos dieron fue vejatorio a más no poder. Al principio, yo estaba indignado. En cambio George parecía muy asustado, como si se supiera sospechoso de algo grave. En aquel momento no le di más importancia, pero ahora...

—¡Claro que se sabía sospechoso! De espionaje industrial y robo de patentes, nada menos. Un crimen penado con varios años de cárcel.

El mar fosforescente se había teñido de un raro dorado y el murmullo de las olas rompiendo con suavidad en la costa llegaba hasta sus oídos.

—Hay algo más —prosiguió tras vacilar unos instantes—. George me confesó que también habló con la pelirroja sobre los experimentos en que había participado. Aunque está casado, tuvo una aventura amorosa con esa chica noruega.

Iria frunció el ceño con severidad.

—¿Y qué más te dijo? ¿Que New World estaba implicado en peligrosos experimentos genéticos ilegales?

Gabriel asintió.

—A veces pecas de ingenuo —le recriminó ella—. George trabajaba en realidad para la competencia y, antes de fugarse, les quiso prestar un último servicio. Como sabía que eras periodista, te tendió un anzuelo para que picaras y trataras de vender una exclusiva sensacionalista. ¡Si hasta puedo ver los titulares! «MULTINACIONAL IMPLICADA EN EXPERIMENTOS GENÉTICOS ILEGALES Y EN LA OSCURA MUERTE DE UNA ACTIVISTA NORUEGA.» Por no mencionar al científico que se ha dado a la fuga de la isla escocesa en la que trabajaba, tal vez para salvar su propia vida según fuentes bien informadas...

Un escalofrío le recorrió la columna vertebral. Comprendió al instante que, sin necesidad de micrófonos, Leonard sabría por boca de Iria cuanto le contara aquella noche.

—Creo que tienes razón —mintió Gabriel—. George no me aportó ni una sola prueba de sus afirmaciones, y en cambio tu explicación es mucho más plausible. Probablemente confiara en que un periodista sin empleo explotaría sin escrúpulos los aspectos más escabrosos de esa historia. Por eso trató de manipularme haciéndome partícipe de sus supuestas confidencias... Dañar la reputación de New World era lo único que perseguía.

Ella inspiró hondo y siguió caminando. A lo lejos se veía una luz alumbrando una cala oscura. Solo podía ser la casa de Natalie.

—¿Hay algún otro secreto que no me hayas contado?

Unos cuantos, pensó él. Pero no podía hablarle acerca de las averiguaciones que estaba realizando sobre New World. Y eso incluía la conversación con los chicos del pub acerca de las insólitas plagas que había sufrido la isla de Moore este verano. Respecto al encargo de Carl, el padre de Erika, tampoco pensaba soltar prenda. En cambio, hablarle de Natalie no entrañaba riesgos.

Ella escuchó con extrañeza su enigmática historia mientras ascendían por un camino que los llevó hasta el borde de un acantilado. Apostados en su cima, divisaron su casa de piedra, rematada por una buhardilla sobre el techo. De estructura triangular, a través de su ventana se veían las sombras recortadas de un hombre y una mujer. Estaban de pie, pero no era posible distinguir sus rostros desde la distancia.

Como si hubieran presentido su presencia, las luces se apagaron y la buhardilla quedó a oscuras.

—¡Vaya! —exclamó Iria—. Parece que esa misteriosa mujer no es tan solitaria como dicen.

36

Por primera vez desde que estaba en la isla, no se divisaba ni una nube. El intenso azul del cielo parecía reflejar el mar y el sol brillaba espléndido en lo alto. Una suave brisa acariciaba el rostro de Gabriel mientras pedaleaba en su bicicleta.

A la vista de aquella mañana tan agradablemente tentadora, ella le había propuesto visitar alguna playa a la hora de comer. Él ya sabía a qué cala la llevaría. Una muy especial que le había recomendado el irlandés.

Se acordó de lo apasionada que se había mostrado ella tras el primer beso en su apartamento de la Barceloneta y de sus ilusiones sobre lo bien que estarían juntos en aquella remota isla escocesa. Los labios de Gabriel dibujaron una sonrisa amarga. Las cosas no habían ido como imaginaban debido a las insólitas circunstancias en las que se había visto envuelto.

Por fortuna, la relación con Iria había vuelto a dar un paso adelante tras su larga conversación nocturna. Sin embargo, resultaba imposible prever lo que sucedería en un futuro próximo si, tal como era su intención, se empeñaba en seguir investigando.

«Preocuparse antes de tiempo nunca lleva a ninguna parte», pensó mientras continuaba pedaleando.

Aparcó la bicicleta en la calle del pueblo y se tocó el bolsillo del tejano para asegurarse de que el *pendrive* continuaba en su sitio. Allí guardaba las notas que había ido tomando durante su estancia en Moore, siempre con la precaución de no dejar nada grabado en el disco duro de su ordenador portátil.

La única tienda de la isla lo transportó a otra época. Dos grandes canastos en la entrada almacenaban manzanas, cucuruchos de legumbres, bolsas de frutos secos, huevos, cebollas y ajos. En el interior, los productos más variopintos de alimentación y de limpieza se acumulaban en sus estantes sin orden ni concierto.

El espacio era reducido, pero estaba tan aprovechado que del techo colgaban telas para confeccionar vestidos, bastones, velas de cera, afilados cuchillos, toallas, paraguas y unos cuantos objetos más.

Cogió los paquetes de café que había ido a buscar y se dirigió al mostrador. Sobre una mesa de madera gastada se apoyaban una antiquísima báscula de contrapesos con doble platillo y una compacta caja registradora muy similar a las que había visto en algunas películas del Oeste.

El tendero se tomó su tiempo para darle el cambio, y apuntó su compra en un vetusto libro de contabilidad.

—Parece que estemos predestinados a encontrarnos —oyó a sus espaldas.

Al girar la cabeza, reconoció al párroco del pueblo con su característica y poblada barba pelirroja.

—Me alegro mucho de verlo, padre. Precisamente quería hablar con usted de un asunto. Si tiene un momento, me gustaría invitarlo a un café o unas pintas.

El cura accedió, y ambos traspasaron el umbral del Anchor's Devil, tres casas más allá del local donde se había abastecido de café. El pub estaba tan vacío que ni siquiera se encontraba allí su dueño. El reverendo lo llamó a viva voz y Arthur salió de una puerta lateral que daba a la trastienda.

Saludó con respeto al párroco, les sirvió un par de pintas sin preguntar, y desapareció de nuevo cerrando la puerta tras de sí.

Aprovechando que eran los únicos clientes del local desierto, Gabriel le contó la inesperada fuga de George y sus sospechas de que pudiera haber asesinado a la pelirroja escandinava.

—La forma en que reaccionó cuando la policía nos detuvo fue muy extraña… Yo estaba indignado por el trato que nos propinaban, mientras que él se mostró huidizo y temeroso en todo momento, como si se creyera culpable de algo. Y ahora, a la luz de su fuga, estoy casi convencido de que fue él quien la mató.

El párroco se llevó una mano a su barba en actitud pensativa y anunció sombrío:

—Pudiera ser muy bien que estuvieras en lo cierto.

Gabriel lo miró expectante. Si alguien estaba al tanto de casi todo lo que sucedía en aquella recóndita isla, era él.

—Ese científico del diablo estaba loco por ella —reveló con voz grave—. Preguntaba a todas horas por la chica, y le daba a Arthur propinas exageradas para que lo informara de cuándo se dejaba caer por allí, con quién entraba y salía... —Hizo una pausa y suspiró contrariado—. A la noruega le gustaba frecuentar este pub, pero aquella historia no podía acabar bien de ninguna de las maneras. Esa chica era demasiado... promiscua. Nunca tenía suficiente. Es curioso... La misma noche en que llegaste con el *ferry*, se la oyó alardear de que por fin podría acostarse con un hombre guapo en esta isla.

Gabriel arqueó las cejas en señal de sorpresa, pero no comentó nada al respecto.

—Arthur es poco hablador, pero tiene el oído muy afinado. —El cura acompañó sus palabras de una risa socarrona—. Al final, todo se acaba sabiendo en un lugar tan pequeño como este. George tuvo un romance con esa jovencita voluptuosa y se quedó colgado de ella, como dirían los jovenes. Yo mismo los vi más de una vez contemplando juntos el atardecer desde el acantilado por el que ella cayó.

—Pero que tuvieran un romance no es motivo para matarla —protestó Gabriel.

—O sí... —lo rebatió el párroco, tamborileando con sus dedos sobre la mesa—. Por lo que me explicaste, tú estuviste un buen rato a solas con ella en su velero y poco después los pescadores la encontraron muerta. ¿No te dice nada esa coincidencia?

Un escalofrío le recorrió el cuerpo.

—¿Quiere decir que la pudo matar por un ataque de celos?
—preguntó alarmado.

El cura guardó silencio y entrecerró los ojos, como si estuviera intentando adivinar lo sucedido.

—La mayoría de los crímenes no son premeditados —dijo al fin—. Son más bien pasionales y ocurren por accidente. Tal vez subieran al acantilado, como habían hecho otras veces, y allí estallara una discusión. El viento es muy traicionero y cualquier gesto brusco pudo haber propiciado su caída...

Las imágenes de aquella pesadilla se proyectaron en su mente con una nitidez extraordinaria. La versión del párroco era muy coherente con todo lo que sabía. Y, sin embargo, seguía sin comprender del todo para qué le había contado George nada acerca de su aventura con ella. ¿Remordimientos? ¿Desesperación? ¿Por qué se había desahogado con él? ¿Para incitarlo a tratar de publicar un reportaje que pusiera en tela de juicio la reputación de New World?

Ninguna de las respuestas acababan de convencerlo.

—Ya sé que no le tenía demasiada simpatía a esa chica —dijo Gabriel—, pero en el fondo también ella, al igual que vosotros, quería defender la isla. Estaba convencida de que New World llevaba a cabo experimentos genéticos ilegales y, por lo que he sabido hace poco, parece que estaba en lo cierto.

Su interlocutor esbozó un gesto de sorpresa y lo invitó a explicarse. Gabriel le relató lo que le habían contado los chicos sobre las extrañas plagas de gusanos y avispas que había sufrido la isla. El párroco asintió con la cabeza, pero ni una sola palabra salió de sus labios. La expresión adusta de su rostro parecía anunciarle que su parte informativo había finalizado.

Gabriel bebió un sorbo de cerveza mientras pensaba en cómo sacarlo de su mutismo.

—Le ruego que esto no se lo comente a nadie del pueblo. Las antenas de New World también están muy afinadas y tendría problemas muy serios si su director se enterara de mis intenciones.

Las facciones del cura se suavizaron y se llevó de nuevo las manos a la barbilla como si estuviera reflexionando acerca de sus verdaderos propósitos.

—Por lo que sé —prosiguió Gabriel—, esos gusanos que aparecieron en la isla son originarios del trópico y su hábitat natural está localizado en climas mucho más cálidos.

—Así es —confirmó el reverendo.

—Me sería de mucha ayuda contar con una foto de esos especímenes —solicitó mirándolo fijamente a los ojos.

El sacerdote se levantó de la mesa en silencio, anduvo hasta la puerta de la trastienda, y se coló tras ella. Al cabo de un rato regresó y le entregó la foto de un gusano reptando sobre un suelo de piedra rojizo.

—Puede quedársela… Ahora debo irme, pero mañana está invitado a desayunar en mi casa. Me gustaría enseñarle algo que le puede interesar más que los gusanos.

37

El tiempo había cambiado drásticamente. Grandes bancos de nubes surcaban los cielos, y la ilusión de un día veraniego se había desvanecido como un espejismo. Pese a ello, Gabriel e Iria habían mantenido su plan inicial. Tumbados sobre una caleta de roca rojiza, disfrutaban de las vistas protegidos por las altas paredes de dos acantilados que se internaban en el mar formando una u muy alargada.

El agua contenida entre los muros de la ensenada parecía el cauce de un río desembocando en el grandioso océano Atlántico. Surgiendo de las profundidades marinas, una masa rocosa se alzaba como un tótem esculpido para frenar el ímpetu de las olas, justo al final de aquella estrecha garganta volcánica.

—Voy a bañarme —anunció Gabriel, sacándose la camisa.

—¿Me tomas el pelo? —preguntó Iria, muy sonriente.

—No. Ya te dije que no te olvidaras el biquini…

A continuación, lanzó sus tejanos sobre la toalla. Ella movió la cabeza con incredulidad al ver que llevaba puesto el bañador.

—El agua estará congelada, incluso para una chica gallega —afirmó risueña.

Pasando por alto sus comentarios, Gabriel se lanzó al mar sin titubear.

Iria se levantó de la toalla donde se había tumbado y se acercó hasta el borde de la cala. Él asomó la cabeza eufórico.

—¡Está buenísima!

—¡A ver cuánto aguantas ahí! —lo desafió ella.

—El tiempo que haga falta —replicó chapoteando alegremente.

Iria frunció sus labios con extrañeza y se agachó para tocar el mar con la mano.

—¡Está caliente! —exclamó sorprendida.

Gabriel se rió a carcajadas.

—Los manantiales volcánicos de esta zona la mantienen así.

—¡Traidor! ¡Me podrías haber avisado!

—Ya te dije que te trajeras un biquini...

Ella irguió la barbilla con gesto altivo y comenzó a despojarse de ropa hasta quedar desnuda por completo. Su cuerpo menudo era elástico y fibroso como el de una bailarina. Sus pechos pequeños sobresalían firmes y tersos. No había ni un gramo de grasa en su vientre plano y sus piernas esbeltas exhibían unos muslos torneados muy bien definidos. Estaba completamente depilada y su figura recortada contra los enormes acantilados le pareció a Gabriel la imagen más sensual que jamás hubiera admirado.

—¡Ahora verás! —lo amenazó con un mohín de reproche dibujado en su cara aniñada.

Se lanzó de cabeza con un estilo impecable y comenzó a nadar hacia él con rapidez. Gabriel dio unas brazadas fingiendo querer escapar, sin emplearse a fondo, pero incluso antes de lo que calculaba, ella lo alcanzó.

—Traidor —repitió, agarrándolo firmemente.

Entre risas, Gabriel tragó un poco de agua salada. Con los brazos inmovilizados, utilizó las piernas para balancearse y mantenerse a flote.

La piel de Iria era suave y podía percibir el calor de su cuerpo. Cuando sintió sus senos contra su tórax, no pudo contenerse más y la besó con pasión. Ella respondió estrechando todavía más su abrazo, mientras la corriente marina, amortiguada por la larga ensenada de piedra, les regalaba un estimulante y suave masaje.

Como respondiendo a una señal convenida, ambos se fueron aproximando entre caricias hacia la orilla hasta que sus pies pudieron apoyarse en el suelo marino.

Ella se giró de espaldas e inclinó la cabeza hacia atrás. Él le besó el cuello, y luego mordisqueó sus hombros mientras le acariciaba los pechos con las manos. Sus dedos se posaron en los pezones. Estaban muy erectos. Jugueteó suavemente con ellos mientras apretaba más su cuerpo contra el de ella. Iria gimió suavemente y se dio la vuelta mirándolo otra vez de frente.

—Ahora verás —susurró ella con voz ronca.

El deseo los consumía con la fiebre de los poseídos.

Sus cuerpos se fundieron en aquel paraje desierto. Ambos jadeaban y Gabriel notó oleadas eléctricas de placer transportándolo hacia un mundo en el que su mente se fundía dentro de las pupilas azules de Iria.

Un agudo chillido de dolor lo expulsó de aquel paraíso.

—¡Algo me está mordiendo! —gritó ella con el rostro desencajado por un ataque de pánico.

Alarmado, la tomó de inmediato entre sus brazos y la sacó del agua. Al reclinarla sobre una de las toallas, comprobó que su cara estaba muy roja, pero había recobrado el dominio de sí misma.

Iria contorsionó la pierna con agilidad y se examinó el pie derecho.

—Tengo un bicho clavado en la planta del pie —dijo con una mueca de repugnancia reflejada en el rostro.

Intentó extraérselo con la mano, pero lo único que consiguió fue comenzar a sangrar.

—¡Espera un momento! —le advirtió él, temiendo que pudiera rasgarse la piel.

El bicho en cuestión medía unos tres centímetros, tenía un caparazón amarillento, cabeza negruzca, y ocho afiladas patas con forma de pinzas que se habían incrustado en el pie de Iria. Tras vacilar unos instantes, Gabriel extrajo un mechero de su mochila, lo prendió y acercó su llama al chinche sin llegar a tocarlo.

Al cabo de pocos segundos, el bicho soltó a su presa y cayó inmóvil sobre el suelo rocoso.

—¿Cómo estás?

—No ha sido nada —dijo ella, aunque en su rostro se podía leer lo contrario.

Iria se envolvió con la toalla, recogió al animal del suelo y lo observó atentamente, con la meticulosidad de quien está acostumbrada a examinar todo tipo de fauna.

Pasó un largo rato sumida en el silencio, contemplando a su atacante desde distintos ángulos.

Él quiso pasarle un brazo por los hombros pero Iria ignoró sus movimientos. Su rostro ya no reflejaba dolor pero sí perplejidad. Su humor había cambiado de modo ostensible y permaneció ensimismada en sus pensamientos durante un par de minutos antes de anunciar:

—Es muy parecida a una araña de agua dulce.

—Nunca he oído hablar de ellas —reconoció, intrigado.

La pequeña herida ya no parecía molestarle, pero resultaba evidente que algo relacionado con ese diminuto animal la inquietaba sobremanera.

—Son un tipo de arañas —explicó ella— que suelen vivir en estanques o arroyos de poca corriente. Aunque bucean para cazar a sus presas y pasan la mayor parte de su tiempo bajo el agua, necesitan respirar. Para ello tejen una bolsa de seda sujeta a una planta acuática y la rellenan de aire con su abdomen. En ese hogar submarino duermen, cuidan de sus crías y devoran a sus víctimas. Solo de tanto en tanto suben a la superficie para reabastecerse de oxígeno. —Volvió a examinar con extrañeza al espécimen que la había picado—. Pero sería imposible que esas arañas vivieran en alta mar…

—¿Y si se hubieran alterado los genes de la araña en los laboratorios?

Iria se incorporó y se enfundó los tejanos. Se había levantado una racha de viento gélido y se notaba su azote contra la piel. Miró al mar mientras se abotonaba la camisa maquinalmente. Sus ojos azules expresaron una preocupación que no tenía nada que ver con el viento ni con el frío.

—Si te refieres a hibridar un óvulo de araña con un gen anfibio, la respuesta es que sería algo increíble.

—En algún lugar leí que ya existen tomates con genes de pez para retrasar su maduración en cámaras frigoríficas —apuntó Gabriel mientras acababa de vestirse.

—Cierto, pero una araña anfibia sería algo muchísimo más complicado de lograr…

Gabriel creyó que era el momento de mostrarle alguna de las cartas que había estado ocultando.

—La última noche en que nos vimos, George pronunció una frase que no he podido olvidar: *New World ha franqueado la barrera de las especies y de aquí en adelante cualquiera podrá matar a otra con la programación adecuada.*

Ella enrojeció y le lanzó una mirada recriminatoria.

—¿Por qué no me lo dijiste antes?

Por toda respuesta, él abrió un bolsillo de su mochila y le entregó una foto.

—Antes de tener pruebas no me hubieras creído —afirmó convencido.

Iria resopló visiblemente alterada.

—¿Estás seguro de que la foto se ha hecho en esta isla?

—Esta misma mañana me la ha dado el párroco. Y no ha sido fácil persuadirlo de que lo hiciera…

Los labios de Iria se estremecieron. Agitó la cabeza y dio unos pasos nerviosos por la caleta antes de hablar.

—Se trata de un gusano cogollero… No existe ninguna explicación natural para que los de su especie puedan vivir en esta isla.

Él arqueó las cejas.

—Sería más exacto afirmar que vivieron. Hubo una plaga de esos gusanos a principios de este verano, que fue sustituida por otra de hormigas y avispas. Cuando una de esas avispas atacó a una anciana, New World mandó un facultativo para atenderla, y después, desaparecieron todos los bichos.

—Los gusanos cogolleros son una de las peores plagas para el maíz y tanto las hormigas como las avispas son sus depredadores naturales —explicó asombrada—. Esta secuencia no puede ser casual. La única explicación racional es que New World quisiera experimentar con las tres especies soltándolas dentro de la isla de Moore en condiciones de libertad, algo muy peligroso. Y absolutamente ilegal. Pero ¿por qué se arriesgarían a llevar a cabo un experimento así?

Gabriel se había documentado a fondo sobre el tema y creía conocer la respuesta.

—Porque el maíz es una de las plantas más consumidas por el hombre. En Francia se cultivan millones de hectáreas, pero mientras en América se permite la producción masiva de maíz transgénico, Europa se resiste a dar su brazo a torcer. Hace poco, la Unión Europea autorizó el cultivo de maíz transgénico NK603 con fines experimentales, pero no su producción comercial para el consumo humano... Pero todo cambiaría si el maíz convencional fuera atacado por plagas de gusanos cogolleros capaces de sobrevivir a este clima y a todo lo que se les pusiera por delante... excepto a las plantas de maíz modificadas genéticamente para producir una bacteria que aniquilara a esos gusanos.

Ella se tocó la barbilla con inquietud.

—Reconozco que, si tienes razón en tus suposiciones, la multinacional que contara con la patente para producir un maíz inmune a la nueva amenaza podría obtener unas ganancias fabulosas.

Asintió en silencio con un gesto de cabeza.

Iria miró fijamente al inmenso océano mientras el fuerte viento despeinaba su melena mojada. Después, se giró hacia él y susurró:

—Estoy asustada, Gabriel...

38

Gabriel e Iria se sintieron incómodos durante la cena en el chalet. Ahora ninguno de los dos descartaba que Leonard hubiera ocultado micrófonos para espiar sus conversaciones y resultaba difícil comportarse con naturalidad.

Las plagas que había sufrido la isla durante el verano eran la prueba de que New World había llevado a cabo experimentos genéticos ilegales, desdeñando los riesgos que entrañaban para sus habitantes. La muerte de la activista noruega y la reciente fuga de George completaban un cuadro que adquiría tintes cada vez más siniestros.

Mima también parecía percibir la tensión latente. Había vuelto a destrozar la funda de repuesto del sofá y la moqueta bajo la mesa de la cocina no había salido mejor parada. Deambulaba inquieta por el piso, como si estuviera buscando una salida, hasta que optó por enroscarse bajo los pies de su dueña. Ella la tomó en brazos y la arrulló durante un largo rato.

Tras hablar algo de modo forzado de sus películas favoritas, sin apenas probar bocado, fregaron los platos y procedieron según el plan acordado. En primer lugar, se pasaron por el pub del pueblo y compraron una botella de malta. Después, condujeron en silencio hasta aparcar cerca del faro.

—¿Has comprobado si el bicho que te picó es una mezcla genética de pez y araña? —preguntó Gabriel al salir del coche.

—Me ha resultado imposible hacer el análisis. Esta tarde he compartido laboratorio con el doctor Rajid y no me ha dejado a solas ni un momento. De todos modos, creo que es una hipótesis muy improbable.

—Pues, que yo sepa, New World está autorizada a desarrollar seres híbridos...

—Insertar genes de una especie en otra distinta es algo ya habitual en las plantas transgénicas y otras empresas de biotecnología han conseguido que los salmones crezcan en la mitad del tiempo natural introduciendo en su ADN genes de otro tipo de peces. Pero, en cualquier caso, las plantas y los salmones siguen siendo plantas y salmones. En cambio, una nueva especie que fuera una mezcla de varias sería una creación revolucionaria.

—¿No fue el propio Leonard quien afirmó que las investigaciones de su empresa pueden cambiar el destino de la humanidad? Y, según George, New World había logrado superar ya la barrera de las especies...

—Hablando de George... He pensado que probablemente fuera él a quien vimos ayer al trasluz de la ventana en la buhardilla de Natalie.

Él inclinó la cabeza, dubitativo, antes de decir:

—El pueblo entero odia a esa mujer, la isla no está demasiado poblada que digamos, y las siluetas que vimos de espaldas parecían las de Natalie y un hombre. Sin embargo, han sucedido tantas cosas extrañas que ya no estoy seguro de nada...

Ella resopló con aire escéptico.

—¿Y crees que ese farero borrachín nos va a revelar algo que no sepamos?

—Es nuestra mejor posibilidad, Iria. Es un tipo estrafalario que prefiere la compañía de los pájaros a la de la gente. Pero sus dos únicas amistades son, precisamente, las personas que podríamos haber visto anoche en la buhardilla. George solía subir a lo alto del faro a charlar con él, y con Natalie mantiene una sorprendente buena relación, teniendo en cuenta lo poco que tienen en común. A primera vista, nada, salvo su soledad y lo próximos que están el uno del otro.

Los ojos de Iria relampaguearon con una súbita animación.

—¿Y si George hubiera dejado el coche en la costa este de la isla para crear una pista falsa mientras se refugiaba en casa de Natalie a la espera de que algún barco lo rescatara? En teoría, tenía pensado marcharse tras presentar su dimisión, pero tal vez se viera obligado a adelantar sus planes improvisando una fuga.

—Ya veo por dónde vas... En ese caso, Colum podría haber colaborado con ellos haciendo la vista gorda desde lo alto de su atalaya...

El viento silbaba fuerte desplazando las nubes a gran velocidad. La luna se mostraba como un círculo radiante al que le faltara un pedazo, pero pronto quedó sepultada por negros bancos nubosos. Gabriel sacó una linterna para iluminar el último tramo de la alargada lengua rocosa que conducía hasta el faro. Arrojar luz sobre las hipótesis que barajaba su mente iba a resultar mucho más difícil.

—Colum puede saber muchas cosas —concedió Iria con las manos dentro de su anorak para combatir el frío—, pero ¿cómo conseguiremos que nos las cuente?

—¿No recuerdas que tenemos un plan? —dijo blandiendo la botella de malta—. Así que procura estar simpática y empinar un poco el codo tú también para que se sienta cómodo... —agregó guiñándole un ojo.

—¡Uf! —exclamó ella con una mueca de repugnancia—. Si no soporto el whisky...

—Bueno, pues mójate los labios con el vaso y simula paladearlo. Los borrachos están más a gusto cuando se sienten acompañados.

Ella emitió un suspiro ahogado y ambos prosiguieron andando en silencio hasta la puerta del faro. Tuvieron que esperar un buen rato a la intemperie, pero finalmente el irlandés apareció sin disimular su malhumor.

Su semblante se transformó al ver la sonrisa angelical de Iria y la botella de malta que le entregó como regalo. Acto seguido, les invitó a pasar con un gesto.

Subieron en fila india las escaleras de caracol. En el desordenado habitáculo donde el farero guardaba todo tipo de objetos, hicieron acopio de sillas plegables y vasos. Luego abrieron la trampilla del techo y se encaramaron por una escalerilla hasta el recinto acristalado que dominaba la isla, orientando a los barcos con la luz de su torreta.

—Qué maravilla de vistas… —exclamó Iria con genuino entusiasmo.

Las nubes seguían deslizándose raudas por el cielo, pero se había formado un claro en el cielo y la luna, enorme, teñía el mar de un resplandor fantasmagórico.

—Esto sí que es una maravilla —afirmó Colum, abriendo la botella con la satisfacción dibujada en su rostro picado—. Y, además, se merece un brindis por todo lo alto. Nada menos que un Bushmills de malta irlandés —elogió mientras servía tres copas.

—¡Por Irlanda! —propuso Iria, alzando su vaso con desenvoltura.

Gabriel ocultó su sorpresa por aquella inesperada exhibición de entusiasmo. Si quería meterse al farero en el bolsillo, había comenzado con buen pie.

—Sensacional, como siempre —concluyó Colum tras dar un trago largo.

Él dio un pequeño sorbo. Ligeramente turbado, su sabor se extendía por el paladar dejando un suave toque marino.

Iria mojó sus labios con el vaso, tal como él le había aconsejado, y tragó un poco del líquido dorado.

—El mejor que he probado nunca —afirmó sin vacilar.

El irlandés le dedicó una sonrisa afectuosa.

—Este puede ser el inicio de una bella amistad entre los tres. ¿Sabéis que soy de Carnlough, un pueblo costero muy próximo al de Bushmills?

La simpatía de Iria y el grato sabor de aquel whisky, de tierras colindantes con su villa natal, obraron milagros. El taciturno irlandés se transformó en un efusivo parlanchín que no se cansó de relatar anécdotas, mientras rellenaba las copas sin cesar. Hasta Iria se acabó la suya con expresión de deleite, pese a que le estaba quemando la garganta.

Al ver su vaso vacío, Colum le sirvió galantemente otra dosis.

—Es una pena que no esté George aquí con nosotros —dijo como si estuviera dejándose llevar por un repentino arrebato de melancolía.

Gabriel e Iria cruzaron rápidas miradas de entendimiento.

—Nos hubiera gustado traerlo al faro, pero ha presentado su dimisión y ya no está en la isla —afirmó ella.

Colum frunció el ceño con expresión disgustada.

—¡Vaya sorpresa! —exclamó—. Ni siquiera se ha dignado a despedirse del farero…

Un destello de tristeza veló sus ojos, pero inmediatamente se sacudió media copa, como si quisiera sacarse de encima un incómodo dolor.

—De nosotros tampoco se ha despedido —intervino Gabriel—, pero quizás todavía esté en la isla. Justo ayer noche, mientras dábamos un paseo por esta zona, vimos la sombra de un hombre en la ventana de Natalie. Enseguida pensamos en George, pero era tarde y no quisimos molestar.

—¡Eso es ridículo! —soltó Colum, enfadado.

—Solo lo suponemos —intervino Iria, con voz melosa—, porque sabemos que nadie en el pueblo trata con ella, y el personal de New World se había quedado en la base esa noche.

El rostro del irlandés enrojeció de modo ostensible. Se acabó su trago y mantuvo un obstinado silencio. Resultaba difícil adivinar si vacilaba en revelarles un secreto o si, por el contrario, estaba cavilando sobre la forma de dar con una respuesta airosa a una pregunta planteada como una encerrona.

—Natalie tiene un amante —dijo al fin, bajando el volumen de su voz, como si se estuviera confesando, mientras se servía otro vaso de Bushmills con gesto culpable—. Es un tema del que no le gusta hablar y debe quedar entre nosotros.

Ellos asintieron con un gesto mudo de cabeza, pero la sorpresa debió de reflejarse en sus rostros, porque George se sintió en la necesidad de proseguir dando explicaciones:

—A veces veo el barco entre las brumas, cuando la niebla lo cubre casi todo.

Sus ojos se perdieron en la lejanía, como si las copas ingeridas le estuvieran afectando más de lo debido. El viento resonando en los cristales fue el único sonido que se oyó durante un tiempo prolongado que se hizo muy largo.

—Así que Natalie tiene un amante que la visita en su yate —dijo Iria, cortando el silencio que se había apoderado del trío reunido en lo alto del faro.

El irlandés parpadeó varias veces y acabó por dominar sus facciones.

—Esto no debe salir de aquí.

—No deja de ser raro —apuntó Gabriel—, encontrar a una mujer tan bella y sofisticada en esta isla diminuta, completamente aislada del mundo exterior, salvo por ese amante ocasional...

La mirada extraviada de Colum se posó en su vaso vacío. Cualquiera que fuese el motivo, exceso de alcohol, amargura, o un secreto que se guardaba para sí, resultaba evidente que estaba muy afectado.

—Todo en Natalie es raro. Yo también me extrañé la primera vez que la vi aquí. Esa mujer podría estar brillando en la alta sociedad londinense o neoyorkina, pero vive apartada del mundo como una exiliada. ¿Por qué?

Ambos lo miraron expectantes. Él observó la botella, ya casi vacía, se sirvió otra copa, y se la bebió sin prisa.

—Bajo su hermosa apariencia se esconde un alma torturada. Debe de haberle sucedido alguna tragedia de la que quiera escapar. Yo entiendo mucho de eso, creedme...

Gabriel recordó que estaba frente a un hombre divorciado cuya única hija había ingresado en una secta. El irlandés resopló con gesto fatigado y apuró los restos de su copa.

—Yo me refugio en el alcohol... y ella en esta isla. Todos necesitamos un lugar en el que anclar nuestra tristeza.

El viento golpeaba los cristales con furia, las negras nubes habían oscurecido el cielo por completo, y en el fondo de la botella no quedaba más que un hilo de malta dorada.

—Me encuentro fatal —dijo Iria de repente, con voz vacilante.

—Claro, como nunca bebes… —la justificó Gabriel.

Ella, muy pálida, negó con la cabeza.

—Estoy mal de verdad. Me siento como si me hubiesen envenenado… Creo que…

No pudo acabar la frase y cayó desplomada en el suelo.

39

Gabriel llamaba a Iria por su nombre, pero ella seguía inmóvil en el suelo. Con el rostro muy blanco, yacía inconsciente, exhalando débiles bocanadas de aire.

Muy asustado, le aflojó la ropa para ayudarla a respirar. Constató que su pecho subía y bajaba, pero de forma superficial y a intervalos irregulares.

De pie a su lado, Colum observaba consternado aquella escena. Se rascó su calva, inspiró hondo, e izó las piernas de Iria con los brazos.

—Así llegará más fácilmente el riego sanguíneo a su cabeza —explicó el irlandés.

—¿Qué pasa? —preguntó, confusa, mientras entreabría los ojos.

—Te has desmayado —dijo Gabriel.

Sus iris azules lo miraron pesadamente, como si tuviera que realizar un gran esfuerzo para mantener la conciencia.

—Un médico… —pidió con un hilo de voz.

—Es mejor que siga recostada unos minutos —aconsejó Colum.

El cuerpo de Iria, tendido en el suelo, comenzó a tiritar. Su piel se le había inflamado a lo largo de sus brazos y cuello, formando minúsculos puntitos de poros inflamados.

Gabriel le puso la mano en la frente. Su temperatura era más baja de lo normal. Aunque carecía de conocimientos médicos, se resolvió a tomar la iniciativa.

—Hay que trasladarla a New World de inmediato.

Desde el suelo, Iria asintió con un gesto afirmativo de cabeza sin pronunciar palabra.

Colum suspiró, se encogió de hombros, y le echó una mano para incorporarla con mucho cuidado. Seguía mareada, pero pudo sostenerse en pie con ayuda. Las palabras pronunciadas por Iria antes de desplomarse retumbaban en su cabeza con el peso de una condena: *Me siento como si me hubiesen envenenado…*

Habían cenado juntos y bebido después el mismo whisky, pero únicamente ella había sido picada por aquel extraño híbrido de pez araña, pensó Gabriel. Si lo que temía era cierto, solo en los laboratorios la podrían ayudar a combatir la sustancia tóxica que le estaba provocando aquella virulenta reacción. Cualquier retraso podría tener consecuencias irreversibles.

Entre los dos la llevaron hasta la boca de la trampilla. El irlandés bajó primero las escalerillas. Después, Gabriel cargó a Iria sobre sus espaldas; ella se abrazó a su cuello casi sin fuerza. Con la máxima concentración, comenzó a descender los peldaños sujetándose a la barandilla con una mano y empleando la otra en asegurar los brazos de Iria alrededor de su cuello.

Respiró aliviado al llegar al habitáculo inferior. Bajar las escaleras de caracol fue menos arduo.

El gélido viento les azotó los rostros al abrir la puerta. Con un gesto, Gabriel indicó a Colum que esperaran dentro mientras él iba a buscar el coche. Empuñó la linterna y comenzó una frenética carrera hacia el vehículo, maldiciéndose por haberlo aparcado al inicio de aquella alargada lengua de piedra. Un rato antes le había parecido una buena idea estirar un poco las piernas mientras hablaban sin miedo a posibles micrófonos ocultos, pero ahora cada segundo podía ser decisivo…

Con el corazón desbocado, regresó tan rápido como pudo, acomodó a Iria en el asiento del copiloto, y le abrochó el cinturón de seguridad. Hizo girar la llave de contacto, pisó a fondo el embrague mientras ponía la primera marcha, y arrancó bruscamente.

Ella se agitó convulsa, acusando el acelerón.

—¿Cómo te encuentras?

Iria reclinó su cabeza hacia atrás con expresión dolorida.

—Se me nubla la vista —dijo con una voz que sonaba muy lejana— y no es por el alcohol. Me he emborrachado alguna otra vez y esto es...

Se interrumpió, dejando la frase inacabada. Gabriel trató de aparentar tranquilidad.

—Será mejor que descanses un poco. Pronto estaremos en casa...

Iria cerró los ojos y él se concentró en trazar con rapidez las curvas de los acantilados. Durante el resto del trayecto no se volvió a quejar.

Al llegar a New World, Gabriel aparcó frente a su chalet, y cargó a Iria entre sus brazos para cruzar el umbral de su vivienda.

Las esperanzas de que sus síntomas mejoraran se desvanecieron en cuanto la depositó sobre la cama. Los temblores de su cuerpo fueron sustituidos abruptamente por violentas convulsiones sin ningún aviso previo. Como si estuviera poseída, su espalda se arqueó sobre el colchón, una y otra vez, mientras gemía de modo incontrolado.

Estaba claro que su vida corría peligro inminente.

Horrorizado, pulsó el botón rojo del teléfono ubicado sobre la mesita de noche. Tras un par de tonos escuchó la voz atenta y profesional de Susan.

—Buenas noches —saludó ella al otro lado de la línea.

—¡Iria se está muriendo! —gritó desesperado—. ¡Necesitamos un médico!

—Vamos enseguida —dijo Susan sin pedir más explicaciones.

El tiempo que pasó hasta que sonó el timbre de la puerta, le pareció una eternidad.

La gata maullaba bajo sus pies con las orejas en punta, el pelo erizado y sus ojos azules clavados en su dueña. Gabriel contempló impotente los espasmos electrizantes que le sacudían el cuerpo hasta que, de repente, *Mima* giró su cabeza y salió disparada hacia el salón. Gabriel corrió tras ella. Su instinto felino no había fallado.

La puerta se abrió y apareció Leonard ataviado con una bata granate y zapatillas. Sus ojos brillaban febriles; su rostro, habitualmente flemático, expresaba una gran inquietud. Iria emitió un chillido agudo y ambos se precipitaron a su habitación, seguidos por *Mima*.

La cara de Leonard se desencajó al verla convulsionándose sobre su espalda empapada de sudor.

—¿Qué ha pasado?

—Esta tarde la picó una especie de araña marina mientras nos dábamos un chapuzón en una cala de...

—¡Qué inconsciencia! —bramó Leonard, sin dejarle acabar la frase—. ¿Cómo se os ocurre bañaros en estos peligrosos mares del norte? ¿Estás seguro de que era un pez con forma de araña?

Gabriel corrió hacia la nevera, asió la bolsita de plástico transparente donde habían guardado al bicho marino y se la mostró al director. Este la cogió al punto en su mano y se la guardó en un bolsillo de su batín.

—¡Aplícale una bolsa de hielo en el pie herido! Ahora mismo vuelvo —añadió antes de salir del chalet a grandes zancadas.

Gabriel llenó a toda prisa una bolsa con cubitos del congelador, y volvió a la habitación. Pese a que los movimientos espasmódicos de Iria dificultaban su tarea, comenzó a masajearle la planta del pie inflamado con hielo. Le sujetó con fuerza el tobillo y, sin hacer caso a sus quejidos, se concentró en aplicarle aquel remedio casero mientras luchaba para no caer en la desesperación.

Los minutos de espera se le hicieron insoportables y, en mitad de aquella pesadilla, se sorprendió implorando una ayuda divina en la que no creía.

Como si sus plegarias hubieran sido escuchadas, los espasmos cesaron tan repentinamente como habían llegado. *Mima* volvió a erguir sus orejas, pero esta vez no se movió de la habitación. Gabriel tampoco lo hizo. Se oyó un ruido en el vestíbulo y

Leonard hizo su entrada en el cuarto, todavía en bata y zapatillas, portando en la mano un botiquín negro.

—Las convulsiones han parado hace un momento —le informó.

El director suspiró aliviado, se inclinó sobre la cama y le cogió la mano con ternura.

«Ahí hay algo más que afecto profesional», pensó Gabriel para sí.

—Sus propias defensas han combatido con éxito el veneno —dictaminó Leonard—, pero le vendrá bien una ayuda extra para reponerse mejor.

A continuación abrió su maletín y preparó una inyección. Mojó un algodón con alcohol y le frotó con delicadeza el brazo.

—Mi corazón ha resistido —susurró Iria con voz trémula.

—Ahora sentirás un pinchacito y después descansarás muy bien.

—Creí que me moría —murmuró ella con la mirada extraviada.

—Lo peor ya ha pasado, pero es mejor que no hables… Necesitas descansar —añadió tras retirarle la aguja del brazo.

Después de tomarle el pulso, le acarició la muñeca y se incorporó con expresión aliviada.

Iria yacía exhausta. Sus facciones se habían suavizado y ya respiraba con normalidad. Abrió sus ojos y miró a Gabriel con una extraña mezcla de optimismo y ansiedad. Pero no dijo nada. Enseguida, se le cerraron los párpados y reclinó su cabeza sobre la almohada.

—Es posible que tenga algo de dolor de cabeza, pero la inyección le ayudará a dormir profundamente —aseguró Leonard—. Mañana queda prohibido poner el despertador. Que descanse todo lo que le haga falta. Cuando se levante, se encontrará como nueva.

A Gabriel no se le escapó el aplomo con que el director emitió su diagnóstico. Minutos antes se había mostrado tan alarmado como él mismo, pero ahora irradiaba tranquilidad pese a no ser médico. Y no sentía indiferencia hacia Iria, precisamente…

La conclusión era inevitable: si podía mostrarse tan sosegado era porque sabía que su colapso había sido causado por el veneno liberado por la araña marina. Un veneno cuyos efectos debía conocer mejor que nadie…

—Me alegro de que ya podamos estar tranquilos… —dijo Gabriel, poniéndolo a prueba.

Leonard extrajo un lápiz del bolsillo de su batín y garabateó tres números en un calendario que reposaba sobre la mesita de noche.

—Estaré localizable en este teléfono toda la noche. Pero es improbable que surja ningún contratiempo. Los programas de investigación de New World incluyen antídotos contra los estragos de los virus y las picaduras de todo tipo de fauna. Cada vez hay más especies invasoras provenientes de otras partes del mundo y trabajamos día y noche contra ellas. —Hizo una pausa y frunció el ceño antes de proseguir—: Los peligros de la globalización son inagotables. Basta un contenedor mal precintado, por ejemplo, para que lleguen a Moore un puñado de avispas gigantes procedentes de Asia a bordo del *ferry* semanal. Ninguna especie invasora debería suponer una amenaza mortal contra el ser humano, pero a veces las avispas o peces como el que ha mordido a Iria pueden inocular un veneno que provoque brotes alérgicos muy peligrosos.

Leonard había reaccionado con su habitual agilidad mental, pensó Gabriel. Con aquel discursillo justificaba su actuación y se cubría las espaldas ante la eventualidad de que algún lugareño les hablara sobre las plagas veraniegas que había sufrido la isla. En tal caso, le bastaría con repetir su argumento y tildar de exagerados a los ignorantes lugareños por confundir unas pocas avispas con una plaga.

Sin embargo, Gabriel estaba ya convencido de que New World no tenía reparos en realizar experimentos ilegales sobre el terreno, aunque con ello pusiera en peligro la vida de personas. Una súbita intuición cruzó por su mente como un relámpago aterrador. ¿Y si New World buscara algo más que beneficios económicos? En tal caso, podría sembrar virus y plagas en vastas partes del planeta sin ofrecerles los antídotos descubiertos por ellos...

—Al parecer, vivimos en un mundo más peligroso de lo que me imaginaba, profesor —dijo Gabriel.

Leonard asintió con la cabeza.

—Por suerte, ya está a salvo y solo necesita descansar. Será mejor que me retire...

Lo acompañó a la puerta y luego regresó con Iria. Su respiración era rítmica y su rostro había recuperado el color. Cuando entreabrió los ojos, ella le dirigió una mirada cargada de intensidad.

—He pasado muchísimo miedo... —Hizo una larga pausa, como si estuviera meditando con sumo cuidado lo que quería decir. Después, esbozó una tímida sonrisa—. ¿Puedes acariciarme el pelo? Es algo que me relajaba tanto de niña...

Gabriel se tendió en la cama junto a ella, y le peinó el cabello suavemente con los dedos. La gata se acurrucó a los pies de su dueña y ronroneó satisfecha. Iria cerró los ojos y cayó de inmediato en un sueño profundo.

Por su parte, él apenas pudo dormir aquella noche. La isla de Moore le parecía un lugar cada vez más tenebroso e inhóspito.

40

Los tremedales supuraban el agua de la lluvia nocturna. El aire olía a turba y las nubes volaban veloces transportadas por el gélido viento de la mañana. Gabriel aumentó la cadencia de su pedaleo para dejar atrás aquel paisaje pantanoso, y se adentró por la carretera serpenteante que conducía al puerto entre abruptos acantilados.

Desdeñando las vistas vertiginosas, agarró con fuerza el manillar mientras inclinaba su cuerpo para trazar las curvas. El párroco lo esperaba para desayunar en su casa y no quería llegar tarde.

Había descartado acudir a esa cita tras las terribles convulsiones de Iria, pero ella se había despertado tan recuperada que incluso había ido a trabajar a su módulo como cualquier otro día. Y además existían buenos motivos para no cambiar de planes.

El párroco de Moore le había prometido mostrarle algo mucho más impactante que las fotos de los gusanos cogolleros e Iria no quería que desaprovechase esa ocasión para averiguar más sobre lo que estaba sucediendo en la isla. De haberse quedado ella en el chalet, no habría podido dejarla sola y escaparse a desayunar a casa del cura sin levantar sospechas en New World.

Como en un flash, le vino a la mente el rostro de Carl, el padre de la pelirroja. Quizás pronto pudiera proporcionarle algunas respuestas. Sin embargo, de momento prefería no comunicarse con él por miedo a que su correo electrónico y su wasap estuvieran intervenidos. El magnate había sido muy claro: solo debía contactar con él desde dispositivos completamente seguros. Además, todavía no tenía pruebas sólidas para denunciar a

New World ni a George. Al divisar el puerto desde el ángulo de una curva, se preguntó si el cura se las podría proporcionar.

Aparcó la bicicleta en la única calle del pueblo y llamó a la puerta de la casa del párroco. Le abrió una mujer fornida de unos cuarenta años que se presentó como Moira y lo acompañó hasta el salón: una amplia estancia con muros de piedra vista, la chimenea encendida y una mesa rústica de madera en su centro donde lo esperaba el párroco.

Se levantó y le estrechó la mano con fuerza.

—Llegas justo a tiempo para el desayuno. No es por presumir, pero mi esposa es la mejor cocinera de la isla.

Moira sonrió halagada y desapareció por una puerta lateral, para regresar al poco transportando una mesita con ruedas repleta de comida. La mujer rolliza sirvió tres platos abundantes de salchichas, huevos fritos, patatas asadas, alubias con salsa de tomate, beicon, pan, y mantequilla. Todo acompañado por tazones de café humeante.

El párroco bendijo la mesa y dirigió a su invitado una mirada complaciente. Los anfitriones esperaban su veredicto: no podía decepcionarles. Gabriel inspiró hondo y probó las salchichas mezcladas con patatas, y alubias.

—Es el mejor desayuno que he tomado desde que estoy en Escocia con mucha diferencia. Desde luego, nada que ver con lo que almorzamos en New World.

El cura asintió satisfecho con un gesto de cabeza.

—Te hemos invitado a nuestra casa porque no queríamos que te llevaras una mala impresión de nuestra hospitalidad. A nosotros nos gusta recibir bien a la gente que viene de visita. Incluso alquilamos habitaciones cada verano a los turistas. Solo condenamos a los que se han instalado en la isla con intenciones oscuras… —Hizo una pausa y frunció sus labios con desdén—. Esos científicos se creen con derecho a manipular la genética de plantas, animales y hombres, pero existen leyes naturales que nadie debería sobrepasar.

El reverendo se tomó una cucharada de alubias con beicon antes de proseguir:

—Lo que nos ofrece la naturaleza ya es suficiente. Mi mujer y yo llevamos veinte años juntos disfrutando de las cosas simples de la vida y no nos ha ido tan mal. De hecho, ni siquiera disponemos de un DVD para ver películas. La verdad, tenemos cosas mejores que hacer...

Moira y su esposo intercambiaron una sonrisa cómplice. Los pastores protestantes, sopesó Gabriel, podían permitirse vivir de un modo mucho más natural que sus homólogos católicos, sometidos al celibato por una tradición secular contraria a sus instintos más arraigados.

El párroco cortó una salchicha en porciones, la mezcló con patatas y la devoró con deleite.

—Para los que hemos nacido en esta isla no existen los lujos, pero nos las apañamos muy bien sin ellos —dijo mojando una rebanada de pan con la yema de un huevo frito—. A no ser que por lujo entendamos tener un trabajo, comer todos los días y dormir bajo un techo caliente.

—O conducir un Porsche Cayenne todoterreno —apuntó Gabriel para sacar a colación alguno de los misterios que rodeaban a Natalie.

Moira resopló con disgusto, y su marido desvió la mirada hacia el fuego de turba que ardía en la chimenea. Luego bebió un trago de café con parsimonia.

—¿Así que has conocido a Natalie?

—Me la encontré el otro día mientras exploraba la isla —respondió, desenvuelto, sin darle mayor importancia.

—La mujer que conduce ese Porsche nació en nuestra isla y ahora reside en ella, pero no consideramos que forme parte de nuestra comunidad —afirmó tajante el párroco.

—Conmigo fue muy amable...

—El diablo siempre se presenta vestido con sus mejores galas, pero ya te advertí: esa mujer no es de fiar.

—Me limité a aceptar su invitación por no ser descortés —se justificó—. Si le soy sincero, debo reconocer que ya me sorprendió mucho verla conducir ese todoterreno, pero todavía me resultó más extraño que viviera sola en una casa tan lujosa. Francamente: no entiendo qué ha venido a hacer en esta isla.

El párroco suspiró con resignación.

—Nosotros tampoco. Hace poco menos de un año que regresó para quedarse. La vimos salir del *ferry* en su flamante Porsche Cayenne, y desde entonces no hemos vuelto a saber nada más de ella.

Gabriel observó durante unos instantes los dibujos que formaban las llamas de la chimenea y lanzó la pregunta que tenía guardada en la recámara.

—Poco después de su llegada, se comenzaron a construir los laboratorios. ¿No tendrá ella algo que ver con New World?

—Siempre se ha dicho que Dios los cría y ellos se juntan… Pero lo cierto es que ella se construyó aquí su casa hace ya más de diez años. Llegó un día de improviso, tal como se había ido…

Su esposa le dirigió una mirada reprobadora.

—No exactamente —precisó ella—. Cuando se fue de la isla, al cumplir los dieciocho, no tenía donde caerse muerta… Sin embargo, hace diez años regresó con una cuadrilla de albañiles y un montón de dinero que solo Dios sabe de dónde había sacado. Esa arpía únicamente destacaba en inflamar el deseo de los hombres…

Gabriel entendió que si quería obtener información debía sumarse a la causa abierta contra Natalie.

—Desde luego, da qué pensar: una mujer de su edad, sin hijos, ni familia conocida, viviendo sin trabajar…

—Ya dices bien, ya —apostilló Moira—. Tiene que ser una buena pieza para haber llegado a los cuarenta solterona y sin hijos. Nosotros tenemos cuatro, pero ella no se ha interesado por el tema. Se creía demasiado buena para poner pañales y sonar mocos. Exhibirse en Nueva York, lucir palmito en Londres, pasear su mala vida por los locales de alterne… Eso es lo que le gustaba. Pero el pecado siempre trae su propia penitencia.

Gabriel se llevó a la boca una nueva cucharada de alubias, pese a que ya estaba saciado.

—Es curioso que haya cambiado el trajín de Nueva York o Londres por la más completa soledad en esta isla tan apartada…

—En realidad —lo interrumpió el párroco—, no estamos seguros de dónde estuvo viviendo, pero eso contaban los trabajadores que contrató para edificar su casa en la costa norte. Solía venir unos pocos días cada verano, pero ni siquiera le veíamos la cara. Sabíamos que era ella porque del *ferry* bajaba un Aston Martin de cristales ahumados que se dirigía al norte de la isla y un par de semanas después volvía a embarcar para no regresar hasta un año después.

Moira depositó con brusquedad su taza de café sobre la madera maciza de la mesa.

—Ya está bien de hablar de esa furcia —zanjó a las bravas, dando por concluida aquella historia que tanto lo intrigaba.

—Tenemos asuntos mucho más interesantes que tratar —lo secundó, solícito, su esposo—. De hecho, hemos enviado a los niños a casa de sus primos porque no queríamos que estuvieran merodeando por aquí… —Guardó un prolongado silencio y se llevó una mano al bolsillo de su chaqueta—. Verás: queríamos enseñarte unas fotos que ponen los pelos de punta… Como comprenderás, no es algo de lo que podamos tratar con los niños delante —añadió entregándole un sobre.

Gabriel extrajo la primera foto y elevó sus ojos hacia lo alto con estupefacción.

41

Después del copioso desayuno, el párroco insistió en mostrarle personalmente el lugar donde se habían tomado las fotos. Atravesaron la única calle de Moore, y ascendieron por una suave colina desde donde se dominaba el pueblo.

El sol se filtraba a través de las nubes, iluminando el vasto océano de un intenso color cobalto. El suelo, forrado de un tenue manto de hierba, se hundía con cada pisada, impregnando sus botas del agua que manaba de la tierra reblandecida.

Continuaron andando hasta llegar a una casa cubierta por tejas de pizarra negra y rodeada por un muro de basalto que medía casi dos metros de altura.

—Toda protección contra el viento es demasiado poca —explicó el cura—. Aunque hemos reforzado las ventanas con doble cristal, algunos turistas se siguen quejando del ruido cuando sopla con fuerza por la noche.

—Lo felicito por la casa: ha quedado muy bonita —elogió Gabriel, dando por supuesto que era suya.

Él asintió satisfecho con la cabeza y se dirigió hacia el cobertizo trasero, donde reposaba un viejo Astra Caravan familiar de cinco puertas. Un par de ponis olisqueaban briznas de hierba; al oír pasos, irguieron la cabeza y observaron inmóviles sus evoluciones. El reverendo esbozó una sonrisa mientras abría la puerta del vehículo.

—Alquilamos la casa en verano y a los niños de las familias les encanta jugar con ellos. Hasta les visten con elegantes jerséis de lana como si fueran perros de pedigrí… En fin, sube conmigo. Si no tienes miedo de esta cafetera, te llevaré hasta la playa donde apareció esa aberración que has visto en las fotos.

El cura condujo en silencio por las curvas que se asomaban a los acantilados, y al llegar al cruce con la amplia calzada que atravesaba la isla hacia el norte, continuó por la estrecha carretera costera.

Minutos después alcanzaron el cabo del noroeste, y torcieron a la izquierda por una pista plagada de baches hasta alcanzar un promontorio desde el que divisaron una playa alargada.

—Allí se encontraba el antiguo puerto de Moore antes de que lo asolara el terremoto, hace ya cuarenta años —anunció solemne el párroco, clavando el freno de mano.

Ambos salieron del coche y contemplaron las vistas sobre la playa. Frente a ella, un macizo rocoso horadado en uno de sus extremos formaba un arco natural contra el que batían las olas azuzadas por el fuerte viento.

—Por aquí podemos descender —dijo el cura, señalando un sendero pedregoso.

A continuación, echó a andar sin esperar su respuesta, mientras los rayos de sol pugnaban por abrirse paso entre los densos bloques de nubes voladoras.

—Del viejo puerto ya no queda más que el recuerdo —murmuró como si hablara para sí—. Ni rastro del espigón, ni del dique avanzado contra el que rompían las olas, ni de las casas en que vivíamos…

—Debió de ser terrible…

El párroco asintió con un gesto grave de cabeza.

—Por eso decidimos trasladarnos a la otra punta de la isla. Los extremos norte y sur están bendecidos con franjas verdes donde pueden pastar las pocas ovejas y ponis que constituyen nuestro ganado. Además, la costa sur nos ofrecía una bahía natural más resguardada para construir el nuevo puerto. Yo todavía era un niño cuando se tomó la decisión, pero imagino que también influyó el deseo de protegernos de nuestros propios recuerdos.

Gabriel inclinó ligeramente la cabeza, en señal de respeto, y sopesó que era el momento adecuado para intentar averiguar algo más sobre la misteriosa mujer que vivía allí cerca.

—Es increíble que una catástrofe semejante se cebara con el pueblo justo el día en que nació Natalie. No debió de ser fácil para ella crecer con semejante estigma...

El reverendo estuvo a punto de caerse al pisar unas piedras resbaladizas, pero logró recuperar el equilibrio. Después, continuó descendiendo por el sendero sin articular palabra durante un largo rato.

—Los padres de Natalie decidieron quedarse en la costa norte —dijo al fin, curvando los labios con un mohín desaprobatorio—. No sé si fue por vergüenza o por orgullo, pero el caso es que se construyeron una casa en una cala cercana en lugar de seguir al resto de la comunidad.

Gabriel recordó de inmediato el chalet donde ahora vivía aquella mujer: enclavado en una pequeña ensenada, frente a una playa de guijarros y protegido de los vientos por altos acantilados. Quizás lo construyó allí por ser el mismo lugar donde había pasado su infancia.

—Tal vez quisieron permanecer en esta parte de la isla para demostrar que su hija no había tenido nada que ver con aquel cataclismo natural. De hecho, según tengo entendido, no se ha vuelto a repetir ningún terremoto.

—Tendrían que haberse trasladado junto al resto —afirmó el cura muy molesto—. La soberbia es el peor de los pecados. Sin duda, les hubiera ido mucho mejor...

—Pero decidieron aislarse por completo de todos vosotros.

El párroco resopló y ladeó un poco los pies para frenar su descenso por aquel sendero cada vez más inclinado.

—No exactamente. Donald, su padre, continuó faenando en la misma barca pesquera de sus antiguos compañeros; Natalie iba a una escuela infantil que impartía clases tres veces por semana; y la familia nunca faltaba a la misa de los domingos. Pero, fuera de eso, lo cierto es que no estaban presentes en nuestro día a día.

—¿Todavía vive algún familiar de Natalie?

El pastor negó con la cabeza.

—Ella fue hija única y sus padres murieron hace tiempo —dijo secamente, dando por zanjado aquel asunto.

El caminito pedregoso suavizó su pendiente, y en pocos minutos llegaron sin dificultad a la extensa playa de negros guijarros que habían divisado desde lo alto. El aire frío trajo consigo el olor de algas y agua salada.

—¡De allí salió el homínido! —exclamó el reverendo, señalando con el dedo un punto de la orilla donde las olas habían depositado unos maderos desgastados.

Gabriel volvió a examinar la foto que le había entregado el párroco. La instantánea era lejana y borrosa, pero en ella se podía apreciar la silueta de un hombre desnudo emergiendo de un mar brumoso cubierto por la niebla. La imagen mostraba el dorso de un individuo fibroso, sin pelos de ningún tipo, ni siquiera en la cabeza. Pero lo más impactante era que su cráneo, ostensiblemente más alargado que el de un hombre normal, se curvaba hacia atrás, como si fuera una piña ovalada.

—Una barca de pescadores lo divisó nadando contracorriente de madrugada hace dos días —afirmó el cura, elevando su voz por encima del viento—. Nunca faenan por aquí en esta época del año, pero la pesca había sido muy pobre la última semana y decidieron cambiar su ruta habitual en el último momento. Cuando lo vieron, se quedaron petrificados. Hacía un frío de mil demonios y el agua helada era insoportable para cualquier ser humano. Incluso ahora, tócala. Puedes comprobarlo por ti mismo…

Gabriel se acercó hasta la orilla, donde la blanca espuma de las olas rompía con fuerza, se arremangó y hundió su antebrazo en el agua.

—¡Qué fría! —exclamó, al sentir pinchazos helados en su piel mojada.

—El mar estaba tan picado ese día que hasta navegar era peligroso. Ni siquiera un nadador profesional hubiera resistido braceando contracorriente dentro del océano.

Sin añadir más lo invitó a acompañarlo con un gesto. Ambos caminaron sobre los incómodos guijarros hasta alcanzar el extremo oeste de la playa, en cuyo límite nacía una colina recubierta por grandes rocas y una capa de débiles briznas verdosas. Al iniciar el ascenso, Gabriel constató que el terreno, humedecido por las lluvias, cedía bajo su peso. Cuando alcanzaron una roca alta y afilada que se erguía como un menhir, el reverendo se detuvo sobresaltado y bramó:

—¡Alguien ha borrado todas sus huellas! ¡Eran enormes!... Si esa criatura calzara zapatos, necesitaría al menos un cincuenta y dos. Estamos hablando de un gigante que debe medir dos metros treinta.

Gabriel lo miró con expresión escéptica.

—¿Lo dedujo de las huellas?

Por toda respuesta, el párroco introdujo una mano en el bolsillo de su anorak acolchado y extrajo una fotografía con expresión triunfal.

—Esta no te la había enseñado...

Gabriel la observó con detenimiento. Era todavía más borrosa que la anterior y estaba desenfocada, pero se podía distinguir al mismo ser misterioso, también de espaldas y desnudo, ascendiendo erguido por la colina.

—Si te fijas, el monstruo pasaba justo al lado de esta piedra puntiaguda que tenemos a nuestro lado. A partir de la altura de la roca he calculado su estatura: unos dos metros treinta... ¿Qué te parece?

—Cuesta de creer que exista una criatura así. ¿Cómo piensa...?

—No sé qué es ni de dónde ha salido —lo interrumpió el párroco, respirando agitadamente—, pero sin duda no es obra de Dios.

42

El párroco lo condujo de nuevo hasta el pueblo e insistió en cargar su bicicleta en el viejo coche para acompañarlo a New World. Aunque las frías ráfagas de aire presagiaban tormenta, declinó su ofrecimiento. Necesitaba despejarse haciendo un poco de ejercicio y calculó que tendría tiempo sobrado de llegar a los laboratorios antes de que comenzara a llover.

A mitad de camino se percató de su error. La velocidad del viento aumentó bruscamente y las nubes descendieron de golpe, amenazando con sepultarlo bajo un negro manto plomizo. Casi podía sentir su húmedo aliento sobre la cabeza, como si lo estuvieran persiguiendo en una inquietante carrera.

Al llegar al cruce con la carretera que conducía a New World, encendió las luces de la bicicleta para alumbrar la calzada. Las primeras gotas, todavía débiles y dubitativas, le parecieron refrescantes, pero cuando descargaron toda su furia sobre él, se recriminó su tozudez con una mueca de fastidio. Calado hasta los huesos, y con el viento azuzándolo de costado, tuvo que emplearse a fondo para remontar la cuesta sobre la que se asentaban los laboratorios.

Al entrar en su chalet, sorprendió a Iria en el salón jugando con la gata. Le acababa de lanzar una pequeña bola de espuma y *Mima*, sentada sobre sus cuartos traseros, alzaba las patas delanteras tratando de interceptar su trayectoria sin demasiado éxito.

—No sabía que la gata tuviera vocación de portero —bromeó Gabriel.

Iria corrió hacia él y le dio un beso de bienvenida.

—Le encanta este juego, pero todavía le falta entrenar mucho para ser titular en un equipo de primera.

—Ya mejorará con el tiempo... Y tú, ¿cómo te encuentras?; ¿no habías ido a trabajar? —preguntó extrañado.

El aspecto que mostraba era magnífico. El color había vuelto a sus mejillas y sus ojos azules brillaban animados.

—En cuanto Leonard me ha visto en mi laboratorio ha insistido en que guardara reposo esta mañana, aunque me siento completamente recuperada. En cambio, tú pareces un pato recién salido del agua. Será mejor que te duches si no quieres pillar una pulmonía.

La gata maulló como si estuviera de acuerdo con su dueña. Seguía sentada en el mismo lugar, pero en vez de ir a buscar la pelota de espuma, reclamaba con la pata derecha un nuevo lanzamiento.

Gabriel meneó la cabeza, divertido.

—Parece que quiere seguir entrenando... De todos modos, con esta tormenta no podremos ir a ningún lado —añadió, dando a entender que deberían posponer la conversación sobre lo que le había mostrado el cura a cuando salieran fuera del apartamento.

—Ya encontraremos algo mejor que hacer cuando estés bien seco y aseado —respondió ella con picardía.

Gabriel le guiñó el ojo y se dirigió al baño. El chorro caliente a presión de la ducha lo reconcilió con el agua. Unos minutos más tarde, regresó al salón enfundado en su albornoz.

Allí lo esperaba ella. Se había cambiado y vestía tan solo una fresca bata japonesa que se abría ligeramente a la altura del pecho y descendía de modo sinuoso por su cuerpo hasta dejar al descubierto sus muslos bien torneados. La tela de seda, muy fina, permitía entrever la piel desnuda de Iria.

—Acabo de descubrir lo mucho que me entusiasma el estilo oriental —afirmó él, arqueando una ceja.

—Me alegra oír eso, porque había pensado en combatir nuestro encierro forzoso con el antiguo arte asiático del Tantra —dijo ella, dirigiéndose a su habitación.

El cuarto estaba alumbrado con velas blancas y unas varillas de incienso ardían sobre la mesita de noche. Iria abrió un cajón y le entregó un pequeño frasco aromático con un gesto sensual de la mano.

—Es aceite de almendras con un toque de mirra —explicó mientras dejaba caer su bata al suelo despreocupadamente—. Después de lo de ayer, me he ganado un buen masaje.

Gabriel sostuvo el bote con escepticismo. No se creía capaz de refrenar sus impulsos demasiado tiempo.

—En el Tantra, los prolegómenos son tan importantes como todo lo demás —le advirtió Iria, antes de tumbarse de espaldas sobre la cama.

El cabello negro azabache contrastaba con su espalda blanca y tersa; el breve tanga negro realzaba unos glúteos firmes y redondos; sus piernas, esbeltas y relajadas, yacían lánguidas sobre la cama...

Gabriel tuvo que hacer un esfuerzo para contenerse y, tras derramar un poco de aceite entre sus palmas abiertas, se arrodilló sobre la cama.

Sus manos se deslizaron con facilidad por la columna de Iria, que oscilaba flexible a su tacto. También él estaba desnudo. Al llegar a la altura del cuello, descendió de nuevo hasta alcanzar las lumbares. Incrementó un poco la presión para desentumecer la rigidez que notaba en sus músculos. La tensión sufrida durante la noche anterior parecía haberse acumulado en aquella parte del cuerpo, pero se fue aflojando lentamente.

—Un poco más arriba y un poquito más fuerte —ronroneó ella, animándolo a seguir.

Vértebra a vértebra, sus pulgares ascendieron por la curva de su espalda con un ritmo pausado y regular. Podía sentir el calor de la piel de ella y el alivio que experimentaba con cada fricción que le aplicaban las yemas de sus dedos. Se concentró en la zona del trapecio alrededor del cuello y hundió los dedos en todos aquellos puntos en los que detectaba una leve resistencia. A continuación, pulsó suavemente los laterales de sus sienes durante unos segundos y le masajeó con delicadeza la nuca.

Ella inclinó la cabeza contra la almohada y lo miró con una promesa de placer flotando en sus iris azules.

—Lo estás haciendo muy bien...

Él le mordisqueó con deseo la comisura superior de sus labios. Iria lo atrajo para sí y ambos compartieron un beso largo y profundo.

Sus lenguas se exploraron una y otra vez mientras sus cuerpos, muy juntos, se inflamaban con el roce de su piel. Las manos de Gabriel se posaron en las caderas ondulantes de Iria y pugnaron por arrancarle el tanga.

Ella lo ayudó con un flexible movimiento de piernas. Sus cuerpos desnudos no tardaron en fundirse en un abrazo electrizante. Iria se revolvió con agilidad y se colocó, desenvuelta, encima de él.

—No tenemos prisa...

Sus pequeños pechos le parecieron infinitamente apetecibles. Gabriel los estrechó entre sus palmas y después acarició los pezones, muy erectos, con los dedos.

Ella emitió un gemido ahogado y sus caderas comenzaron a trazar suaves círculos sobre él. Sintió oleadas de placer recorriendo su espina dorsal y expandiéndose por el resto de su cuerpo a medida que Iria aumentaba el ritmo de sus contoneos. Ambos empezaron a jadear, pero ella cesó en sus movimientos y se mantuvo en reposo durante unos segundos.

Sus ojos azules estaban entornados y su mirada flotaba algo perdida cuando reinició aquella danza pélvica que pronto les transportó a una marea de creciente excitación.

Cabalgaron las olas al límite, pero al llegar al vértice más alto, se dejaron mecer hasta la orilla para remontar una vez más la corriente del deseo. El olor del aceite se mezclaba con el de sus cuerpos ardientes en un equilibrio inestable que amenazaba con estallar con cada nuevo envite.

Llevado por el frenesí, Gabriel se incorporó apoyando la espalda sobre el respaldo de la cama. La agarró de las caderas y ambos comenzaron al unísono un furioso baile sin retorno.

Sus cuerpos se estremecieron como hojas temblorosas. Iria se dejó caer sobre su hombro con el rostro brillante y perlado de sudor. Él la abrazó saboreando todavía aquel goce tan intenso, pero tras dedicarse unas suaves caricias cayeron exhaustos, vencidos por un sueño profundo y liberador.

Gabriel entreabrió los ojos, largo rato después, alertado por los movimientos de Iria, que miraba su reloj con el ceño fruncido.

—Será mejor que me vista o llegaré tarde —dijo mientras se levantaba de la cama—. He quedado con Leonard para comer y no quiero hacerle esperar. Según me ha dicho esta mañana, quiere comentarme una noticia muy importante.

Gabriel se encogió de hombros, resignado.

—Prometo no moverme de aquí.

Todavía se oía el sonido de la lluvia golpeando con fuerza la estructura de su pequeño chalet cuando Iria salió protegida por un anorak acolchado, unas botas de agua y un recio paraguas.

Ya a solas, Gabriel se preparó un café reconstituyente, y consultó su correo electrónico. Santi le había vuelto a escribir un mensaje. Su último artículo también había tenido una excelente acogida. Incluso se había formado un improvisado chat *online* con mensajes cruzados entre los lectores. El director del periódico digital estaba sorprendido por la repercusión y le ofrecía ahora treinta euros por cada colaboración.

Aquello lo animó a seguir husmeando sobre las especies invasoras en la red con una justificación plausible.

Pese a que la fotografía borrosa del párroco le había parecido un montaje —una chapuza con Photoshop para impresionar a los turistas con historias de monstruos como el del lago Ness—, pasó las siguientes dos horas buscando información sobre híbridos hasta que el estallido de un trueno lo sobresaltó por su violencia.

El fogonazo luminoso de un relámpago resplandeció a través de la ventana como una advertencia. Acto seguido, se apagaron todas las luces del chalet. Gabriel intentó encenderlas de nuevo, pero fue inútil.

Intranquilo, se desplazó hasta el recibidor.

Cuando abrió la puerta apenas pudo ver nada. New World se había quedado completamente a oscuras.

43

El cielo estaba opacado por un negro manto nuboso. Ni una sola luz tintineaba en los cubículos de New World. Gabriel entró en su chalet y, tras encender la pantalla de su móvil para alumbrarse, localizó un paraguas con el que protegerse de la tormenta.

Al salir de nuevo al exterior, un relámpago aterrador iluminó fugazmente el complejo, que resplandeció como un espectro fantasmal que careciera de sustrato físico. La lluvia arreciaba y toda la base quedó envuelta por una espesa niebla impenetrable.

Permaneció inmóvil y expectante durante unos minutos en medio de la más absoluta oscuridad. El apagón parecía grave.

Intranquilo, decidió ir en busca de Iria. Hacía dos horas que se había marchado para cenar con Leonard y todavía no sabía nada de ella.

Orientarse no debía suponerle ningún problema pese a la falta de visibilidad. El complejo constaba de quince chalets alineados en círculo y, como el suyo ocupaba justo el vértice norte, todo lo que debía hacer era andar en línea recta hasta toparse con los módulos donde trabajaban los científicos.

Había recorrido ya medio trecho cuando oyó unas voces masculinas muy próximas, hablando entre sí en tono agitado.

—¿Hola? ¿Está Iria por aquí? —preguntó Gabriel, sin poder distinguir a nadie.

—¿Quién es Iria? —inquirió alguien del grupo.

—Una científica recién llegada.

Se oyó un breve murmullo y luego la voz alta y ronca de un hombre se alzó sobre las demás.

—Debe de estar camino de su chalet, como todos. El doctor Leonard ha ordenado desalojar los dos módulos para evitar percances mayores.

Su primer impulso fue dar un par de gritos para llamarla, pero enseguida se apoderó de él otra idea que le hizo cambiar de opinión. Aquella era una oportunidad irrepetible para explorar el interior de los laboratorios. Si la desaprovechaba, no se lo perdonaría nunca.

Un relámpago restalló por encima de sus cabezas, permitiéndole divisar el módulo rectangular en el que trabajaba Iria.

Se hallaba tan próximo que le bastaron cuatro zancadas para alcanzarlo.

La puerta estaba cerrada, pero no tuvo más que empujarla para que se abriera. Penetró en el pasillo abandonado y avanzó tanteando sus flancos. Cuando su mano blandió el aire en lugar de un muro sólido, dedujo que se hallaba frente a la entrada. Sin pensárselo dos veces, atravesó el umbral blandiendo el móvil a modo de improvisada linterna.

Al dar un mal paso se trastabilló con un perchero del que colgaban varias mascarillas, batas blancas y pantalones. De sus bolsillos pendían guantes de látex; bajo sus pies reposaban tres pares de botas plastificadas. Se preguntó si existiría algún riesgo de contagio en caso de no vestirse con alguno de aquellos trajes esterilizados, pero decidió correrlo. Tan solo quería realizar un rapidísimo examen de las instalaciones y salir antes de que nadie pudiera descubrirlo, aprovechando la confusión reinante.

Caminó sobre un suelo azulado de linóleo, sorteó un par de mesas alargadas y abrió al azar uno de los armarios empotrados en las paredes laterales. Bajo la tenue luz del teléfono aparecieron numerosos frascos de diversos tamaños, jeringuillas graduadas, lupas, rollos de papel, guantes de látex, microscopios de precisión, cronómetros…

El intenso zumbido proveniente de una de las esquinas de la habitación lo sobresaltó de golpe.

Se dirigió hacia allí e iluminó una mesa blanca. Lo primero que vio fue un microscopio binocular en el que se ensamblaban diferentes brazos metálicos, tubos, agujas y lentes de aumento. A su derecha descubrió la fuente de aquel sonido continuado que tan inquietantes recuerdos le traía a la mente. Enjambres de abejas revoloteaban dentro de cajas de madera con una ventana de cristal en su parte frontal.

Los recuerdos claustrofóbicos de su infancia lo asaltaron de nuevo. Sintió que volvía a faltarle aire, pero se obligó a respirar profundamente y a razonar como un adulto. Aquellos insectos estaban encerrados y no podían atacarlo. Debían de ser zánganos: los machos reproductores encargados de fecundar a la reina.

Iria le había explicado que extraían el semen de los mejores especímenes e inseminaban artificialmente a las abejas reina para conseguir colmenas capaces de resistir mejor las enfermedades. Esa técnica era la más rudimentaria de cuantas empleaban, pero podía haberse combinado con implantes genéticos para crear las plagas de gusanos y avispas asesinas que había sufrido la isla de Moore el pasado verano. Si encontraba pruebas de ello, lograría firmar un reportaje explosivo.

Además, el padre de la difunta le pagaría una suma considerable si conseguía poner en un brete a New World.

Animado por tal propósito, abandonó aquella sala en la que, con toda seguridad, había estado trabajando Iria minutos antes. Lo único seguro es que ella no estaba implicada en nada de eso. Si quería evidencias incriminadoras debía buscarlas en otra parte.

Regresó al silencioso pasillo y fue palpando las paredes hasta detectar otra oquedad. Se trataba de una puerta metálica, cerrada y sin pomo. Sabía que todas ellas estaban dotadas de un sofisticado sistema de seguridad que solo permitía el acceso a quien tuviera sus huellas dactilares registradas en su sensor. Sin embargo, el corte eléctrico había desbloqueado aquellos mecanismos, porque bastó empujarla un poco para acceder a la nueva sala.

Su interior desprendía un aroma dulzón a farmacia, mezclado con el inconfundible olor de animales. En su esquina izquierda se alzaba otro perchero, pero de sus ganchos colgaban aparatosas escafandras en lugar de mascarillas. Unos chillidos agudos de baja intensidad le produjeron escalofríos.

Se encaminó con aprensión hacia el lugar de donde procedían. Debían de ser decenas de bichos los que producían aquellos sonidos, semejantes al chirriar de dientes contra barrotes...

Dirigió la luz del móvil hacia ellos. Cientos de ratas albinas se encontraban encerradas dentro de jaulas metálicas sobre las estanterías de una pared lateral. Sus ojos rojos de color sangre parecían resplandecer en la oscuridad. Unas pocas exhibían bultos tan enormes a la altura del abdomen que yacían inmóviles, presas de sus gigantescas protuberancias. Otras castañeteaban los dientes y golpeaban con furia la cola contra el suelo, como si se dispusieran a entrar en combate. Algunas daban mordiscos al aire, y la mayoría merodeaban nerviosas empujándose unas a otras.

Gabriel meneó la cabeza con asco y se encaminó a otra esquina de la habitación.

Allí vislumbró una mesa repleta de ordenadores, microscopios e instrumental diverso que no supo identificar. Decenas de tarros de cristal se amontonaban sobre una tabla auxiliar.

La luz del móvil le permitió observar uno de ellos.

Dentro del mismo reptaban gusanos de color carne sin cabeza, como si fueran dedos en movimiento. La imagen le pareció repulsiva, pero al examinar el resto de recipientes se percató de su verdadero propósito. No solo contenían orugas, sino también larvas, capullos y mariposas... Todo un ciclo evolutivo letal para determinadas plantas.

Aquellas mariposas depositaban sus huevos en las hojas de maíz. Después, las larvas se transformaban en orugas que cavaban galerías dentro de la caña, se enroscaban en la savia y absorbían todos sus nutrientes. Enfocó a los gusanos con el móvil y disparó varias fotos con flash. ¡La primera de las plagas en la isla de Moore había sido cultivada en ese laboratorio! Sus fotos serían el mejor testimonio de esa verdad.

La otra parte de la ecuación debía de estar muy cerca, a juzgar por los fuertes zumbidos que oía por encima de su cabeza. A la parpadeante luz del móvil contempló unas cajas con rejillas. Las palmas de las manos le sudaban y sintió una dolorosa opresión en el pecho, pero se obligó a mirar a los insectos voladores de alas oscuras y ojos opacos. Sus tórax negros, salvo un último segmento amarillo, del mismo color que los extremos de sus patas rasposas, no dejaban lugar a la duda.

Se trataba de las mismas avispas asiáticas que habían sido incineradas en su expedición con Iria; la única diferencia es que eran todavía más grandes. Aquellas mortíferas depredadoras habían aniquilado a la plaga de orugas antes de desaparecer sin dejar rastro.

Se concentró en fotografiarlas y se apresuró hacia la salida para explorar una nueva sala.

La siguiente estancia estaba repleta de grandes peceras. Lo que más lo perturbó, una vez iluminadas por el resplandor de su móvil, fue constatar que todos los peces, algunos de considerable tamaño, yacían inmóviles y sin vida en el fondo de aquellas urnas de cristal.

Le costó un rato darse cuenta de que, ocultas entre las plantas que adornaban aquel cementerio acuático, se encontraban las responsables de su muerte: apenas medían tres centímetros, pero su veneno resultaba letal si uno no contaba con el antídoto adecuado. Con sus ocho patas afiladas, el caparazón amarillento y la cabeza negruzca, no tuvo ninguna dificultad en reconocer a las arañas marinas que habían picado a Iria.

Los pitidos intermitentes de su móvil le advirtieron que estaba a punto de quedarse sin batería, pero todavía pudo sacar algunas fotos.

Apenas le quedaban unos segundos de luz, pero antes de regresar al mundo exterior decidió examinar el interior de lo que parecía una nevera gigantesca. Al abrirla se quedó sin aliento.

Los ojos de George lo miraban de frente.

44

—No hay motivo de alarma. Una avería nos ha dejado sin electricidad, pero estamos trabajando para repararla cuanto antes.

La fuerte voz de Leonard, amplificada por un megáfono, resonó por la base con un eco metalizado.

Gabriel se forzó a respirar despacio, tratando de calmarse. Estaba conmocionado y tenía motivos para ello. Justo tras ver la cabeza de George flotando dentro de un frasco con líquido amarillento, su móvil se había quedado sin batería. Completamente a oscuras y temiendo ser descubierto en cualquier momento, había abandonado la sala de inmediato, atravesando el pasillo a tientas hasta lograr abrir la puerta que daba al recinto exterior.

Todavía llovía, pero el viento soplaba con fuerza y estaba empezando a dispersar la niebla. Sintió un estremecimiento que le atravesaba la espina dorsal y se preguntó si alguien lo habría visto saliendo de los laboratorios.

Su corazón se aceleró al escuchar de nuevo la voz de Leonard retumbando en sus oídos. ¿Cómo podía estar hablando por un megáfono si New World se había quedado sin luz eléctrica?

—Insisto, permaneced en vuestras viviendas. Un miembro de nuestro equipo pasará por ellas para cerciorarse de que todo está bajo control.

Tres rayos iluminaron uno tras otro la corona superior del círculo formado por los chalets. Gabriel respiró hondo y se dirigió raudo hacia su cubículo con la angustiosa sensación de estar siendo vigilado.

La niebla ya no era impenetrable y tardó muy poco en recorrer los cincuenta metros que lo separaban del chalet.

Al llegar, se encontró a Iria sentada en las escaleras exteriores de la entrada sosteniendo a la gata en su regazo.

—¿Estás sola?

—¡Pues claro! En cuanto el apagón nos dejó sin luz, Leonard dio por concluida nuestra reunión y salió disparado hacia los laboratorios. ¿Y tú, dónde te habías metido? Me he pegado un susto de muerte al no encontrarte en el chalet...

—Escúchame bien, Iria. Hemos de huir de aquí cuanto antes. George está muerto. Lo acabo de ver con mis propios ojos.

Ella lo miró con las pupilas dilatadas por el espanto.

Antes de que pudiera decir nada, oyeron el ruido de unos pasos acercándose. El sonido de botas chapoteando sobre el suelo encharcado era inconfundible. Intercambiaron miradas y guardaron silencio.

Envuelta en un chubasquero y con ese aire de eficiencia que siempre la acompañaba, Susan apareció ante ellos.

—¿Estáis bien?

—Sí, sí, muy bien —respondió Iria.

—Aún no sabemos cuándo solucionaremos la avería. De momento no funciona nada, excepto el megáfono con baterías que ha utilizado Leonard.

Eso explicaba que funcionara pese al corte de luz, pensó Gabriel.

—Este apagón me ha puesto de los nervios —dijo Iria—. Y aquí bien poco podemos hacer mientras no regrese la luz... ¿Por qué no bajamos a tomar algo al pub, Gabriel?

Había tratado que sus palabras resultaran espontáneas, pero sonaron un poco forzadas. Tal vez para disimular un ligero temblor de manos, estrujó a *Mima* entre los brazos.

La secretaria pareció dudar y tardó unos instantes antes de responder.

—La lluvia va a menos y la niebla se está alejando hacia el norte de la isla. Dentro de poco se podrá conducir sin peligro por los acantilados. Voy a acabar la ronda de visitas. Después, os dejaré un coche para que lleguéis hasta la puerta del pub.

Quince minutos más tarde, les entregó las llaves de un coche y se marchó apresuradamente.

Una vez en el aparcamiento, Gabriel encendió el contacto y arrancó con determinación. Al dejar atrás los laboratorios suspiró hondo, pero ni siquiera al aparcar el coche frente al puerto de Moore se sintió a salvo. La visión de George todavía lo perseguía.

El rostro de Iria se contrajo con una mueca de horror cuando le contó con detalle lo que había visto en la gran nevera donde se guardaban las muestras.

—No puedo creerlo... ¡Es monstruoso! —exclamó consternada.

Gabriel asintió con un gesto mudo. La lluvia caía fina sobre el paraguas que compartían y el mar brillaba con un extraño color fosforescente contra el cielo de nubes negras.

—¿Por qué harían algo así? —se preguntó Iria en voz alta, meneando la cabeza con incredulidad.

—Eso es lo que menos me importa en estos momentos. La policía tendrá mucho tiempo para averiguarlo...

Iria posó la mirada sobre un viejo bote de pescadores, sostenido sobre el suelo por unos tablones de madera y cubierto por una maraña de redes verdes. *Mima* los observaba con curiosidad a través de los cristales del coche, como si también tratara de resolver alguno de los misterios que escondía aquella isla.

—Justamente mañana llega el *ferry* semanal a la isla —dijo Gabriel tratando de mantener la calma—. Es el mismo en que vinimos y nos podría llevar de vuelta al puerto de Lerwick —añadió, cogiéndola de la mano.

—Desde allí podríamos regresar a casa... —afirmó ella con la zozobra reflejada en sus ojos azules.

—Pero antes debemos llamar a la policía.

Una ráfaga fría les azotó el rostro con brusquedad. El vello de la nuca se le erizó de repente y un temblor sordo recorrió su cuerpo.

—Creo que lo mejor será que vayamos a casa del párroco. Allí estaremos más seguros —añadió Gabriel con voz grave, como queriendo convencerse a sí mismo.

45

El reverendo tragó saliva, con la cara enrojecida, al escuchar el macabro final del relato. Mientras tanto, por la mente de Gabriel desfilaron como en carrusel los recuerdos de su último encuentro con el malogrado científico. Aquella noche, George había pronunciado algunas frases que él no había sabido cómo interpretar, pero que ahora adquirían un cariz oscuro y terrible.

—Cuando me invitó a su apartamento, George ya temía por su vida —explicó con voz queda—. Entonces no supe verlo, pero ahora todo encaja. Cada científico de New World solo tiene información sobre los experimentos que realiza personalmente para evitar fugas que pongan en peligro sus patentes. Y también, según creo, para impedir que dispongan de una visión global. Sin embargo, George llegó por su cuenta a una conclusión alarmante. En sus propias palabras, habían franqueado la barrera de las especies y a partir de ahora cualquiera de ellas podría matar a otra con la programación adecuada.

El párroco se removió inquieto en su silla mientras intercambiaba una mirada de entendimiento con su mujer. Tras haber dejado a los niños en casa de una prima, había regresado a tiempo de escuchar, absorta, la última parte de su narración.

—Así que, tal como sospechaba, fueron ellos los que acabaron con la plaga de gusanos —dedujo el reverendo.

—Con toda probabilidad: por medio de las avispas asiáticas, uno de sus más feroces depredadores.

El sacerdote se pasó una mano por la frente, impregnada por minúsculas gotas de sudor.

—¿Y cómo eliminaron después a las avispas gigantes?

—La empresa británica Oxitec —intervino Iria— solicitó el mes pasado una autorización para eliminar una dañina plaga de insectos en España, liberando machos genéticamente modificados para que al aparearse con las hembras mueran todas sus crías durante la fase de larva. New World conoce de sobra esa técnica y otras muchas...

Gabriel tamborileó con los dedos sobre la mesa con creciente nerviosismo.

—Hay líneas que una vez que se cruzan no tienen vuelta atrás. Si podemos eliminar gusanos y avispas mediante ingeniería genética, ¿por qué no hacerlo con otras especies?

—¿Como los seres humanos, por ejemplo? —preguntó el cura—. No me extrañaría que esos locos acaben provocando un apocalipsis que borre al hombre de la faz de la Tierra.

—Eso es un disparate —protestó Iria—. ¿Por qué iban a hacer eso?

—Hay muchas razones para una mente enferma —replicó Gabriel—. Imagina que alguien estuviera interesado en eliminar solo a una parte de la humanidad. Alguien que tuviera la capacidad de iniciar una guerra invisible sin necesidad de declararla. Ya se ha intentado en el pasado. Los científicos nazis, por ejemplo, estudiaron una especie de mosquito que podía pasar hasta tres días sin probar agua ni alimentos. Su propósito era infectarlos con malaria para enviarlos a territorios enemigos y diezmar así sus poblaciones. Por fortuna, no lograron que sobrevivieran fuera de su hábitat natural. Pero New World ya ha conseguido que un animal muy parecido a las arañas venenosas pueda vivir dentro del agua.

Iria meneó la cabeza con fastidio.

—Una guerra bacteriológica es inviable en un mundo tan globalizado como el nuestro. Una vez liberado, un virus contagioso podría extenderse sin control por cualquier territorio y afectaría a todas las personas con independencia de su edad, sexo o raza, incluyendo a sus creadores.

—Excepto si ellos formaran parte de una nueva especie —observó el cura muy serio.

—Quizás el reverendo no esté muy desencaminado —intervino Gabriel—. Este país acaba de conceder el permiso de producir embriones humano-animales a New World. Ha salido hoy en todas las noticias. Lo he leído en Internet mientras comías con Leonard.

—Precisamente de eso hemos estado hablando durante el almuerzo, y os puedo asegurar que la imaginación va muy por delante de la realidad. Es verdad que se han hospedado cromosomas humanos en óvulos animales para crear embriones híbridos y extraer células madre con fines de investigación médica. Pero esos embriones se conservan in vitro tan solo durante unos días. Su proceso de desarrollo se detiene ahí y nadie pretende crear seres adultos concebidos en un óvulo animal.

—Pues según he leído hoy, ya se considera factible la creación de un chimpancé con características humanas, como la capacidad de hablar. Los científicos afirman que la diferencia cromosómica entre humanos y monos es menor que entre una cabra y una oveja, que ya se han cruzado con éxito...

—Por favor —exclamó Iria—, no sois biólogos moleculares y no podemos perder más tiempo en divagaciones de ciencia ficción. Lo único cierto es que George está muerto y debemos llamar a la policía cuanto antes.

—No puedo estar más de acuerdo —dijo el párroco, levantándose de la silla.

El salón se cubrió de un silencio tenso y espeso, solo interrumpido por el crepitar del fuego en la chimenea. El humo de turba impregnaba la estancia con su característico olor áspero, al que Gabriel ya empezaba a acostumbrarse, y nadie se atrevió a hablar hasta que regresó el reverendo.

Todos lo miraron expectantes, e incluso la gata, reclinada sobre el regazo de su dueña, izó sus orejas puntiagudas.

—El inspector jefe de Lerwick no estaba en la comisaría, pero les he informado de todos los detalles y nos llamarán en cuanto den con él.

Gabriel emitió un profundo suspiro. Para bien o para mal, la situación ya había escapado a su control y sería la policía la que, a partir de ese momento, llevase la iniciativa.

—De todas maneras, hay algo que no entiendo —dijo el cura, meneando la cabeza—. ¿Por qué confesaría George a un periodista que New World está llevando a cabo experimentos tan peligrosos?

—Solo se me ocurre una explicación. Temía que lo asesinaran y me lo reveló para que, en tal caso, pudiera investigar lo sucedido y denunciarlo. Al fin y al cabo, soy la única persona que no formaba parte de New World.

El párroco arqueó sus cejas pelirrojas y extendió sus palmas abiertas sobre la recia mesa de madera.

—Así que quizás no fue él quien asesinó a la pelirroja, después de todo...

—O sí, y lo eliminaron para taparle la boca —replicó Gabriel—. Matar a todos los que han participado en un crimen es una práctica mafiosa habitual para que nadie pueda irse de la lengua.

Moira removió nerviosa la cucharilla en su taza de té y la dejó intacta, sin probarla, sobre su plato de porcelana. Retorciendo sus rollizas manos, dijo:

—Esperemos que venga pronto la policía.

—El problema es que, si pasan las horas, en New World advertirán nuestra ausencia. Sospecharán alguna cosa y podrían destruir todas las pruebas.

El sonido de un teléfono fijo resonó en otra estancia contigua. El cura se levantó como un resorte y se encaminó raudo hacia el portón de madera del salón. Ellos permanecieron sentados, con el corazón encogido, a la espera de noticias.

Finalmente, el párroco regresó con un brillo belicoso bailando en sus ojos. Se recostó en la silla con un gesto teatral, como si estuviera disfrutando de la atención con la que aguardaban sus palabras.

—He hablado con el inspector jefe —anunció con satisfacción—. Están de camino y llegarán en un par de horas.

46

—¿Estás seguro de que es buena idea entrar en el pub? —preguntó Iria.

—Ya no estoy seguro de nada, pero será la mejor manera de no levantar sospechas mientras viene la policía. La falta de luz en New World provocará que sean unos cuantos los que se animen a bajar hasta aquí. Y Susan cuenta con que nosotros estemos dentro del pub.

Iria le lanzó una mirada inquieta y ambos atravesaron el viejo portón de madera. El interior del Devils's Anchor seguía tan oscuro como de costumbre, pero más allá de la barra había varias mesas ocupadas.

En cuanto la vista de Gabriel se ajustó a la lóbrega luminosidad de su interior, se percató de que apenas había lugareños entre los presentes. No se había equivocado. El apagón de la base había llenado el antro de científicos. Pidieron un par de pintas y se acomodaron lejos del bullicio, en la mesa más próxima a la puerta de salida.

La espuma de la cerveza todavía reposaba en lo alto de las jarras cuando unos pasos resonaron a sus espaldas. Al girarse vieron su figura imponente recortada contra los retratos de color sepia colgados en la pared.

Era el corpulento conductor que los había acompañado a New World el día de su llegada.

—¡Salud! —dijo el chófer, efusivamente, como si las pintas hubieran achispado su carácter taciturno—. Ya estamos todos aquí. Ni que regalaran las copas.

—Bueno, mejor aquí que a oscuras en New World —dijo Iria con las mejillas todavía coloradas por el frío exterior.

—Pues no os había visto en el pub. Y eso que llevo ya un buen rato…

Gabriel sabía que aquel hombre era un buen observador, por lo que debía mostrarse tan despreocupado como fuera posible.

—Hemos estirado un poco las piernas antes de tomarnos unas pintas —explicó dando un sorbo a su cerveza.

—En cambio, yo ya me voy —replicó James, adoptando un tono más seco—. Según parece, ya ha vuelto la luz a la base.

Dicho esto, pagó la cuenta, se despidió con un gesto adusto de la mano y salió del local con paso ligero.

Un escalofrío recorrió la médula dorsal de Gabriel cuando se cerró la puerta tras él.

—Este tipo tiene la virtud de provocarme mal rollo.

—Y a mí también —reconoció Iria—. ¿Qué te parece si tratamos de distraernos un rato jugando una partida?

En la mesa de billar, dos hombres de mediana edad, uno calvo y otro rubio, estaban recogiendo las bolas de los hoyos y las depositaban dentro del triángulo.

—Buena idea. No tenemos nada mejor que hacer —añadió mientras se levantaba.

—¿Hace una partida a cuatro? —propuso Gabriel.

El calvo les miró con curiosidad y, depositando su cerveza sobre una mesa, dijo:

—Os tengo vistos de New World, ¿me equivoco?

Iria esbozó apenas una sonrisa.

—No te equivocas. Llegamos hace una semana.

—Entonces será una partida de novatos contra veteranos.

Gabriel abrió juego con una apertura que removió con estruendo todas las bolas ordenadas en posición triangular.

—¡Vaya golpe! —exclamó el extrovertido científico—. Casi tan fuerte como el rayo que nos ha dejado sin electricidad ahí arriba…

—En realidad, desconocemos qué ha ocurrido —protestó su compañero rubio—. Por pura lógica, los pararrayos nos habrían tenido que proteger de la tormenta.

—A veces fallan —intervino Iria, muy convencida—. Hace dos años, mientras yo estaba de vacaciones por Asturias, un rayo dejó sin luz las calles de todo un pueblo al impactar en el pararrayos de la iglesia. Según los bomberos, no pudo absorber toda la carga eléctrica y se quemaron varios transformadores.

—Pero los de New World son de última generación —objetó el individuo rubio.

Gabriel dio un trago a su cerveza y dejó el taco sobre el tapete. Las bolas habían quedado esparcidas por la mesa y nadie parecía interesado en dar el siguiente golpe.

—Por mucho que hiera nuestro orgullo —observó el calvo—, nuestra tecnología es vulnerable a la furia de los elementos. De tanto en tanto salen noticias sobre generadores de energía inutilizados por tormentas, pese a contar con pararrayos protectores.

—Los casos que mencionas son estadísticamente insignificantes, y casi siempre en instalaciones obsoletas —protestó su compañero.

—Basta con que la probabilidad sea de una entre un billón para que algo pueda suceder.

—¡Eso no es un argumento científico!

—Pues, según tus infalibles estadísticas, la especie humana nunca habría podido existir, y sin embargo aquí estamos discutiendo…

—Si contigo no se puede discutir… De algo sí estoy seguro: Leonard es tan hermético que no nos informará de las causas del apagón, ya verás. Me apuesto una ronda contra quien opine lo contrario.

Nadie se atrevió a apostar y reanudaron la partida entre risas. Aquella pareja de científicos, poco ducha en las artes del billar, resultó ser amena y divertida. En otras circunstancias, hubieran disfrutado de su compañía.

A Gabriel le resultó extraño imaginar que aquellos hombres, cordiales y agradables, pudieran estar diseñando especies tan mortíferas como las arañas venenosas que habían picado a Iria.

A veces, pensó, las personas en apariencia más normales son capaces de desencadenar las mayores catástrofes.

Tras jugar un par de partidas, volvieron a sentarse a solas en una mesa cercana a la chimenea, y consumieron en silencio una pinta de cerveza con los nervios a flor de piel, mientras esperaban a la señal convenida.

Cuando el párroco entró por la puerta del pub, supieron que la policía los aguardaba en el embarcadero.

Pagaron a toda prisa antes de salir hacia el pequeño puerto de Moore, donde tres hombres uniformados habían desembarcado de una lancha patrullera. El mismo inspector jefe que había interrogado a Gabriel unos días atrás lo saludó sin ceremonias. Luego escuchó en silencio su denuncia mientras examinaba con suspicacia hasta el último de sus gestos.

Cuando acabó su relato dirigió a ambos una mirada penetrante.

—Les ruego que me acompañen ahora mismo hasta esos laboratorios.

47

Era ya noche cerrada y la lluvia caía sin descanso bajo la luna menguante. New World resplandecía espectral tras sus blancas rejas y, aunque las ventanas del edificio principal estaban iluminadas, nadie contestaba a las llamadas.

—¡Policía! ¡Abran la puerta! —exigió otra vez el inspector jefe.

La voz de Susan resonó a través del interfono dotado con una videocámara de alta resolución.

—Un momento, por favor… Un momento.

Enseguida apareció el director caminando a su encuentro. Vestía un elegante abrigo de cachemira y sostenía en la mano un sobrio paraguas negro. Sus ojos, azules y acuosos, brillaron fríos tras sus impolutas gafas doradas.

—¿En qué puedo ayudarles?

—Traigo una orden judicial de registro —replicó el inspector, entregándole un folio mecanografiado a través del hueco de las rejas. Gracias a su amistad con el juez de guardia en Lerwick, había conseguido esa orden de inmediato.

El director la examinó someramente y les abrió la puerta con expresión contrariada.

—No tenemos nada que ocultar, caballeros; pero les advierto que si algo de lo que ven se filtra a la prensa, presentaré una querella.

—A ese respecto puede estar tranquilo —dijo el inspector—. Ahora, si es tan amable, me gustaría examinar los laboratorios.

El director los acompañó hasta los módulos de trabajo. En el perímetro del recinto no se veía un alma ni se oía otro sonido que el repicar de la lluvia contra el suelo rojizo.

—Gunn y Todd se quedarán fuera, custodiando las salidas del edificio principal y del que está a la derecha —anunció el inspector jefe, señalando a sus dos compañeros—. El resto, examinaremos el de la izquierda.

—Ustedes pueden pasar a donde quieran, pero estos dos no están autorizados a registrar nada —protestó el director en referencia a Gabriel e Iria.

—Su presencia es necesaria —aseguró el inspector.

—En ese caso, será bajo su responsabilidad —dijo Leonard, sobreponiéndose a su turbación.

Dicho esto, abrió la puerta con una tarjeta magnética y se adentraron en un pasillo pulcro y blanco, con tres cámaras bien visibles adheridas al techo.

—¿Dónde está? —preguntó el inspector, dirigiéndose directamente a Gabriel.

—Tercera puerta a la derecha —respondió.

La amplia sala, de nítidas líneas geométricas y suelo de linóleo, albergaba diversas peceras, mesas equipadas con microscopios de última generación, estanterías repletas de frascos y una gran nevera metalizada. Allí, dentro de aquel frigorífico, era donde había hallado la cabeza de George.

El inspector fijó su mirada en el perchero, donde colgaban batas con capuchas, mascarillas y gafas de plástico.

—No será necesario que se disfracen de buzos —comentó Leonard, con un deje irónico—. En un día normal les obligaría a vestirse con el equipo completo para evitar que infectaran con sus microbios y bacterias a los animales con los que experimentamos. Sin embargo, después del apagón, eso ya no tiene importancia. Mañana tendremos que empezar desde cero.

—Yo también he tenido un día ajetreado y preferiría acabar cuanto antes —dijo el inspector, mientras se acariciaba el bigote con expresión muy seria—. ¿Por qué no abre esa nevera, si es tan amable?

Gabriel e Iria intercambiaron miradas furtivas llenas de tensión. Ambos sabían que aunque Leonard fuera detenido y encerrado en una prisión de máxima seguridad, podría vengarse de ellos a distancia.

El director caminó hacia la nevera, posó el dedo índice sobre un sensor, y sus puertas se abrieron automáticamente. Todos contuvieron el aliento, pero lo que se mostró ante sus ojos resultó de lo más anodino. Recipientes con líquidos de distintos colores, frascos y envases de variados tamaños, algunas botellas de cristal y poco más.

Ni rastro de la cabeza de George.

El inspector examinó detenidamente el contenido del frigorífico. Luego, se paseó con lentitud por la habitación y se paró frente a uno de los acuarios. Los peces, inmóviles y sin vida, se hacinaban sepultados en la urna de cristal. Una diminuta araña marina salió de entre las piedras que adornaban el fondo.

—Hace poco —explicó Leonard—, descubrimos unos peces con forma de araña que destilan un potentísimo veneno cuando pican a sus víctimas. Los científicos de mi equipo trabajan para patentar una fórmula con extractos de ese veneno como alternativa a los insecticidas neonicotinoides. Por eso estamos analizando sus propiedades y efectos.

Gabriel se mordió el labio inferior en un gesto reflejo de impotencia. Las instantáneas que había sacado de las peceras no le servirían de nada. Y lo peor era que, al haberse quedado sin batería justo después de abrir la nevera, ni siquiera había podido disparar una maldita foto de su contenido.

No tenía pruebas del asesinato de George.

Sin tiempo para lamentarse, pasaron a examinar la estancia contigua. Allí, sobre las estanterías de una pared lateral, pudo ver a plena luz las ratas que se acumulaban por centenares, encerradas dentro de pequeñas jaulas metálicas. Esta vez los roedores se encontraban más tranquilos, como si hubieran sido sedados, y muchos de ellos yacían inmóviles a causa de los enormes bultos que colgaban de sus tripas.

—Los roedores —explicó el director— nos ofrecen un modelo muy aproximado de las reacciones del cuerpo humano a ciertas sustancias tóxicas. Soy el primero en lamentar el sufrimiento que a veces les acarrean nuestros experimentos, pero gracias a estas ratas de laboratorio, millones de personas pueden estar tranquilas cuando comen alimentos transgénicos.

El inspector asintió con indolencia y, tras darle la espalda, comenzó a abrir los armarios de la sala. Como era de esperar, no encontró nada excepto tubos de ensayo, vasijas, recipientes, frascos y botellitas de cristal.

A esas alturas, Gabriel ya estaba convencido de que el director se había deshecho de todas las pruebas que lo pudieran incriminar. Su tranquilidad daba fe de ello.

«Deben de tener algún soplón infiltrado en la comisaría de Lerwick», pensó para sí.

Los gusanos encerrados en tarros de cristal captaron la atención del inspector, que se detuvo frente a ellos con el ceño fruncido.

—Este verano pasado, la isla sufrió la inesperada visita de estos gusanos cogolleros y de un puñado de avispas asiáticas —explicó Leonard—. Con toda probabilidad, debieron de llegar ocultos dentro de contenedores transportados por el *ferry* semanal. Nada raro en estos tiempos de creciente globalización… Lo curioso, no obstante, fue que ambas especies resistieron vivas muchos más días de lo que cabría esperar teniendo en cuenta la climatología de la isla. Eso nos llamó la atención, así que recogimos algunas muestras y ahora estamos estudiando su genética para poder combatir mejor…

El inspector lo cortó con un sonoro bufido.

—Mire, sus explicaciones son muy didácticas, pero no soy un experto en biotecnología ni pretendo serlo. Tampoco me gusta perder el tiempo. Así que le voy a hacer una pregunta. Con independencia de su respuesta, vamos a registrar hasta el último palmo de sus instalaciones, pero antes de proseguir me gustaría saber si tiene alguna idea de por qué pueden haber sido denunciados.

Leonard lo miró con suficiencia.

—Por supuesto. La autoridad competente del Reino Unido, la HFEA, nos ha concedido hoy el permiso de producir embriones humano-animales. Solo otra empresa disponía con anterioridad de una autorización semejante, y le puedo asegurar que están dispuestos a hacer lo imposible para que nos retiren esa autorización, incluyendo campañas de difamación muy bien orquestadas. Si lograran suspender nuestra licencia durante unos meses, nos causarían un daño irreparable. Y este señor —dijo apuntando con el dedo a Gabriel— es periodista. Él sabe mejor que nadie lo fácil que es arruinar la reputación de cualquiera con noticias falsas. Pero todo tiene un límite. En mi opinión, debería detener a ese reportero de pacotilla que está junto a usted.

48

El ruido del viento era tan ensordecedor que apenas se oían los crujidos de las barcas amarradas en el puerto mientras las olas restallaban furiosas contra el espolón como bombas de espuma blanca. Las nubes surcaban los cielos a una velocidad vertiginosa y el mar embravecido parecía querer devorar el embarcadero con cada nueva acometida.

—Nuestro *ferry* estará ya al llegar —dijo Iria sin convicción.

Gabriel meneó la cabeza inquieto, con la mirada fija en la luz crepuscular del horizonte. El registro de New World había resultado un fracaso, y aunque el inspector jefe les había asegurado que investigarían a fondo la desaparición de George, también les había amenazado con denunciarles a la Fiscalía de Lerwick si aparecía cualquier noticia en la prensa sobre aquella intempestiva visita policial.

El párroco, visiblemente decepcionado, les acogió después en su casa, donde apenas pudieron conciliar un sueño ligero plagado de pesadillas.

Al despertar, Gabriel se sintió como un desertor decidido a huir del campo de batalla, pero ahora dudaba de que ni siquiera eso fuera posible.

—El *ferry* acumula ya mucho retraso —murmuró en voz baja.

—Debe de ser por culpa del tiempo…

Los ojos de Iria reflejaban un temor que no se atrevía a expresar con palabras. Ambos sabían que algo iba mal y no tenía sentido seguir ocultándolo.

—Será mejor que nos acerquemos hasta el pub, a ver si allí nos pueden informar de qué sucede con el *ferry* semanal.

Iria asió en silencio el transportín de la gata, y dieron la espalda al muelle desierto de Moore. Enseguida alcanzaron la única calle del pueblo y entraron en The Devil's Anchor. Allí tampoco encontraron ni un alma, a excepción de Arthur, apostado tras la barra con el rostro arrugado y su fría mirada de acero.

Gabriel fue directo al grano y le preguntó si sabía cuándo arribaría el *ferry*.

Por toda respuesta, el dueño del pub resopló y desapareció tras la puerta del fondo de la barra. Gabriel e Iria intercambiaron miradas nerviosas.

—Imagino que habrá ido a llamar a la compañía naviera —aventuró él.

Ella se mordió la comisura de los labios.

—Pronto lo sabremos —dijo preocupada.

Arthur regresó al cabo de cinco minutos de tensa espera. Su expresión sombría no invitaba al optimismo.

—Hoy no vendrá el *ferry* —anunció lacónico.

—¿Qué ha ocurrido? —preguntó Iria.

—Se ha suspendido el trayecto semanal a causa del temporal.

Gabriel sintió escalofríos recorriendo su cuerpo. Ya había sido testigo de dos muertes en una semana y no se sentía a salvo en aquella isla.

—¿Hay algún barco que nos pueda sacar de Moore hoy mismo?

El viejo lobo de mar meneó la cabeza con energía.

—Imposible. Hay un temporal de mil demonios ahí fuera, y ninguno de nuestros pescadores estaría tan loco como para arriesgar su barco y su vida, por mucho que paguen. Lo mejor es que esperen al siguiente *ferry*.

—¿Cuándo vendrá?

Arthur se encogió de hombros.

—Con suerte mañana, pero eso depende de las previsiones meteorológicas. He llamado al irlandés y no me ha cogido el teléfono. Seguro que se encuentra demasiado ocupado dándole a la botella —añadió sarcástico.

—¿Por qué no vamos a verlo? —propuso Iria—. Todavía tenemos el coche que nos dejó ayer New World y llegaríamos en un momento.

En aquellas circunstancias, también a él le pareció la mejor opción.

Estaba oscureciendo cuando avistaron la silueta del faro recortada contra el cielo plomizo. Tras bajarse del vehículo, recorrieron en silencio la alargada lengua rocosa que llevaba hasta su puerta sin desprenderse de un mal presentimiento. Intuían que de un momento a otro podía suceder algo terrible.

Llamaron al timbre y vociferaron el nombre de Colum varias veces, pero no sirvió de nada. A continuación, decidieron probar suerte en el edificio que albergaba la estación meteorológica. Tampoco obtuvieron respuesta.

El frío viento les azotaba el rostro y las nubes bajas amenazaban con descargar un diluvio en cualquier momento.

—Estará durmiendo la mona —dijo Iria con una mueca de disgusto.

—O tal vez haya decidido escapar de su soledad visitando a Natalie, la misteriosa vecina sobre la que te hablé. Por lo visto, se han hecho buenos amigos en los últimos meses. ¿Qué te parece si nos acercamos hasta su casa?

—No perdemos nada por intentarlo...

Volvieron sobre sus pasos y bordearon un camino irregular, desde el que se sucedían las vistas sobre acantilados que se precipitaban al vacío, como si una parte de la costa hubiera sido arrancada de cuajo.

Las nubes habían empezado a descargar gotas de aguanieve cuando alcanzaron un interfono protegido por unos muros de piedra. Gabriel pulsó el botón con decisión y una minúscula luz indicó que se había activado la cámara de seguridad.

—Natalie, ¿me escuchas? He venido con mi amiga Iria.

La voz de Natalie, ligeramente distorsionada, no se hizo esperar.

—¿Qué hacéis aquí a estas horas?

—Un asunto urgente —dijo él—. Ábrenos, por favor...

—De acuerdo. Bajad por donde la otra vez.

Gabriel hizo un gesto a Iria para que lo siguiera, y ambos se internaron en un pasaje pedregoso sin aparente salida que se adentraba en los arrecifes. Tras avanzar varios metros, llegaron a una bifurcación y el camino de la izquierda les condujo hasta unas escaleras irregulares de piedra que bajaban hacia la costa.

Una verja rematada con púas de metal detuvo su descenso. Oyeron un chasquido metálico y, sin necesidad de pulsar ningún botón, comenzó a abrirse con lentitud. Salvado ese último obstáculo, las escaleras se tornaron más amplias y les condujeron cómodamente a una casa de piedra nueva construida sobre una playa de guijarros negros.

Natalie les esperaba en la puerta. Vestía tejanos, una parka acolchada y botas camperas. Su media melena rubia le caía sobre los hombros de manera algo alborotada y su rostro, desprovisto de maquillaje, presentaba unas finas arrugas que le habían pasado desapercibidas a Gabriel durante su primer encuentro.

Tras presentarse con Iria, los invitó a pasar al salón. La chimenea estaba encendida y toda la estancia gozaba de un agradable calor. Desde sus amplios ventanales, el mar resplandecía bajo la incipiente luz de la luna, y uno podía tener la ilusión de sentirse a resguardo de las agresiones exteriores. Sin embargo, las punzadas que aguijoneaban el estómago de Gabriel le recordaron la realidad: Moore se había convertido en un lugar muy peligroso.

—Y bien... ¿Cuál es ese asunto urgente? —preguntó Natalie visiblemente nerviosa.

—Queríamos hablar con Colum —respondió Gabriel— y, al no encontrarlo en el faro, pensamos que podría estar en tu casa.

—Pues hace días que no lo veo... ¿Tenías algo urgente que comunicarle?

—Más bien que preguntarle. Queríamos irnos de esta isla con el *ferry* semanal que llegaba hoy, pero ha suspendido su trayecto a causa del temporal, y necesitábamos saber las previsiones meteorológicas para las próximas horas.

—¿Crees que podríamos alquilar algún barco que nos sacara de aquí cuanto antes? —preguntó Iria con la ansiedad reflejada en el rostro.

—¡Pero si acabáis de llegar a la isla! ¿Acaso ha ocurrido algo en New World?

Gabriel inspiró hondo y pasó a resumirle lo sucedido en las últimas horas. Natalie escuchó en silencio, pero no hizo falta que hablara para revelar el miedo que brillaba en el fondo de sus pupilas.

Al acabar, les lanzó una advertencia fulminante.

—Si eso que has contado es cierto, hay que huir cuanto antes. Estamos todos en grave peligro.

—¿Tú también? —preguntó Iria con incredulidad.

Natalie asintió lentamente con la cabeza.

—Yo también he traicionado a Leonard.

49

Natalie se retiró de la estancia alegando que debía realizar una llamada urgente. Gabriel e Iria se miraron inquietos. ¿A quién había ido a llamar y cómo podía ella haber traicionado a Leonard, si es que decía la verdad? La única certeza era que corrían un grave peligro. La gata, complacida con la cálida temperatura del salón, se había quedado dormida. A ellos, en cambio, les tocaba esperar con los cinco sentidos atentos a cualquier señal de alarma.

El tiempo pareció alargarse de un modo interminable, como si los segundos que marcaba el viejo reloj de cuerda sobre la chimenea no quisieran avanzar. Finalmente, el sonido de unos pasos en el suelo de parquet anunciaron el regreso de la anfitriona.

Sus mejillas brillaban febriles y parecía presa de una gran agitación.

—Un barco está de camino para salir de la isla —afirmó sin poder contener un ligero temblor en sus labios—. Si queréis, podéis subir a bordo conmigo. Os aconsejo que no dejéis escapar esta oportunidad.

—¿Y el temporal? —preguntó Iria.

—La tormenta principal se encuentra rumbo a Lerwick. El barco tomará otra ruta, hacia el norte, y en unas horas estaremos a salvo en Noruega.

Allí, pensó Gabriel, podría entrevistarse con Carl e informarle de todo lo que había descubierto. Si el padre de la difunta cumplía su palabra, cobraría una bonita suma y después tendría tiempo para preparar un reportaje sensacional. Pero antes de nada, había que dejar atrás la inhóspita isla de Moore.

Colum les había hablado de un amante que visitaba esporádicamente a Natalie con su yate. Es muy probable que fuera él quien estuviera dispuesto a recogerla en su barco con tanta premura. En tal caso, pronto se encontrarían a salvo, pero ¿hasta qué punto podían fiarse de ella?, se preguntaba Gabriel.

—Hay algo que no comprendo —dijo al fin—. ¿Qué daño has podido causar a New World si ni siquiera trabajas en los laboratorios?

Una sonrisa triste surcó el rostro de Natalie.

—Cada dos semanas George me traía a escondidas cultivos genéticos de sus experimentos en New World. Yo los guardaba en mi nevera a temperatura constante y un barco de la competencia, provisto con un laboratorio móvil, atracaba en la cala de mi casa por la noche, o en las horas de niebla. El riesgo de ser descubiertos era mínimo porque Colum, el único que los podía ver, estaba de mi parte.

—Así que George aprovechaba sus visitas al farero para desviarse un momento por tu casa y entregarte muestras de cultivos sin levantar sospechas. Un plan muy ingenioso…

—Pero algo salió mal… horriblemente mal.

Natalie desvió su vista hacia los grandes ventanales. La lluvia de aguanieve se había recrudecido y el mar parecía respirar con furia, como si fuera el eco del cielo tormentoso que se agitaba en las alturas.

—El factor humano —sentenció Gabriel— suele provocar malas pasadas. George me confesó que había suministrado información sobre los experimentos genéticos de New World a una activista noruega acampada en la isla…

Natalie meneó su cabeza apesadumbrada.

—Tan listo para unas cosas y tan simple para otras… Cegado por los encantos de esa chica, se arriesgó más de la cuenta. Y con Leonard, todas las precauciones son pocas…

—¿Lo conoces? —exclamó Iria, sorprendida.

—Bastante —susurró ella—. Es mi marido.

Ambos escucharon estupefactos aquella revelación inesperada. Natalie se dejó caer sobre un sofá próximo a la chimenea,
como si le fallaran las fuerzas para sostenerse.

—Es una larga historia… De muy joven abandoné Moore,
huyendo de todo lo que significaba para mí. Tardé mucho tiempo en descubrir que no podía huir de mí misma. —Hizo una
pausa y miró con detenimiento las ascuas candentes de la chimenea—. Cuando llegué a Londres, quedé deslumbrada. Encontré
un trabajo de camarera y, por primera vez en mi vida, sentí que
podía respirar libremente sin ahogarme. No sé cómo explicarlo… Todo parecía fluir como en un cuento de hadas. Los hombres, en lugar de denigrarme, me halagaban sin cesar.

No era de extrañar, pensó Gabriel. A sus cuarenta años, seguía siendo una belleza notable.

—Con las propinas que recibía en el restaurante —explicó—, me podía permitir más caprichos de los que jamás había
imaginado. Pronto empecé a frecuentar fiestas en las que me pre-
sentaron a hombres importantes. El más brillante y cautivador
fue Leonard. Me enamoré perdidamente de él y acabamos casán-
donos. Dejé de trabajar y me convertí en una dama distinguida.
Él se ocupó de que los mejores profesores suplieran las lagunas
de mi escasa educación. Me ofreció muchas cosas, y se lo agrade-
cí tanto que me llevó media vida comprender que era un maltra-
tador compulsivo…

Su cara se contrajo en una mueca de dolor. Cuando parecía
que iba a romper a llorar, logró dominarse y susurró con voz
queda:

—Hay cosas que no se pueden cambiar por más que uno lo
intente. Estoy marcada desde que nací por el terremoto que des-
truyó el pueblo de Moore, y ese estigma me acompañará hasta la
tumba.

—Nos contaron —intervino Gabriel— que después de la catástrofe todos los habitantes se trasladaron a la parte sur de la
isla, pero que tu padre prefirió quedarse en el norte para demos-

trarles que había sido un accidente completamente ajeno a tu nacimiento.

—Yo también creí en ese mito durante mi niñez —replicó en tono ácido—. Que mi padre me quería tanto que había desafiado al pueblo para defenderme. Durante mucho tiempo también creí que era normal que me pegara. Al fin y al cabo, me lo merecía. Mi madre nunca se lo recriminó, porque estaba acostumbrada. Solo cuando estuve en Londres pude asimilar que nos había aislado en el norte de la isla para que nadie pudiera oír mis gritos ni mis llantos.

La estancia se cubrió de un espeso silencio. Las ascuas de la chimenea se habían transformado en cenizas y solo se oía el sonido de las manecillas del viejo reloj de cuerda girando al compás de su péndulo ovalado.

Los secretos familiares, pensó Gabriel, eran siempre sórdidos e ingratos. Dejaban una huella indeleble que ni siquiera el paso del tiempo lograba borrar. Él lo sabía mejor que nadie.

—Pero es mejor no descender a los detalles —afirmó Natalie, ensimismada, como si se estuviera confesando en voz alta—. Leonard, a su modo, me quería, pero su sombra era una carga demasiado pesada de sobrellevar. Cuando murió nuestro único hijo, se destruyeron todos nuestros puentes de comunicación. Pedí el divorcio, pero no me lo concedió. No podía concebir que nos separáramos en un momento así, y recurrió a todas las triquiñuelas legales para alargar un proceso que todavía está pendiente de sentencia. Agobiada y sin recursos económicos, tuve que regresar a mis raíces en esta casa que construimos como una residencia de verano y que a día de hoy es la única propiedad que poseo.

—Y New World se instaló en esta isla seis meses más tarde… —dijo Gabriel, atando los cabos de las conversaciones que había mantenido con el cura.

Ella asintió con la cabeza.

—Leonard conocía la isla de sobra, porque cada verano veníamos a pasar un par de semanas en ella. Aunque pueda resultar paradójico, siempre he sentido una atracción magnética hacia este trozo de tierra. Como si fuera un veneno que formara parte de mi sangre y del que no pudiera prescindir. A él, tan acostumbrado al ajetreo de la capital londinense, le encantaba pasar unos días en este solitario desierto de roca y agua. Cuando pensó en crear New World, ya buscaba un lugar alejado de la civilización. Pero hasta que no me vine aquí, no se decidió a construir los laboratorios en esta isla primitiva.

—Quizás lo hizo porque quería recuperarte a toda costa —añadió Iria.

Natalie emitió un hondo suspiro.

—Imagino que un hombre acostumbrado a conseguir todo lo que se propone no podía aceptar perder de golpe algo tan importante como su hijo y su esposa. Y él, a su modo, me continúa queriendo. Sigue insistiendo en que, si nos reconciliamos, no repetirá sus errores del pasado. Pero ya nos conocemos demasiado como para saber que eso es imposible. Cada vez que pienso en lo que le ha ocurrido a George… Rezo porque solo sepa que pasaba información a la noruega, porque si ha descubierto mi traición, no sé de lo que será capaz.

Iria resopló, absorta por el extraordinario relato de aquella mujer.

—¿Y por qué te arriesgaste a traicionarlo? ¿Por venganza, tal vez?

—En parte, sí. También necesitaba algo de dinero, pero en realidad tampoco fue por eso. Estoy convencida de que no es bueno que los descubrimientos de New World pertenezcan en exclusiva a una sola compañía. Es demasiado peligroso para el mundo.

50

A través de los ventanales del salón vieron la señal convenida: una luz amarillenta parpadeando tres veces en el mar. El barco que debía rescatarlos había llegado a la pequeña bahía que se abría frente a la casa de Natalie.

—¡Ya podemos salir! —exclamó aliviada, mientras se incorporaba apresuradamente del sofá.

Gabriel hizo otro tanto pero, en lugar de alegrarse, tuvo un mal presentimiento. Natalie les había aclarado que no tenía ningún acaudalado amante que la visitara a bordo de su yate. Y aquella embarcación pertenecía a la empresa competidora que había estado apropiándose de los cultivos genéticos sustraídos por George de New World. Al menos, eso es lo que ella afirmaba. Sin embargo, algunas piezas del relato presentaban fisuras.

—¿Cómo es que no te advirtieron de la desaparición de George? —preguntó Gabriel.

—Desconocían que le hubiera pasado nada. Por motivos de seguridad, George no se comunicaba con ellos. Se limitaba a traerme las muestras cada dos semanas, aprovechando alguna de las visitas que hacía a Colum en el faro. El próximo sábado le tocaba venir y al no aparecer es cuando nos habríamos empezado a hacer preguntas…

—¿Y el irlandés tampoco te dijo nada?

Ella negó con un enérgico gesto de cabeza.

—La última vez que lo vi fue el jueves pasado y ni siquiera mencionó a George.

Sus respuestas le parecieron sinceras. El jueves por la noche, mientras cenaban con Leonard, habían tenido la primera noticia sobre la extraña desaparición del científico. Pero el irlandés no había sabido nada al respecto hasta el día siguiente, durante la visita al faro en que Iria cayó desmayada. Hasta ahí, todo encajaba bien.

Natalie introdujo la llave en la cerradura y la hizo girar con un gesto nervioso.

En cuanto salieron al exterior, una ráfaga de viento helado los golpeó en el rostro. Después, sintieron los copos de aguanieve cayendo sobre sus cabezas. Se protegieron con las capuchas acolchadas de sus anoraks, y avanzaron hacia la playa.

Aquella era la noche más fría desde que habían llegado a Moore. La cala estaba cubierta por una niebla blanquecina y el mar embravecido rugía con fuerza, arrastrando la espuma cremosa de las olas hasta la orilla. En las alturas, la luna, recortada entre grandes nubes oscuras, bañaba la bahía con una luminosidad espectral. Sin embargo, todos los ojos se concentraron en otro tipo de luz: la que despedía un bote frente a ellos, balanceándose sobre las aguas.

Recorrieron el trecho que los separaba de la embarcación caminando cautelosamente sobre los resbaladizos guijarros negros de la playa. Un hombre sentado en la pequeña lancha neumática dejó oír su voz por encima del viento.

—¡Subid en cuanto la lancha toque la orilla!

La lluvia arreciaba y la niebla se iba espesando, por lo que la operación no resultaba tan sencilla de ejecutar. El vaivén de la marea empujó el morro del bote contra los guijarros de la orilla por unos breves instantes, y Gabriel aprovechó para saltar, con el transportín de *Mima* en las manos.

El marinero lo sujetó por el brazo para que no resbalara. Su cara permanecía semioculta por la capucha de su chubasquero, pero pudo constatar que se trataba de un hombre curtido. No tendría más de cuarenta años, pero su piel, prematuramente envejecida, parecía hablar de sus muchas horas faenando en la intemperie. Entre ambos ayudaron a que subieran Iria y Natalie, quien a punto estuvo de perder pie y darse un buen remojón.

—Será mejor que os pongáis esto —les dijo el marinero, entregándoles unos chalecos salvavidas anaranjados.

—¿Y tú? —preguntó Iria.

Él sonrió, socarrón.

—No necesito. El barco está muy cerca y llegaremos sin problemas, pero con esto os sentiréis más protegidos cuando nos zarandeen las olas.

Sin añadir más comentarios, se arrastró hasta la parte trasera de la lancha, recuperó la cuerda de amarre y, con la sola ayuda de un remo, logró encarar el bote hacia el mar en mitad de un oleaje considerable.

Aquel hombre sabía muy bien lo que se hacía, pensó Gabriel. Como confirmando sus pensamientos, cogió el motor fueraborda depositado en el suelo y lo colocó en la popa sin aparente esfuerzo. Tiró del estárter y el motor rugió, desafiando a la tormenta. Segundos después, la pequeña lancha neumática salió disparada hacia el mar abierto.

El experimentado piloto parecía disfrutar mientras el bote chocaba bruscamente contra las olas. Natalie e Iria estaban muy pálidas y su rostro no debía ofrecer un aspecto mucho mejor, se dijo Gabriel. Con cada encontronazo, la lancha se elevaba por encima de las olas, perdiendo el punto de apoyo. Al caer de nuevo sobre el mar, el impacto que sentían sus cuerpos no era en absoluto agradable. Pero lo que más le preocupaba era no ver ningún barco en el horizonte. En el interior de la bahía estaban relativamente protegidos, pero muy pronto la dejarían atrás y, en mar abierto, la tormenta sería mucho peor.

La lancha giró de repente hacia la izquierda, como si quisiera salir de la bahía bordeando la costa, pero unas olas fortísimas les alcanzaron de costado, propulsándolos hacia las rocas. El marinero elevó las revoluciones del motor a la máxima potencia y, en mitad de un rugido ensordecedor, consiguió enderezar el rumbo de la embarcación alejándola de los arrecifes.

Iria suspiró aliviada, con el susto reflejado en el rostro.

—No os preocupéis que ya casi estamos —les gritó el marino, sujetando el timón con firmeza.

Al poco de doblar la bahía, divisaron un barco anclado en una alargada ensenada por donde se introdujo la lancha con una suavidad sorprendente. El yate que les debía llevar hasta Noruega, de unos nueve metros de eslora, parecía poca cosa para enfrentarse a aquel océano furioso, pero su diseño aerodinámico inspiraba más confianza que aquel pequeño bote en el que navegaban.

El marinero se levantó, cargó con el motor y, una vez a bordo, los ayudó a subir por las escalerillas de popa. Contemplarlo en movimiento impresionaba. Era un hombre muy alto, de cuello poderoso, y complexión gruesa. Debía de pesar casi cien kilos, pero parecía capaz de saltar como un resorte en caso necesario.

—Será mejor que se pongan a resguardo de la lluvia —les dijo avanzando hacia la moderna cabina que ocupaba la proa del barco.

El puesto de mando, acristalado en los laterales, estaba recubierto de un techo blanco y pulcro. Unos confortables sillones acolchados situados a la entrada invitaban a sentarse, pero su imponente anfitrión abrió una escotilla y les indicó que se adentraran por ella en el interior del barco.

Más allá de los sillones y de la escotilla, se podía ver un volante de madera, varias pantallas y el tablero de control, donde un hombre estaba maniobrando. De anchas espaldas, Gabriel dio por supuesto que era el patrón de la nave.

El alto y grueso marino bajó por unas estrechas escaleras con notable agilidad, considerando su peso. Natalie e Iria lo siguieron, pero antes de hacer lo propio, Gabriel tuvo la corazonada de que algo estaba fuera de lugar. Ya fuera por instinto o por azar, volvió a mirar hacia la cabina de mando. El reflejo de una de las pantallas laterales le permitió vislumbrar el perfil de quien tripulaba la nave.

No tuvo ni un atisbo de duda. Era James, el chófer de New World.

Habían caído en una trampa cuidadosamente diseñada por Leonard. Con el corazón acelerado, evaluó sus opciones y decidió bajar las escaleras, aparentando que no había advertido el peligro en que se hallaban inmersos. La sorpresa y la audacia eran las únicas bazas con las que podía contar.

El marinero los condujo a la bodega de la nave y les preguntó si querían tomar algo. Sin esperar respuesta, les ofreció tres tazones.

—Tenemos sopa caliente, tila, café…

Gabriel pensó que les podía estar ofreciendo bebidas emponzoñadas, por lo que se resolvió a actuar antes de que también bajara James.

Había practicado boxeo en su etapa universitaria y no tendría mejor oportunidad que aquella. Primero le pegaría un directo en mitad del estómago con todas sus fuerzas, y cuando se doblara, lo remataría con un gancho en la cabeza. Una vez fuera de juego, ya se preocuparía de cómo enfrentarse a James.

Calculó con frialdad el momento óptimo, y justo cuando el marinero asía el termo metálico de la sopa, le lanzó un durísimo puñetazo directo hacia el vientre. Sin embargo, aquel hombre grueso reaccionó con inusitada rapidez, y bloqueó el golpe con su antebrazo mientras le arrojaba el termo sobre el rostro. Gabriel tuvo el tiempo justo de esquivarlo, pero no de evitar un fuerte puñetazo seco en la sien.

El impacto fue demoledor. Sintió que la mente se le oscurecía y perdía pie. Lo último que oyó antes de sumirse en el vacío, fueron los gritos de Iria pidiendo auxilio.

51

Gabriel sentía un inmenso dolor de cabeza. Los pinchazos que laceraban su sien eran penetrantes como agujas. Intentó abstraerse del martilleo que restallaba dentro de su cráneo y se concentró en el resto de su cuerpo. Notó la boca reseca. La abrió con gran esfuerzo y tragó una bocanada de aire frío. Intentó mover los brazos, pero no pudo.

Algo los sujetaba. Por el tacto áspero que palparon las yemas de sus dedos, comprendió que se trataba de una cuerda. También los pies estaban inmovilizados.

Le vino a la mente su caída en la bodega del buque tras ser golpeado por el marinero. Pese a su envergadura, se había fajado de su ataque con una agilidad sorprendente, y después le había asestado un puñetazo certero en la sien. Aquel tipo debía de ser un delincuente a sueldo y James tampoco podía ser un mero chófer.

El resto de recuerdos fueron aflorando a su memoria en un orden impreciso. Inspiró hondo y se preguntó dónde estaba.

El viento que revolvía sus cabellos le trajo un inconfundible olor a mar. El zumbido de un motor resonaba muy cerca de sus oídos, y una ráfaga de agua salada le salpicó en la cara.

Entreabrió los ojos con lentitud. La luz caía del cielo filtrada por las nubes, pero aun así se deslumbró. Había pasado mucho tiempo inconsciente. De eso no cabía duda. Quizás hasta lo hubieran drogado.

—El dormilón por fin se ha despertado —comentó con sorna el chófer de New World.

Gabriel trató de hacerse una composición de lugar. Su cerebro funcionaba a una velocidad mucho menor de la habitual, como si se hallara entre la vigilia y el sueño.

Inclinó ligeramente la cabeza. Estaba recostado sobre la popa de un bote neumático. Sin duda, el mismo al que se habían subido en la isla de Moore. En el extremo de la parte trasera, vio el rostro asustado de Iria. También a ella le habían aprisionado los brazos y pies con unas gruesas cuerdas.

Una rabia sorda lo consumió por dentro. Desde la espantosa muerte de su madre, no había vuelto a sentir la terrible impotencia de no poder ayudar a quien más quería. Y lo peor es que se sentía culpable de que Iria se encontrara en aquel trance. De no haber entrado en el interior de aquellos malditos laboratorios…

—Pronto llegaremos a vuestro destino —anunció James.

Sus ojos se fueron habituando de modo progresivo a la luz solar que atravesaba las blancas capas de nubes y se reflejaba en el azul cobalto del mar. La lancha se aproximaba a un peñasco de piedra negra perdido en mitad del océano. No debía medir más de un kilómetro de ancho, pero impresionaba por sus alturas vertiginosas.

Semejante a una fortaleza, aquella masa terrestre formaba un abigarrado conjunto de acantilados que caían abruptamente sobre el océano desde más de cien metros de altura.

A diferencia de Moore, aquel islote parecía demasiado inhóspito para ser habitable por el ser humano. No divisó una sola planicie, ni una brizna verde; ni siquiera un diminuto pedazo de tierra. Tan solo bandadas de pájaros brillando sobre rocas negras en la inmensidad del Atlántico.

Intercambió miradas de aprehensión con Iria, pero no se dijeron nada. Sentado entre ambos, junto al motor, James les observaba con una expresión maliciosa. Aun sin hablar, fueron capaces de sellar un pacto. No le darían la satisfacción de escuchar ni una sola queja de sus labios.

Desde la proa del bote, el corpulento marinero que pilotaba el volante gritó:

—¡Ya estamos llegando!

Sobre ellos se cernían tres enormes promontorios, centellando a la luz de aquel día extrañamente apacible. El viento era suave y el oleaje tranquilo.

La lancha aminoró la velocidad y se dirigió hacia los acantilados del este, donde una diminuta cala ofrecía el único punto de amarre posible. Sin embargo, antes de llegar a la ensenada la embarcación se desvió a la izquierda y puso rumbo al centro del gigantesco promontorio que se elevaba frente a ellos.

La colisión era inevitable y el bote ni siquiera aminoraba su marcha, pero en el último momento fueron engullidos por una boca negra, horadada entre los arrecifes por el embate incesante de las olas durante siglos.

Avanzaron unos cien metros, siguiendo la estela luminosa que se deslizaba por el agua desde la angosta entrada de la gruta. El interior de la cueva se expandía como la bóveda de una catedral, y en su centro un capricho de la naturaleza había esculpido un islote pedregoso del que emergían dos estalactitas colosales, que se elevaban hasta fusionarse con el techo de aquella tenebrosa gruta marina.

—El altar de los rituales —dijo James mientras apagaba el motor.

La lancha encalló contra el islote y el piloto la amarró con una cuerda al pie de la estalactita más próxima. Después agarraron a Gabriel como si fuera un muñeco de trapo, lo estamparon contra la misma columna rocosa y lo sujetaron a ella con unas correas que se fueron cerrando alrededor de su cuerpo como grilletes.

Iria siguió idéntico tratamiento. La maniataron en la otra columna natural, y se aseguraron de que la presión de las correas fuera consistente en todos los puntos. Luego, dieron media vuelta y subieron de nuevo a la lancha sin mediar palabra. El motor rugió y las aguas se removieron, mientras el bote se iba convirtiendo en un punto lejano engullido por el mar.

A Gabriel le costaba respirar y sentía que en cualquier momento se le desencadenaría un ataque de claustrofobia. Intentó calmarse, pero sabía que su situación era desesperada. En cuanto el tiempo cambiara a peor, algo que sin duda sucedería, las olas comenzarían a entrar a borbotones. Si no morían antes de frío y sed, perecerían ahogados.

Ni siquiera existía la esperanza de que una barca de pescadores extraviados los pudiera ver por azar.

—Parece que Natalie nos la ha jugado bien —comentó él con acidez.

—Creo que ha sido Leonard quien nos la ha jugado a los tres —afirmó ella—. Natalie se puso tan histérica como yo cuando se inició la pelea. Pero James bajó enseguida y nos cubrieron la cara con un pañuelo empapado de cloroformo hasta que perdimos el sentido.

En ese caso, pensó Gabriel, debían de haber pinchado el teléfono de la casa de Natalie. Tanto daba. Ahora ya estaba todo perdido. No sabía qué suerte le depararía Leonard a su mujer, pero la que les había reservado a ellos resultaba inequívoca.

—Antes de morir, me gustaría decirte algo —murmuró Gabriel.

—Saldremos de esta —dijo ella, sin convicción.

Quiso añadir algo más, pero sus palabras quedaron ahogadas por el rugido de una ola restallando dentro de la cueva.

52

Gabriel sintió que se ahogaba. La vida se le iba sin remedio. No podía respirar y el aire acumulado en sus pulmones estaba a punto de agotarse. Desesperado, necesitaba hacer algo, pero ¿cómo?

Las cuerdas estaban demasiado prietas para poder zafarse. Inmovilizado e indefenso, luchaba una batalla perdida. Todas sus ilusiones con Iria, sus deseos más profundos, sus ansias de vivir, pronto serían la nada misma. Fin de trayecto. Punto final.

Si al menos pudiera liberar a Iria… Aunque solo eran dos minúsculas gotas de agua en la inmensidad del océano, todavía se aferraban con sus escasas fuerzas a continuar existiendo en la corriente de la vida.

Todo era en vano porque sin oxígeno, su energía vital se evaporaba irremisiblemente. Como una botella rota incapaz de contener el líquido que albergaba su interior, en pocos instantes él también se quedaría vacío. No quería entregarse, pero aquello no tenía nada que ver con lo que él quisiera. Aquello era…

Un torbellino negro que lo absorbió hasta engullirlo por completo.

Gabriel sintió que dejaba de padecer.

Flotaba inerte, arrastrado por las olas. El agua oscura y salada del mar se transformó en un líquido pegajoso y amarillento. Aquella sustancia viscosa lo fue envolviendo como si fuera el caparazón de una crisálida. Miles de abejas se posaron en aquella mortaja impregnada de un peculiar sabor dulzón y comenzaron a devorarla hasta que su cuerpo se quedó completamente desnudo. Las abejas, entonces, se retiraron sin tocarlo y volvió a respirar de nuevo.

Recuperó la consciencia de golpe e inspiró una bocanada de aire. Había sufrido un desvanecimiento, pero la realidad era tan terrible como la peor de sus pesadillas.

—Casi hubiera preferido que siguieras inconsciente —dijo Iria—. Al menos, te habrías ahorrado sufrir la agonía que nos espera.

Sus crudas palabras estaban cargadas de realismo. Seguían dentro de la cueva, atados a las columnas de roca que se izaban sobre el islote pedregoso, pero su situación era desesperada. La marea había comenzado a subir y las aguas les cubrían ya gran parte de las piernas. Unas aguas gélidas que empapaban su ropa, les congelaban las extremidades y llevaban un frío punzante hasta el último rincón de su organismo. La única duda consistía en saber si morirían ahogados o perecerían antes por una hipotermia.

Iria tenía razón. Lo mejor que les podía pasar era perder la consciencia y no volver a recuperarla. Sin embargo, ni siquiera eso estaba en su mano.

—¿He pasado mucho tiempo desvanecido? —preguntó él, como si eso tuviera alguna importancia.

—Muy poco.

—Qué extraño… He tenido un sueño que se me ha hecho larguísimo.

—Aquí dentro el tiempo transcurre con tanta lentitud…

Su rostro, muy pálido, contrastaba con el azul febril de sus ojos, que parecían querer absorber todo cuanto pudieran experimentar por última vez.

Se produjo un silencio entre ambos que fue ocupado por el sonido de las olas penetrando a intervalos irregulares en el interior de la cueva. El flujo creciente del mar recordaba al jadeo de una bestia antes de saltar sobre su presa.

—¿Y qué has soñado? —preguntó Iria.

Hablar, de lo que fuera, era mejor que limitarse a oír el desasosegante ruido del agua golpeando contra las paredes de la gruta.

—Una pesadilla que se repite desde mi infancia. Miles de abejas envuelven mi cuerpo mientras muero sin poder respirar. ¿Sabes? La he soñado cientos de veces, pero es la primera vez que se la cuento a alguien.

—Explícame esa historia —pidió Iria—. Escucharte me ayuda a...

No pudo acabar la frase; se le quebró la voz y comenzó a sollozar.

Gabriel comenzó a hablar con la esperanza de que sus palabras pudieran adormecer la angustia de Iria.

Le contó que, de niño, cuando veraneaba en la casa rural de sus abuelos, se tropezó en el bosque con una banda de chicos mayores dispuestos a divertirse a su costa. Con la voz entrecortada le explicó que trató de huir pero le dieron alcance y acabaron atándolo a un árbol para jugar a indios y vaqueros. Un juego en el que permaneció aprisionado cuando los indios huyeron al escuchar los zumbidos de un panal de abejas escondido entre las ramas del árbol...

Al acabar su relato, los ojos rojizos de Iria ya no lloraban, pero su rostro seguía expresando una pena inmensa.

—¿Cómo es que nunca has compartido con nadie tu historia?

Gabriel sintió que sus piernas se habían acostumbrado al frío y dejaban de dolerle. Aquella era una pésima señal.

—No sé... Siempre me ha costado hablar de mis propios sentimientos. Y aquel recuerdo me llena de vergüenza... Supongo que es por esa sensación de impotencia...

—¿Qué ocurre en tus sueños cuando mueres? —inquirió ella muy seria.

—Me despierto —respondió él automáticamente.

A través de la penumbra, observó a Iria mirándolo con una expresión de absoluta concentración, como si quisiera penetrar en un secreto que estuviera más allá de las palabras.

—Ojalá nos pudiéramos despertar los dos juntos —murmuró ella.

—Dicen que la vida es solo un sueño, pero si al menos hubiera tenido más tiempo para compartirlo contigo...

Las paredes rocosas de la cueva, altas y húmedas, amplificaban con su eco las palabras que pronunciaban. Un diminuto brillo dorado se mezclaba saltarín, a lo lejos, entre la espuma blanca de las olas y el intenso azul del mar. Todo estaba teñido de un halo espectral de irrealidad en aquellos momentos postreros de su existencia.

Resultaba extraño pensar que aquellas luces frías y hermosas fueran a convertirse en el reflejo de su muerte.

53

Gabriel e Iria se miraron perplejos, contuvieron la respiración y aguzaron nuevamente el oído. No había duda. Estaban escuchando el ruido ronco de un motor elevándose por encima del oleaje exterior.

Presos de una excitación incontenible, prorrumpieron en gritos de socorro. Una barca merodeaba por allí cerca. Si alcanzaba a oírlos, serían rescatados de aquella trampa mortal. Apenas un centenar de metros los separaban de la angosta salida de la cueva. Pero necesitaban salvar esa distancia, el rugido del mar y el traqueteo del motor para alertar a quienes pilotaban la embarcación.

Pese a que sus gargantas resecas estaban atenazadas por el frío, gritaron con todas sus fuerzas hasta quedarse sin aliento. La cueva les devolvió el eco desesperado de sus gritos.

—¿Crees que nos habrán oído? —preguntó Iria, vacilante.

—No lo sé, pero es nuestra única oportunidad.

Inspiraron hondo, y continuaron pidiendo ayuda a gritos hasta la extenuación. La humedad, la tensión, y el frío extremo les estaban jugando una mala pasada en el peor momento. Gabriel tragó saliva para tratar de humedecer la garganta. No le sirvió de nada. Aunque su laringe expulsaba aire, era incapaz de emitir notas altas. De hecho, apenas podía hablar. Iria intentó seguir gritando, con escaso éxito. Tras unos minutos ya solo un susurro, apenas audible, salía de sus labios.

El traqueteo del motor todavía llegaba a sus oídos, pero cada vez más amortiguado.

Ya habían perdido toda esperanza cuando una sombra flotante se recortó contra la tenebrosa entrada de la gruta.

—Mira eso… un halo de luz —murmuró Iria, incrédula.

Una barca neumática de color amarillo se estaba internando lentamente dentro de la gruta. Iria rompió a llorar y Gabriel notó cómo sus ojos también se empañaban a causa de la emoción.

¡La lancha se dirigía hacia ellos! ¡Iban a vivir!

Dos hombres con trajes de neopreno la tripulaban. Quien manejaba el volante portaba una linterna y el otro empuñaba un cuchillo largo y afilado. En cuanto se aproximaron a ellos, el del arma blanca se dejó caer de la barca y se sumergió en las oscuras profundidades de la cueva.

Al reaparecer frente a Iria, blandió su cuchillo y comenzó a rasgar las cuerdas que la aprisionaban con rapidez y precisión. Luego desapareció bajo las aguas, para cortar las prietas sogas que todavía le sujetaban las piernas a la columna rocosa.

Ella se desplomó rígida, como una rama partida, pero en el último momento se ladeó logrando impactar de costado contra el mar. De inmediato, el hombre del cuchillo la cogió entre los brazos y la subió a la zodiac.

Acto seguido, repitió la misma operación con Gabriel. Había perdido el control de sus piernas, inmóviles después de tanto tiempo atadas. Al caer, se hundió entre las gélidas aguas. Unas manos firmes lo agarraron de las axilas y lo ayudaron a encaramarse a la lancha.

Gabriel se arrastró hasta recostarse al lado de Iria, que permanecía tumbada boca arriba. Exhausta, pero con una sonrisa dibujada en sus labios. El mismo individuo que los había liberado de las ataduras tendió una manta térmica sobre ellos y la barca inició la maniobra de salida.

Iria suspiró y le tomó la mano a Gabriel, que la miró en silencio antes de abrazarla.

La luz del cielo les deslumbró, pese a que en su mayor parte estaba cubierto de nubes grises. El estruendo del motor, batiéndose contra las olas, les disuadió de intentar hablar. Lo que ambos necesitaban era recuperarse.

Gabriel sentía las articulaciones completamente entumecidas. Carecía de sensibilidad en las piernas, las manos le dolían y todavía no se había sacado de encima la sensación de ahogo. Ella estaba muy pálida y su cuerpo temblaba, pero su respiración era acompasada.

En cuanto se dieran una ducha caliente se recuperarían, pensó Gabriel.

Divisó un yate de unos veinticinco metros de eslora anclado cerca de ellos. Eso le hizo preguntarse quién habría orquestado aquella operación. En su mente barajaba dos hipótesis, una más probable que la otra. Sin embargo, las respuestas podían esperar a que cesara aquel bramido mecánico que les taladraba los oídos.

Los dos hombres les ayudaron a subir a bordo del buque. Después, los condujeron hasta una confortable cabina provista de una cama doble, armario empotrado y cuarto de aseo.

Tras expresarles efusivamente su agradecimiento por haberlos rescatado, les preguntaron a quién debían su salvación. El más alto contestó lacónicamente:

—El patrón os informará de todo.

—Os pasaremos a recoger dentro de un rato —añadió su compañero, antes de cerrar la puerta tras de sí.

Una vez a solas, Iria preguntó:

—¿Cómo nos habrán encontrado?

—Creo saber la respuesta… Hoy en día casi todos los buques, al igual que los móviles, llevan un receptor GPS que permite localizar su posición exacta. Y existen programas espía capaces de tomar el control de sus dispositivos a distancia incluso cuando están aparentemente apagados.

—Tal vez nos ha rescatado la competencia de New World. Imagino que al descubrir la desaparición de Natalie, trazarían un plan de emergencia. Espero que ya la hayan puesto a salvo. Al fin y al cabo, ella debía de ser su primera prioridad.

Gabriel abrió una botella de agua mineral depositada sobre la mesita de noche y, tras ofrecérsela a Iria, se sirvió un vaso para aclararse la garganta.

—Existe otra posibilidad —afirmó pensativo—. Carl, el padre de la chica fallecida, tenía en su punto de mira a New World. Tal vez también les estuviera vigilando a distancia. Tiene motivos y recursos para hacerlo gracias al dinero que le proporciona el petróleo. En fin, pronto lo sabremos. Ahora necesitamos una buena ducha para entrar en calor.

Iria asintió con la cabeza.

—¿Cómo estará *Mima*? Ojalá no le haya pasado nada malo… —susurró preocupada mientras se dirigía al baño.

El cuarto de aseo, como el resto del barco, estaba limpio y reluciente, pero el aspecto de las moquetas, maderas y mármoles no podían ocultar que ya tenía algunos años de uso.

Gabriel se despojó de la ropa y se enfundó un albornoz, mientras Iria se tomaba una ducha reparadora. Pese a que la temperatura de la habitación era cálida y confortable, sus piernas todavía estaban heladas y el resto de su cuerpo seguía entumecido. Tendido sobre la cama, se relajó contemplando cómo el vapor se filtraba a través de las ranuras de la puerta del baño. Sonrió para sí. Iria estaba disfrutando de su particular sauna privada y pronto le tocaría a él.

Tardó un cuarto de hora en sentir el agua caliente derramándose a presión sobre su piel. Suspiró con alivio al percibir que la circulación sanguínea se le reactivaba poco a poco. Se frotó sin prisa con una mullida esponja vegetal. Luego cerró los ojos y dejó que sus poros se fueran dilatando mientras el agua le proporcionaba un estimulante masaje al contacto con su cuerpo.

Un grito ahogado de Iria le sacó de su ensimismamiento. Salió disparado del baño y se plantó en el dormitorio envuelto en una toalla.

—¿Qué ocurre? —preguntó alarmado.

Iria le señaló con horror el interior del armario empotrado.

Las puertas abiertas le mostraron la misma ropa que habían dejado en su chalet de New World.

54

Tal como les habían anunciado, los tripulantes de la lancha vinieron a buscarlos al cabo de tres cuartos de hora. Uniformados con pulcros trajes blancos, les saludaron educadamente y los acompañaron en silencio hasta un amplio salón acristalado.

Situado a pie de cubierta, ofrecía un aspecto elegante y acogedor a un tiempo. El suelo era de parquet y las paredes de madera oscura con ribetes dorados, a juego con las lámparas que emitían una suave luz de tonos ocres. La entrada estaba ocupada por tres confortables sillones situados alrededor de un centro de marfil. Más al fondo, una piel de oso polar extendida como una alfombra daba paso a una larga mesa ovalada servida con vajilla de porcelana y relucientes bandejas metalizadas. Ocho sillas de color crema, erguidas sobre patas espolvoreadas con motas de oro, la circunvalaban.

Presidiendo la mesa, los esperaba Leonard.

Los dos hombres que los habían escoltado hasta allí los invitaron a sentarse frente él con gesto circunspecto. Gabriel e Iria intercambiaron miradas cargadas de escepticismo, pero decidieron tomar asiento. No tenía sentido oponer resistencia. Aquellos tipos de traje blanco parecían tan contundentes como James y su otro esbirro.

Con un ademán, el director de New World indicó a sus marineros que podían retirarse. Una vez a solas, inspiró hondo antes de hablar con una expresión de sincero alivio.

—Me alegro tanto de que no te haya pasado nada, Iria… —dijo en voz muy baja, casi en un susurro.

Sus pupilas estaban dilatadas, y parecía algo desconcertado, como si le costara hablar y no fuera capaz de encontrar las palabras adecuadas. Con un movimiento instintivo, extendió la palma de la mano hacia la de Iria, pero ella la retiró para asir con fuerza la de Gabriel. El director entornó los ojos con una mirada reflexiva que destilaba comprensión y cariño. No parecía ofendido por aquel desaire. Ni siquiera contrariado.

—Por supuesto, también me alegro de que se encuentre bien, señor Blanch —afirmó Leonard, con su flema habitual. Después, frunció las cejas con severidad y Gabriel observó las arrugas que se formaban alrededor de sus ojos—. Tan pronto como me he enterado del lugar donde os encontrabais —afirmó irritado mientras meneaba la cabeza—, he enviado una lancha de inmediato. Es una vergüenza lo que habéis tenido que soportar en esa cueva. Algo inhumano por lo que James deberá responder...

—Así que no has sido tú quien ordenó nuestro secuestro —dijo Gabriel con una nota de sarcasmo.

—Os voy a ser muy sinceros —afirmó Leonard. Pero en lugar de hablar, hizo una larga pausa cargada de intención, y los observó con detenimiento antes de explicarse—. Secuestraros era inevitable. A raíz de los últimos acontecimientos había comenzado a sospechar de Natalie, que como ya sabéis es mi esposa. Siguiendo los consejos de James, mi jefe de seguridad en New World, decidí intervenir el teléfono de su casa, pero apenas lo utilizaba y no detectamos nada que pudiera comprometerla, lo cual para mí suponía un cierto alivio. Hasta ayer.... Cuando llamó pidiendo con urgencia un barco para huir de la isla, tuvimos la prueba de que nos estaba traicionando. Os engañaría si afirmara que nos cogió por sorpresa. Habíamos previsto esa eventualidad y pusimos en marcha de inmediato el plan de acción que teníamos preparado. Vosotros no estabais incluidos en la operación, pero al acompañarla en su fuga no tuvimos más remedio que improvisar.

—Ese marinero tuyo no improvisa cuando golpea —dijo Gabriel.

—Se suponía que no debía dañar a nadie. Solo dormiros con los narcóticos diluidos en las bebidas que os ofreció. Pero al atacarlo por sorpresa con un directo al estómago, tuvo que defenderse con los puños.

—¿También era necesario atarnos dentro de una cueva en pleno mar del Norte? —preguntó Iria.

—En absoluto… A lo máximo que estaban autorizados mis hombres era a reduciros por la fuerza con la ayuda del cloroformo, y eso únicamente para el caso de que os resistierais. Después, debían limitarse a custodiaros hasta que llegara yo. —Leonard entrelazó sus manos con un gesto crispado mientras sus labios se curvaban con disgusto—. Sin embargo, James decidió aplicaros un castigo por haberlo dejado en evidencia como jefe de seguridad. Me asegura que no estuvisteis más de una hora atados en la cueva y que vuestra vida no corrió peligro porque estaba a punto de sacaros de allí cuando llegué yo, pero aun así… eso no justifica nada.

—¿Y que ha pasado con Natalie? —inquirió Iria.

—Es un asunto privado entre mi esposa y yo, pero puedes estar tranquila respecto a su bienestar. Llevamos muchísimos años casados y, aunque no estamos pasando por nuestro mejor momento, yo sigo enamorado de ella. Durante los últimos meses ha estado viviendo en Moore, la isla donde nació, y seguirá siendo libre para hacer lo que desee. Al igual que tú.

—Es difícil estar tranquila, después de lo ocurrido.

—Mira, Iria, nuestros laboratorios están en mitad de una guerra que puede marcar el futuro de la humanidad. Y las guerras se cobran víctimas. Pero nada malo te va a pasar ni tampoco a Natalie. Sois demasiado importantes para mí y jamás lo permitiría.

—Pero si apenas me conoces…

Las mejillas de Leonard se sonrojaron, como si acabaran de recibir una bofetada.

—Bueno, la verdad es que de joven conocí a una mujer gallega que era tan parecida a ti… —Se detuvo y paseó una mano por la frente con gesto dubitativo—. Tenía diecinueve años cuando mi padre alquiló una casa de veraneo en un pueblecito costero gallego con el mejor marisco que jamás había probado. Casi siempre íbamos a comer al mismo restaurante, donde nos servía una camarera encantadora. Nos cogimos simpatía desde el primer día, y acabamos viviendo un romance apasionado en secreto. Fue mi primer amor. Son cosas que nunca se olvidan.

—¿Te acuerdas todavía del nombre del pueblo?

—Cedeira.

«Allí era donde había nacido y vivido Iria», pensó Gabriel conteniendo el aliento.

Ella palideció y sus músculos faciales se tensaron de una forma extraña.

—¿Hace cuánto tiempo de eso? —preguntó con un hilo de voz.

—Veintiocho años.

Un estremecimiento sacudió a Gabriel como un temblor de tierras. La cara de Iria estaba desencajada. Lo único que sabía sobre su padre era que se había dado a la fuga antes de que ella naciera, veintiocho años atrás. Su madre nunca le había dicho quién era...

El silencio se había adueñado de la estancia y era tan denso que casi se podía palpar.

Que Iria pudiera ser la hija de aquel hombre era casi inconcebible, pero Gabriel se forzó a analizar los rostros de ambos. Tuvo que rendirse a la evidencia: armonizaban perfectamente. Las pupilas de ambos eran de color azul, sus frentes anchas y despejadas, y los mentones angulados, como la estructura felina de sus rostros.

Leonard fue el primero en hablar. Sus ojos claros transmitían una gran calidez cuando dijo:

—¿Alguna vez te has preguntado de dónde sacó tu madre el dinero para pagarte la estancia y tus estudios universitarios en Barcelona?

—Pero entonces...

Iria dejó la frase inconclusa y Gabriel recordó lo que ella le había contado en su piso de la Barceloneta. Su madre regentaba una pequeña cafetería en Cedeira que le daba lo justo para ir tirando y por eso nunca le pudo explicar cómo había conseguido reunir el dinero para que ella pudiera estudiar la carrera en Barcelona. La respuesta estaba frente a ellos.

—Sí, Iria, soy tu padre... —dijo Leonard con los ojos humedecidos—. Y tienes mucho que perdonarme —añadió mientras entrelazaba sus manos con las de su hija. Esta vez ella no las retiró, sino que sostuvo el contacto.

Aquella revelación, pensó Gabriel, permitía explicar muchas cosas: la inesperada y misteriosa oferta que había recibido por teléfono para trabajar en New World, la especial atención con que la había mimado Leonard... Pero todavía quedaban muchas preguntas pendientes de respuesta.

Iria estaba conmocionada, como si apenas pudiera comprender que aquello le estuviera sucediendo a ella y no a otra persona.

—Desapareciste sin más. Igual que un fantasma. Y ahora...

—Comprendo lo que sientes. Y por eso te pido perdón. Ya no puedo cambiar el pasado, tan solo explicarlo. Cuando me fui de Cedeira no imaginé que tu madre se hubiera quedado embarazada. Lo supe cuando ya estaba en Londres. Allí se veía todo tan distinto, tan lejano... Mi padre me prohibió seguir con esa aventura sin futuro. Le ofreció una clínica privada para abortar en Inglaterra y una generosa suma de dinero, pero se negó a aceptar ni una cosa ni la otra. No volví a saber nada de ella y debo confesar que con el tiempo me olvidé de aquel amorío juvenil. No me enorgullezco de ello, pero tienes derecho a saber la verdad, por amarga que sea.

Los labios de Leonard se torcieron antes de proseguir:

—No conozco ninguna verdad que no sea desagradable. O ambivalente, porque no hay nada completamente bueno ni malo. Todo depende de la perspectiva. A veces las mejores semillas germinan gracias a haber soportado las condiciones más duras y adversas. Lo inesperado, lo sorprendente, tiene un papel esencial en eso que llamamos vida. Imagínate cómo me quedé cuando después de tantísimos años sin volver a saber nada de tu madre, contactó conmigo para explicarme que tu mayor deseo era doctorarte en biología molecular. Te habían admitido en la Universidad de Barcelona, y solo existía un problema: no tenía dinero para pagar tu estancia allí. Le envié una transferencia de inmediato. Me parecía asombroso tener una hija que, sin saber nada de mí, quisiera seguir mis pasos.

—Así que te convertiste en mi protector secreto.

—No solo eso. Más adelante, cuando ya destacabas, empecé a leer todo lo que publicabas, incluyendo tu tesis doctoral. Me sentía muy orgulloso de ti, pero no estaba preparado para confesarte la verdad. Al fin y al cabo, me había comportado como un miserable... —Su mirada se proyectó más allá de las ventanas y descansó durante un largo rato en el horizonte, donde el sol se empezaba a poner—. Pensé que sería más fácil para los dos conocernos mientras trabajábamos en los laboratorios de Moore. Un lugar tan pequeño era perfecto para establecer una relación muy estrecha, como la de un profesor con su alumna preferida. Quería dedicarte mucho tiempo, y así ir construyendo una sólida relación afectiva. Sin embargo, nada ha salido como tenía planeado y me he visto obligado a revelártelo todo antes de lo previsto.

—¿Obligado? No veo por qué. De haber querido, hubieras podido seguir manteniendo el secreto.

Leonard negó con un enérgico gesto de cabeza.

—En ese caso, no habría ninguna posibilidad de que aceptaras la propuesta que voy a realizarte.

55

El director se llevó una mano a la barbilla mientras miraba al exterior a través de las ventanas del salón. Comenzaba a oscurecer, pero el sol no se había puesto del todo. La corriente marina empujaba las olas contra los arrecifes del islote en el que habían estado presos. Por encima de los enormes acantilados, bancos de nubes azuladas se extendían por el cielo como montañas interminables. Leonard contemplaba el paisaje, absorto en sus propios pensamientos, pero tras unos instantes meneó la cabeza y sus ojos se posaron de nuevo en los de Iria.

—¿Qué es lo que me quieres proponer? —preguntó ella.

Él inspiró hondo antes de contestar:

—Hace unos meses sufrí el peor golpe de mi vida cuando murió Paul, nuestro único hijo. Todo se convirtió en un recordatorio constante de mi dolor. Natalie ya no podía quedarse encinta y, para empeorar las cosas, decidió divorciarse de mí. Me invadió una sensación de vacío imposible de llenar. Pero cuando llegaste a Moore, por primera vez desde la muerte de mi hijo, volví a sentir que valía la pena vivir. Por eso me gustaría que siguieras trabajando conmigo, Iria, aunque fuera en algo diferente.

Ella lo miró sorprendida y esperó a que ampliara sus explicaciones.

—Después de lo ocurrido no tendría sentido que continuaras aquí, en New World, pero el nuevo proyecto al que te incorporarías sería mucho más interesante que la investigación sobre plagas de insectos. Y el emplazamiento, más cálido y agradable. Tenemos instalaciones de primera en California e incluso en una isla privada situada entre el norte de Cuba y los Cayos de Florida.

Gabriel recordó un reportaje que había leído sobre un archipiélago que David Copperfield, el famoso ilusionista, había comprado en esa misma zona del Atlántico. Un paradisiaco conjunto de islas con cuarenta playas de arenas blancas y aguas cristalinas.

—¿Y qué hay acerca de Gabriel? —preguntó ella con preocupación.

—Estaría contigo, por supuesto. Lógicamente, no le voy a ofrecer un puesto en mis laboratorios, pero podría dedicarse a lo que él quisiera: escribir novelas o a cualquier otra cosa. Nos quedaría el problema de su denuncia a la policía de Lerwick, pero creo que lo podremos resolver. Sin cadáver no hay crimen y su testimonio ofrece muchas dudas que podríamos acrecentar si todos nos ponemos de acuerdo.

Iria dirigió una mirada interrogativa a Gabriel, y él se limitó a asentir en silencio. Pese a las amables maneras de Leonard, todavía seguían en su poder y hasta que no estuvieran libres, no era conveniente discrepar. De momento, había que seguirle el juego. Luego, ya se vería.

El director relajó la expresión del rostro y abrió las cubiertas de las bandejas extendidas sobre la mesa.

Contenían láminas de salmón ahumado, huevos revueltos todavía humeantes y apetitosas tostadas de pan blanco.

—Ya va siendo hora de que comáis algo. Os sentará bien…

Iria y Gabriel se miraron dubitativos. Leonard sonrió tímidamente y preparó unas tostadas montadas con salmón sobre los huevos revueltos. Luego, las cortó en generosas raciones y se llevó una a la boca.

Ellos optaron por imitarlo y degustaron en silencio aquellas apetitosas tostadas. Apenas habían probado bocado durante las últimas cuarenta y ocho horas y estaban hambrientos.

—El salmón está pescado en estos mares salvajes —explicó Leonard—. Imposible encontrar otro mejor…

Aunque era delicioso, no se encontraban allí para intercambiar opiniones gastronómicas, pensó Gabriel.

Como si le hubiera leído la mente, Iria dijo:

—Me gustaría saber algo más sobre ese nuevo trabajo que me permitiría dedicarme a asuntos todavía más interesantes que las plagas de insectos.

—En efecto, podrías centrarte en el ser humano, la especie invasora más devastadora que jamás haya poblado la faz del planeta. Ha tenido tanto éxito que, si nadie lo impide, tras devorar los recursos planetarios acabará por exterminarse a sí misma.

Iria lo observó atónita.

—¿Consideras entonces que somos una plaga bíblica o algo por el estilo?

Leonard asintió con un gesto firme.

—En los últimos seiscientos millones de años, se han producido cinco extinciones masivas de seres vivos a causa de cataclismos gigantescos. Actualmente estamos viviendo la sexta gran extinción de la historia y la novedad consiste en que será provocada por un mamífero: el homo sapiens. En los últimos quinientos años ya han desaparecido un número considerable de especies a causa de la actividad humana, y son miles las que se encuentran en peligro de extinción, pero lo peor es que el proceso se está acelerando a una velocidad imparable.

—A nivel científico, es poco lo que se puede hacer. Aliviar los desequilibrios planetarios es, ante todo, una cuestión de voluntad política.

—Te equivocas, Iria —dijo esbozando una sonrisa cargada de tristeza—. Me temo que ningún político puede modificar el código genético que guía nuestras conductas. La prueba es que durante miles de años de historia nunca se ha conseguido cambiar nuestro comportamiento depredador, pese a todos los discursos progresistas, mandamientos religiosos o ideologías de todo tipo. La realidad es que estamos programados para multiplicarnos sin control siguiendo las pautas de las células cancerígenas. Somos demasiado inteligentes para que ninguna otra especie nos pueda parar y demasiado estúpidos para evitar nuestro suicidio colectivo. El destino nunca ha estado escrito en las estrellas, sino en nuestros genes.

—Y como el problema está en los genes, solo la genética podrá solucionarlo. ¿Es eso lo que piensas? —preguntó ella.

—Todo depende de los pasos que demos. A corto y medio plazo, las células madre extraídas de embriones híbridos nos permitirán regenerar órganos, tejidos y nervios, así como revertir el proceso de enfermedades degenerativas. Eso significa que la gente vivirá más tiempo, lo que agravará todavía más el problema al que nos enfrentamos como especie.

No hacía falta ser un experto para comprender que el director tenía razón. Justo antes de viajar a la isla de Moore, había leído un artículo donde se desgranaba con datos demoledores los motivos por los que nuestro sistema era insostenible.

De repente, le vino a la mente la frase de Edgar Morin citada por el articulista para cerrar su sombrío reportaje con una débil nota de esperanza: «Lo improbable es posible».

—Aunque todo puede cambiar —anunció Leonard, en un tono confidencial—. La evolución de las especies es un proceso que se desarrolla de forma muy lenta a lo largo de las eras, pero la tecnología biológica nos puede ayudar a acelerar los saltos que el homo sapiens necesita.

Gabriel recordó con desazón su primera conversación con Natalie.

«Los nuevos dioses», le había dicho, «podrán comer del árbol de la vida, pero el paraíso terrenal no será para todos. Será para unos pocos: los elegidos».

Los ojos de Leonard brillaban con intensidad cuando dijo:

—Las mejores semillas germinan en los lugares más insospechados porque son capaces de cualquier cosa por sobrevivir. Pero nada florece si antes no se siembra. Lo mismo ocurre con los experimentos genéticos. Los resultados, a menudo, no se pueden prever. Hay demasiadas variables. Por eso hay que esperar para ver su evolución…

A Gabriel le inquietaba la autorización que New World había recibido para experimentar con embriones humano-animales con fines de investigación. La única condición era que debían ser destruidos en un plazo máximo de catorce días. Se preguntó qué sucedería si, en lugar de ello, se implantaran en úteros femeninos.

Leonard consultó su reloj y frunció sus labios.

—No puedo demorarme más tiempo. Volveré dentro de dos días, pero ahora debo irme, y me gustaría dedicar el poco tiempo que me queda a conversar a solas con mi hija.

Gabriel asintió con un gesto mudo de cabeza. De momento, no tenían otra salida que aceptar su oferta. Ya sabían demasiado y el director no les permitiría marcharse libremente.

—¿Y dónde vamos a hospedarnos hasta que vuelvas? —preguntó Iria.

Leonard miró, a través de la ventana, al inhóspito peñasco que se erguía solitario en mitad del océano.

—En aquel islote —dijo señalándolo con un dedo—. Siento no poder ofreceros nada más cómodo, pero dada la situación es completamente necesario.

56

El islote resultó albergar una cala encajonada entre enormes promontorios de rocas negras que se adentraban en las profundidades del océano. La zodiac redujo la velocidad, se dejó llevar por el vaivén del mar, y atracó lentamente en la orilla.

El marinero más alto, provisto de una linterna, fue el primero en bajar. Gabriel e Iria lo siguieron, mientras su otro compañero permanecía custodiando la barca. Había anochecido, pero la claridad de la luna permitía vislumbrar los contornos de los gigantescos acantilados que rodeaban aquella playa de duros guijarros.

Caminaron en silencio unos cien metros hasta alcanzar el umbral de una diminuta casa de madera.

El individuo que les guiaba extrajo una llave de su bolsillo, y abrió la cerradura de la puerta. Su interior olía a sal, humedad y turba. El haz de la linterna atravesó la oscuridad y alumbró unos estantes sujetos a la pared. Sobre ellos se amontonaban numerosas velas. Encendió un par de ellas con la llama de su mechero y las depositó encima de una sencilla mesa flanqueada por sillas plegables.

—Este refugio fue construido por un ornitólogo amigo de James para observar el comportamiento de las aves durante las migraciones estivales —explicó con tono pausado—. Aquí puede uno guarecerse de las tormentas de verano, e incluso pernoctar varios días. Aunque no hay energía eléctrica, la madera está reforzada con aislantes térmicos.

Gabriel intentó evaluar la pequeña estancia donde se hallaban. A la tintineante luz de las velas entrevió dos camastros pegados a la derecha. A su izquierda, distinguió entre las penumbras unos armarios. Y, en la esquina, una vieja estufa forjada de hierro. Poco más.

—Aquí no tendréis lujos, pero sí todo lo necesario para vivir —dijo el marinero, abriendo uno de los armarios.

El foco de la linterna iluminó su interior: bidones de agua, latas de comida y barriles cortados rellenos de turba.

—Este combustible es un poco engorroso, pero ha funcionado bien durante siglos —afirmó con un nota de orgullo en la voz—. Una vez arda la turba dentro de la estufa, podréis calentar las latas aquí mismo —añadió posando una mano sobre su parte superior, pulida como si fuera una plancha de cocina.

—¿Y si queremos ir al baño? —preguntó Iria.

—Me temo que no hay ducha, pero sí un lavabo químico portátil. Está adosado al refugio, justo al lado de las camas.

Iria suspiró y acarició la cabeza de su gata, que ronroneó complacida, como si estuviera satisfecha de cambiar el yate por aquella casucha anclada en tierra firme.

Desde luego, era mucho más acogedora que la gruta marina, se dijo Gabriel para sí. Pero eso no significaba que estuvieran fuera de peligro…

Una vez se quedaron a solas, examinaron a fondo el contenido de los armarios. Escogieron sábanas limpias y, tras hacerse las camas, decidieron salir al exterior protegidos por sus anoraks y pertrechados con unas mantas de refuerzo. Se sentaron sobre los negros guijarros y esperaron a que la lancha desapareciera de su campo de visión para empezar a hablar.

—Todavía no puedo creerme que Leonard sea mi padre biológico —dijo Iria, meneando la cabeza—. El *shock* me ha dejado bloqueada. Demasiadas emociones contrapuestas. Reconozco que no puedo evitar sentir algo de orgullo por ser la hija de un hombre tan brillante y reconocido por toda la comunidad científica. Pero su lado oscuro me aterra, porque forma parte de mi vida. Sin él, yo no existiría y mi madre, en lugar de haber sufrido tanto, habría podido ser feliz. Todo esto me consume por dentro. Me siento tan mal...

Gabriel envolvió con el brazo el hombro de Iria. El ruido de las olas se mezclaba con el ulular del viento, pero la cala en la que se habían sentado, rodeada de gigantescos arrecifes, les ofrecía una inmejorable defensa natural contra los elementos.

—Mi llegada al mundo —prosiguió— presentó grandes complicaciones... Aunque al final lograron sacarme con fórceps tras horas de lucha, una hemorragia posparto obligó a los médicos a extirpar la matriz de mi madre. Es un asunto del que jamás quiere hablar, pero la ha marcado profundamente. Estoy segura de que el mayor deseo de mi madre era casarse y formar una gran familia, pero mi nacimiento la condenó a ser una solterona que no podía tener más descendencia.

El cielo oscuro como un manto de azabache, estaba salpicado por incontables estrellas; en aquel lugar recóndito, tan apartado del mundo, Gabriel se sintió libre de expresar sus sentimientos por una vez en su vida.

—Culparse de la infelicidad familiar es una carga demasiado pesada y además injusta. Yo entiendo algo de eso, porque también soy hijo único.

—Puede que tengas razón, pero eso no me evita el sufrimiento de saber por lo que ha debido pasar mi madre. Cuando yo nací, Cedeira era un pueblecito apegado a sus costumbres tradicionales, de mentalidad muy cerrada. Todavía sigue siéndolo, y allí el ser madre soltera es un estigma para toda la vida. —Unas lágrimas se desprendieron lentamente de los párpados humedecidos de Iria—. Con una niña a cuestas, y sin posibilidad de engendrar más hijos, ¿quién se iba a querer casar con ella? Conservo fotos de cuando tenía diecisiete años. Era solo una niña que empezaba a ser mujer... Ni siquiera había cumplido los dieciocho y ya estaba condenada por su pecado de amor. Hubiera sido más fácil abortar, pero prefirió tenerme y trabajar como una mula para sacarme adelante. Por eso, su gran obsesión siempre fue que yo estudiara una carrera universitaria y pudiera ser una mujer independiente.

Bajo aquel firmamento repleto de astros que se contaban por millones, Gabriel se preguntó si el futuro no estaría escrito en las estrellas, tal como creían los antiguos. Al fin y al cabo, todos los átomos de nuestros genes provenían del polvo de estrellas extinguidas.

—Resulta increíble que, pese a no haber conocido a Leonard, tu vocación te llevara a convertirte en una doctora especializada en biotecnología.

Iria asintió, con aire pensativo.

—Es asombroso cómo pueden influir los genes sin que uno ni siquiera lo sepa. Pero ahora mismo no puedo sacarme de encima la impresión de que toda mi vida está edificada sobre una mentira…

El viento había amainado y el sonido de las olas llegaba a la cala como un murmullo relajante, completamente ajeno a sus cuitas personales. Guardaron un prolongado silencio hasta que Gabriel se sinceró.

—Todas las familias mienten y esconden secretos. La mía, sin ir más lejos, también guarda uno terrible que nunca he confesado a nadie.

Las pupilas azules de Iria lo miraron anhelando escuchar su historia, pero a él se le formó un nudo en el estómago. Nada nuevo. Expresar ciertas emociones siempre le parecía un imposible. Sin embargo, por una vez logró vencer sus renuencias y sus labios pronunciaron las palabras malditas.

—Mi madre murió de sida —dijo abruptamente—. Contagiada por mi padre. Es algo que nunca le he podido perdonar…

Iria lo abrazó y él sintió como si en su interior hubiera estallado la esclusa de un dique resquebrajado por el mar. A duras penas podía contener las lágrimas.

—¿Hace cuantos años que ocurrió? —preguntó ella.

—Siete.

Iria frunció el ceño con extrañeza.

—El sida es ya, desde hace tiempo, una enfermedad crónica que no provoca la muerte si se sigue el tratamiento adecuado. ¿Cómo es que los fármacos no le hicieron efecto?

—Porque se negó a tomarlos. Mi madre era naturista convencida y no quiso probar ni una sola medicina. Por más que le suplicamos, no dio su brazo a torcer, ni siquiera cuando resultó evidente que no saldría de aquella...

Inspiró hondo, y consiguió apartar de su mente las terribles imágenes del inútil sufrimiento de los últimos días de su madre.

La cabeza de *Mima* asomó de improviso y husmeó el aire con curiosidad. Luego entornó sus ojos, y volvió a acurrucarse bajo su manta. Demasiado frío para una gata casera. Gabriel e Iria intercambiaron una sonrisa furtiva.

—Es tan extraño todo lo que nos está sucediendo... —murmuró Iria.

—Al menos pudiste conversar a solas un buen rato con Leonard. ¿Qué razones te dio para retenernos en esta isla? Porque lo cierto es que seguimos secuestrados.

—Según me dijo, tiene que explicar personalmente a sus socios todo lo que ha ocurrido en New World. Cree que la competencia busca destruir su proyecto a cualquier precio, y que los acontecimientos de los últimos días, incluyendo el apagón, no son productos de la casualidad.

—¿Y se puede saber por qué?

Ella se tomó su tiempo antes de responder.

—Aunque no me lo dijo con claridad, Leonard piensa que todavía existe un infiltrado en sus laboratorios, y yo sospecho que New World también tiene topos espiando para él en la competencia. Lo más probable es que se reúna con ellos durante estos dos días. Según aseguró, estamos en medio de una guerra despiadada y hasta que no reúna más información, nos quiere fuera del campo de batalla para que estemos seguros.

Gabriel esbozó una sonrisa amarga.

—De momento, todas las bajas caen del mismo bando: la joven noruega, George…

—No es que quiera justificar sus acciones, pero me dio la impresión de que era muy sincero conmigo. Me juró que él no ordenó asesinar a la chica y que la muerte de George no fue premeditada, sino accidental, durante una trifulca en la que James trataba de impedir su fuga. Después lo ocultaron en la nevera de seguridad mientras esperaban un cargamento de ácido sulfúrico para disolver las huellas del crimen.

—Una solución muy eficiente. Sin el cuerpo de George, no se podrá abrir ningún juicio por asesinato… Pero ¿qué pasaría si rechazo su propuesta y denuncio públicamente la desaparición de George con base en lo que vi con mis propios ojos?

—Lo achacaría a una campaña de difamación y se querellaría contra ti por acusarlo sin pruebas. Según tu propia declaración, los laboratorios estaban completamente a oscuras y solo podías ver algo gracias a la luz de tu móvil. Sin embargo, no sacaste ninguna foto del cadáver porque se te agotó la batería justo al abrir la nevera. ¿No te suena muy raro incluso a ti mismo?

Gabriel frunció el ceño con preocupación.

—No me fío un pelo de sus promesas ni de sus discursos. De todas sus historias, la única que me creo es que eres su hija. Gracias a eso, tú estás a salvo… Conmigo la cuestión es muy diferente porque le molesto y sé demasiado. Así que, tarde o temprano, querrá sacárseme de encima con un desafortunado accidente como los que ya hemos presenciado en Moore. —Tras meditarlo un rato, añadió—: Si se nos presenta una oportunidad, deberíamos tratar de escapar.

57

La luz de la mañana lo deslumbró en cuanto abrió la puerta. Pese a que el cielo estaba encapotado, el resplandor del sol se filtraba entre las brechas de las nubes y reflejaba su brillo sobre el mar.

Mima meneó la cola con brío y salió disparada hacia la playa. Gabriel emitió un ligero bostezo y consultó su reloj con incredulidad. ¡Eran ya más de las once! No recordaba haber dormido tanto desde hacía años. La tensión acumulada los últimos días les había pasado factura porque Iria seguía recostada en su incómodo camastro durmiendo plácidamente.

Gabriel inspiró el aire frío mientras buscaba con la mirada a la gata, y se encontró con algo inesperado: una solitaria lancha neumática extendida sobre los negros guijarros de la cala, a unos sesenta metros de la orilla. No había nadie a bordo, ni tampoco a la vista en aquella parte del peñasco. Oteó el horizonte, pero no divisó ningún barco.

Entró de inmediato en la casa y le comunicó la sorprendente novedad a Iria. Ella entreabrió los ojos débilmente, como si todavía estuviera soñando, pero en cuanto comprendió lo que le decía se levantó de un salto y se enfundó los tejanos. Luego, se puso una camisa a medio abrochar y salió con él a contemplar aquel insólito descubrimiento.

La lancha debía de medir casi cuatro metros, desde el morro de la quilla hinchada hasta la punta del motor externo izado sobre la popa. Al acercarse más pudieron observar diversos objetos náuticos desparramados por el suelo de su casco: chalecos salvavidas, una lona de fondeo embalada, dos bidones de gasolina, una bomba de aire, una pareja de remos, el ancla flotante, y hasta un manómetro.

Ajena a cualquier preocupación, la gata mordisqueaba una funda de plástico mientras con las patas tanteaba la soga recogida del amarre.

—¿Qué hace aquí esta barca? —preguntó Iria con asombro.

Gabriel barrió con la mirada los acantilados que rodeaban la cala. Centenares de pájaros bajaban en bandadas, se hundían en el mar y remontaban el vuelo portando en su boca las presas capturadas. Bajaban y subían sin tocarse, como si recorrieran carriles invisibles. Aves blancas de casi dos metros con las alas oscuras desplegadas al viento, pájaros de pico rojo y vientre abombado como los pingüinos, págalos grises de pico ganchudo con manchas blanquecinas...

Gabriel extendió la mano sobre la frente, a modo de visera, y observó los escarpados arrecifes, de casi cien metros de altura, que envolvían la playa donde se hallaban.

—Subirlos a pulso es una locura, pero con el equipo de escalada apropiado no es demasiado difícil. Aficionados a los deportes de riesgo y a las aves deben de haber desembarcado aquí mientras dormíamos...

Iria adoptó una actitud pensativa durante un buen rato. Después, la miró con aquellos ojos suyos tan azules y señaló con el dedo índice los alargados promontorios que se alzaban frente a ellos, adentrándose en el océano como dos gigantescos brazos rocosos en forma de u.

—Deberíamos aprovechar la ocasión para subirnos a la barca y ver si podemos largarnos de aquí.

Él asintió con un gesto mudo y arrastró la lancha hasta la orilla sujetando con su mano derecha el asa de la quilla. Se subieron a bordo y Gabriel comenzó a remar sin encender el motor.

Al doblar la ensenada, constataron que ningún barco merodeaba por los alrededores. Tampoco divisaron tierra a la vista. Tan solo el mar infinito. La inmensidad del océano, pensó resignado, podía ser la peor de las prisiones. La barca resultaba un instrumento impotente sin un punto al que llegar.

—¿Por qué no damos la vuelta al islote? —propuso Iria.

El mar estaba extrañamente calmo, lo cual les permitió remar bordeando los arrecifes. Gabriel se estremeció al pasar frente a la cueva en la que habían estado presos, pero no fue hasta llegar al último cabo del peñasco cuando el corazón le dio un vuelco.

Envuelto entre las brumas, se distinguía a lo lejos un faro recortado sobre el istmo de una isla.

—Podría equivocarme, pero juraría que ese faro es el de Moore —dijo Iria.

Él asintió lentamente, conteniendo la excitación. Recobrar la libertad parecía al alcance de la mano. Las aguas marinas, planas como las de un lago, se mecían tranquilas y la barca neumática se hallaba en perfectas condiciones.

—No debe de haber más de diez millas de distancia que podríamos cubrir con esta lancha si supiéramos pilotarla —dijo ella.

—Mi padre tenía una zodiac y me enseñó a manejarla. Hace tiempo que no practico, pero esto es como ir en bicicleta. Nunca se olvida.

Ella lo miró con recelo y objetó preocupada:

—Me sabe mal dejar colgados en el islote a las personas que han atracado en esta playa… Pero no me fío de las intenciones de mi padre respecto a ti y todavía menos de James, que podría volver de nuevo en cualquier momento.

—Por eso mismo tenemos que marcharnos de inmediato. De todas maneras, la puerta de la casa donde hemos dormido no tiene echado el cerrojo, así que los de la lancha podrían ocuparla. Y en cuanto lleguemos a tierra firme avisaremos de que hay gente en el islote. Algo que ni siquiera es seguro, pues no hemos visto a nadie hasta ahora…. Todo esto es muy extraño.

Iria parecía vacilar. Miró al horizonte y guardó un prolongado silencio antes de hablar.

—Adelante —dijo al fin.

58

Antes de arrancar, siguió las instrucciones que había aprendido de su padre muchos años atrás, cuando todavía creía en las familias felices. Aseguró bien el motor, y tras coger el bidón de gasolina, llenó hasta el tope el depósito de combustible. Después, se cercioró con el manómetro de que la presión de la lancha neumática era la adecuada, y depositó todos los objetos en la proa para equilibrar mejor el peso de la embarcación.

Tiró con decisión del estárter, pero el motor se le caló. Sentada a su lado en la parte trasera, Iria lo miró nerviosa sin decir nada.

Tras un par de intentos fallidos, el motor rugió con fuerza e iniciaron la travesía. El morro neumático de la lancha se elevó sobre las aguas marinas mientras salían propulsados hacia la isla que se divisaba a lo lejos.

Algunos pájaros reposaban en pleno mar, solitarios o en bandadas, esperando el momento oportuno para remontar el vuelo o atacar nuevas presas. A medida que se alejaban del islote, lo embargó una sensación de fragilidad. En aquel entorno, engañosamente tranquilo, la vida dependía de un hilo que podía romperse en cualquier momento.

Llevaban solo unos minutos de navegación cuando el gélido viento comenzó a soplar con insistencia y las nubes bajas se fueron volviendo cada vez más oscuras, anunciando lluvia.

La primera señal de alerta se produjo a unas tres millas del peñasco del que habían escapado. Tras encarar una ola a contracorriente, la zodiac saltó sobre ella y, al caer, el impacto del golpe fue extremadamente brusco. Gabriel estuvo a punto de perder el equilibrio y salir disparado por la borda.

—¿Estás bien? —preguntó a Iria, que se tocaba el costado con expresión dolorida.

—Me he dado un golpe en la espalda, pero no es nada...

Mima pegó la cabeza a la rejilla de plástico del transportín acondicionado para gatos. Con las orejas levantadas, las pupilas dilatadas y los bigotes electrificados, no las tenía todas consigo. Él tampoco. En aquella parte del Atlántico, la climatología cambiaba en cuestión de minutos y, si se desencadenaba una tormenta, acabarían en el fondo del mar del Norte.

—Si tienes miedo, aún estamos a tiempo de dar marcha atrás.

Iria apretó sus labios y negó con la cabeza.

Él aminoró la velocidad para remontar las siguientes olas. Todavía eran pequeñas, pero venían a contracorriente y su potencia era considerable.

El estado del mar fue empeorando de forma notable a medida que avanzaban. El oleaje alcanzó una altura intimidante y el agua espumosa les azotaba sin cesar. Pero ya era tarde para desistir de su empeño. Volver atrás suponía un peligro mayor que continuar.

En lugar de enfrentarse a la corriente, Gabriel optó por navegar zigzagueando a favor del viento, aunque eso les obligase a dar continuos rodeos.

Mantener el rumbo no era sencillo e implicaba más pericia marinera de la que él atesoraba. Ambos lo sabían y la zozobra fue apoderándose de ellos con cada nuevo embate de las olas. Iria, asustada, se agarraba con una mano al asa de la popa y con la otra sujetaba protectoramente el transportín de *Mima*.

La inmensidad del mar era aterradora en comparación a su minúsculo bote neumático. En aquellas circunstancias, cada metro era una victoria, pero el tiempo transcurría con una lentitud exasperante y la tierra firme parecía mantenerse a la misma lejana distancia, por más que porfiaran por acercarse a ella.

Tras una lucha titánica contra el oleaje, al fin consiguieron llegar, exhaustos, a la costa meridional de Moore.

La bahía del puerto los acogió con una lluvia fina y racheada que acabó de calarlos hasta el tuétano. Iria, aterida de frío, puso el pie en el firme del muelle sosteniendo la caja de plástico con su inseparable gata resguardada en su interior. Gabriel amarró la embarcación a un noray, mientras emitía un sonoro suspiro de alivio.

—Así que pilotar una lancha es tan fácil como ir en bicicleta... —le reprochó ella, con el susto todavía reflejado en el rostro.

—No dije que fuera tan fácil, sino que es algo que nunca se olvida —bromeó él sin convicción.

Estaban ya a salvo, pero él sentía una enorme inquietud, como si algo que no pudiera identificar estuviera fuera de lugar.

—Creo que lo mejor será ir a casa del párroco para pedir un barco que nos saque de aquí —propuso ella.

Él asintió y se encaminaron en silencio a la única calle del pueblo.

No se veía ni un alma. El viento silbaba sobre los tejados, cubiertos por piedras para evitar que sus tejas pudieran volar por los aires durante los frecuentes temporales que asolaban la isla. Las ventanas permanecían cegadas por rústicos marcos de madera, bien guarnecidos por sus herrajes de hierro.

A Gabriel le resultó extraño que estuvieran cerradas en pleno día, pero se limitó a aproximarse a la casa del párroco, la primera a mano izquierda saliendo del embarcadero.

Llamaron al timbre y esperaron un largo rato sin éxito. Probaron otra vez pero nadie bajó a abrirles. Tras un tercer intento, con idéntica suerte, se dieron por vencidos.

—Debe estar en The Devil's Anchor —murmuró Iria.

—Tienes razón.

Sus pasos resonaron ahogados en el empedrado bajo el rítmico sonido de la lluvia. No se oía ni una voz. El pueblo, fantasmal, parecía haber caído en un profundo letargo. Su única tienda tampoco estaba abierta.

Al llegar al otro extremo de la calle, se toparon con el viejo portón del pub atrancado con una cadena.

Llamaron a voces a Arthur, pero no obtuvieron más respuesta que los quejidos lastimeros del viento. Entonces cayeron en la cuenta de que la mayoría de las casas tenían las entradas aseguradas con candados metálicos. Por más que llamaron a sus puertas, nadie respondió.

—Es como si se hubieran largado todos a la vez... —dijo Iria, preocupada.

—Probemos en la casa que el cura alquila en verano.

Regresaron de nuevo al malecón y, tras bordearlo, ascendieron por una suave colina. La lluvia arreciaba, y sus pasos se hundían entre los charcos de la tierra reblandecida que pisaban. Abajo, en el puerto, las barcas de los pescadores se mecían al vaivén de la marea. Gabriel contó hasta siete embarcaciones. No faltaba ninguna.

Continuaron andando en silencio hasta alcanzar una casa blanca rodeada por un muro de basalto de casi dos metros de altura.

Para acceder a la vivienda había que traspasar una puerta de hierro encajonada entre las piedras del muro lateral que miraba al pueblo. No había ningún timbre. Solo una cerradura desgastada por el azote de los elementos. Vociferaron el nombre del párroco reiteradamente. Sin resultado.

Tampoco estaba allí.

El cielo se había oscurecido casi por completo, cegado por enormes nubes negras que amenazaban con desencadenar un diluvio.

—Será mejor que nos refugiemos en el cobertizo —dijo Gabriel con voz pausada, tratando de distraer la inquietud que lo invadía.

Adosado al muro trasero, se abría un tejado de basalto sostenido por columnas. Lograron resguardarse bajo aquel techo justo antes de que una colosal tromba de agua descargara su furia con estruendo.

Él apoyó una mano en el capó del viejo Astra familiar, inspiró hondo y trató de calmar sus nervios.

Iria depositó el transportín de la gata en el suelo y, tras fruncir el ceño, fijó la mirada, más allá de la cortina de agua, en la estrecha y serpenteante carretera que descendía al pueblo. La misma carretera que conducía a New World.

—Aquí ha pasado algo muy grave —dijo ella, verbalizando sus miedos en voz alta.

Gabriel asintió a la vez que evaluaba las opciones disponibles. Con aquella tormenta, volver a pilotar la lancha neumática resultaba impensable. Acudir a New World también quedaba descartado.

—Debemos ir al faro y hablar con Colum —concluyó tajante—. Él nos podrá explicar qué diablos está ocurriendo en la isla.

—Las llaves del coche están puestas en el contacto —indicó Iria, señalando la ventanilla del conductor.

Sin duda a Tom Baker, el reverendo, lo enfurecería que utilizaran su coche sin permiso, pero en aquellos momentos, esa era la última de sus preocupaciones.

Tras conducir varios minutos contra el temporal, el viento comenzó a menguar. Al llegar al faro apenas llovía. Llamaron al timbre, pero tampoco allí bajó nadie a abrirles.

Iria torció los labios en una mueca de disgusto. Lleno de frustración, Gabriel golpeó la puerta con el puño. Ella giró el pomo y empujó con suavidad.

Para su sorpresa, se abrió lentamente con un chirrido agudo de goznes.

—Es raro —comentó él—. Colum siempre cierra con llave.

Iria se encogió de hombros y ambos traspasaron el umbral.

El interior se hallaba en penumbras. Gabriel localizó un interruptor y lo pulsó. Un fluorescente parpadeó sin llegar a encenderse. *Mima* se revolvió nerviosa dentro de la caja y emitió un maullido ahogado y prolongado. La gata estaba todavía aterrorizada por la travesía en la zodiac e Iria no había querido dejarla sola en el coche.

—Debe de estar durmiendo la mona —aventuró él—. Echemos un vistazo a su dormitorio.

Caminaron por la planta baja hasta dejar atrás la sala de máquinas, y se detuvieron frente a la puerta entornada a su derecha.

Asomaron las cabezas con cautela. La habitación donde dormía el farero era un pequeño cuartucho, débilmente iluminado por una diminuta ventana. Su característico olor, ácido y fuerte, todavía impregnaba la estancia. La cama estaba deshecha y su pijama revuelto entre las sábanas. Sobre la mesita de noche reposaba una taza de café a medio terminar, un despertador y la foto enmarcada de un Colum mucho más joven abrazado a una niña sonriente.

Gabriel supuso que era su hija, la misma que no veía desde que había ingresado en una secta años atrás.

—Tiene que estar arriba —afirmó Iria con voz vacilante.

—Se habrá dormido allí con la botella en la mano…

Desanduvieron sus pasos en silencio. Luego subieron por las estrechas escaleras de caracol hasta el habitáculo bajo el recinto circular donde se ubicaba la lámpara. Tomaron una bocanada de aire para coger aliento y se encaramaron a la escala de mano por la que se accedía a la trampilla del techo.

El primero en alcanzar la cúpula acristalada fue Gabriel. Después, extendió las manos para coger el asa del transportín de la gata, y ayudó a Iria a coronar la cima de aquel vigía mudo que dominaba la isla desde su atalaya.

Había dejado de llover y el sol comenzaba a filtrarse entre los bancos de nubes. Un arco iris incipiente se asomaba sobre el mar.

Dos mantas tiradas en el suelo, varias latas de cervezas vacías y una silla caída indicaban que Colum también había estado allí. Sin embargo, no había ni rastro de él.

Iria rodeó la torreta metálica que ocupaba el centro de la estancia mientras Gabriel contemplaba sus lentes circulares, semejantes a ojos de buey, preguntándose qué podía haber ocurrido con todos los habitantes de la isla.

Un grito desgarrador lo atravesó como una puñalada.

Al otro lado de la torreta, Iria había encontrado el cuerpo sin vida de Colum, acribillado por lo que parecían dentelladas de animales carroñeros.

59

Las heridas del irlandés hacían pensar en unos afilados colmillos que se hubieran hundido en su rostro una y otra vez, pero con una notable diferencia. Allí donde la carne lacerada mostraba una hendidura, la piel se había disuelto a su alrededor. Como si le hubieran introducido clavos incandescentes rociados con ácido.

Sus párpados, hinchados y amoratados, supuraban un líquido viscoso mezclado con sangre reseca. La nuca, calva y desnuda, también estaba taladrada, como si hubiera sido alcanzada por fragmentos de metralla. Su cuerpo parecía haber sido respetado gracias al jersey de lana y a los pantalones tejanos. No así sus manos, masacradas por decenas de mordiscos o picaduras.

Gabriel sintió arcadas recorriendo su estómago, pugnando por abrirse paso hasta su garganta, pero consiguió reprimirlas a duras penas. Paralizado, permanecía de pie, inmóvil, absorbiendo cada uno de los detalles de aquella macabra escena. La más espantosa que jamás había presenciado.

Iria se acuclilló y presionó con suavidad la punta de sus dedos índice y medio sobre la muñeca del irlandés. Tras el ataque de histeria inicial, había logrado sobreponerse y ahora examinaba el cadáver con el horror reflejado en el rostro.

—Carece de pulso y su mano está muy fría. Debe de haber fallecido hace horas.

Los recuerdos de su primer encuentro con Colum lo asaltaron con una nitidez extraordinaria. La risa socarrona, sus ácidos comentarios, el rostro burlón maltratado por años de soledad… Casi podía verlo y escucharlo, nuevamente, dentro de su cabeza…

—¿Quién o qué puede haberle infligido una tortura semejante? —se preguntó Gabriel en voz alta.

—Podría ser... —dijo Iria; dejó sin acabar la frase mientras meneaba la cabeza con incredulidad—. Pero es imposible.

Un crujido a sus espaldas los sobresaltó. Se dieron la vuelta bruscamente con el corazón desbocado. La puerta del receptáculo de plástico donde transportaban a la gata había cedido a sus embates. Muy asustada, *Mima* avanzó con cautela arrastrando con sus patas una funda de plástico rasgada. Un pequeño sobre blanco, arrugado y humedecido, asomaba entre sus múltiples agujeros.

Gabriel se abalanzó sobre la funda, y tras abrir la cremallera sostuvo el sobre entre las manos con una mezcla de impaciencia y temor.

En su interior halló una carta mecanografiada. Estaba mojada, pero todavía era legible. Se la mostró a Iria, que apenas podía dar crédito a lo que leían sus ojos.

Vuestra vida peligra si permanecéis más tiempo aquí.
Huid en esta lancha.
Si circunvaláis con la zodiac el islote, podréis divisar Moore y llegar hasta allí. Se halla a tan solo diez millas de distancia y a las once de la mañana llegará el ferry semanal que fue suspendido a causa del temporal.
Leonard es un perturbado muy peligroso. Ni él ni vosotros volveréis a saber de mí, pero quiero ofreceros una oportunidad de escapar para quedar en paz con mi conciencia.
Os deseo la mejor de las suertes si os fiais de la palabra de ese loco y permanecéis en este islote. Yo de vosotros no lo haría.

Sinceramente,
James

Iria se retorcía las manos con nerviosismo.

—Aún no entiendo cómo ha llegado hasta aquí esa carta...

De las muchas preguntas que bullían en su mente, aquella era la única que Gabriel podía contestar:

—La gata ha sido la primera en llegar a la lancha esta mañana. Se quedó allí revolviéndolo todo mientras yo volvía al refugio para despertarte. Cuando viniste conmigo a la barca, ya estaba mordisqueando esa funda de plástico pero no le di importancia. *Mima* debió de meterla dentro del transportín como si fuera uno de sus juguetes. Si te fijas, todavía queda un trozo de cordel anudado en su cremallera. Lo más probable es que James la dejara atada en algún lugar bien visible, pero no contaba con las garras de tu gata...

Iria emitió un hondo suspiro y dijo:

—Me asombra que no nos diéramos cuenta y que, aun sin saberlo, hayamos seguido sus consejos.

Gabriel alzó la mano en un gesto mudo cargado de urgencia y ambos guardaron silencio. Un zumbido sobrecogedor comenzaba a traspasar los cristales del recinto en que se hallaban.

Alarmados, dirigieron la vista al exterior. Una gigantesca nube negra avanzaba hacia el faro a gran velocidad.

—Dios nos libre... —exclamó ella con el rostro desencajado—. Son avispas asiáticas gigantes.

—¿En pleno octubre y con este frío?

Ella asintió con un ademán nervioso.

—En Galicia se han detectado avispas invasoras incluso en pleno invierno, y mucho me temo que estas son las que han matado a Colum. La tormenta las debe de haber dispersado, pero si no vuelve a llover...

Gabriel tragó saliva mientras decenas de miles de insectos voladores cubrían los cristales del faro.

60

Los haces de luz que proyectaba la lámpara del faro sobre los cristales se estrellaban contra enjambres gigantescos que parecían aumentar a cada momento. Los rayos solares del atardecer confluían en aquel punto, el más alto de la atalaya, pero no lograban traspasar las densas nubes oscuras formadas por millares de avispas.

Gabriel sintió escalofríos y sus manos trémulas le indicaron que estaba a punto de perder la batalla por el control de su mente.

—¿Sabes desconectarlo? —preguntó Iria, señalando a la torreta metálica cuyas lentes amplificaban la potencia de las bombillas alojadas en su interior.

—No, ¿para qué serviría?

—Si hay algo que atrae a todos los insectos es la luz... Las avispas no son una excepción, aunque también acuden en masa allí donde huelen a dulce, sudor o alcohol...

—¡Joder! —exclamó Gabriel tratando de calmarse—. No es extraño entonces que masacraran a Colum. Pero no pudieron atravesar esos cristales... Alguien tuvo que abrirles una vía hasta aquí dentro para que acabaran con él.

Iria hizo ademán de contestar, pero se detuvo en seco. Un zumbido penetrante resonó muy cerca de ellos, casi a su lado.

Gabriel giró el cuello con brusquedad. Lo que vio le heló la sangre.

Una avispa pasó de largo por encima de sus cabezas. Y no era la única que planeaba por el interior del recinto. Horrorizado, constató que estaban introduciéndose por las hendiduras que circundaban la trampilla de acceso a la cúpula del faro. Las ranuras de aquel portillo de madera recortado contra el suelo eran lo suficientemente amplias como para permitir el paso franco de aquellos insectos letales.

Calculó, con un golpe de vista, que debían de ser unas veinte las avispas que ya habían accedido al interior del recinto. Su cuerpo era negro, como su cabeza y sus alas oscuras. Las patas marrones estaban rematadas en los extremos por un amarillo tibio. Eran idénticas a las avispas enormes que había visto en el interior de los laboratorios.

También recordó que una lugareña había estado a punto de morir a consecuencia de la picadura de una sola de esas avispas, y que, de no haberle suministrado New World el antídoto antialérgico, habría pasado a mejor vida casi con toda seguridad.

Gabriel retrocedió con cautela hasta la trampilla. Las avispas habían dejado de entrar por allí.

—Quizás no haya más que unas pocas dentro del faro —aventuró—. Todavía estamos a tiempo de ganar la sala de máquinas, desconectar la corriente y encerrarnos en el cuarto de Colum hasta que llegue la noche.

La clave radicaba en resistir el asedio unas pocas horas, pensó respirando con agitación. Las avispas eran insectos diurnos y, cuando el sol se pusiera, regresarían a sus guaridas.

Iria se arrodilló para echar un vistazo por los orificios de la trampilla. Su rostro se contrajo en una mueca de horror.

—Imposible. La planta baja está infestada… Son miles y miles… —añadió con la mirada perdida.

Gabriel tragó saliva. Nuevas avispas comenzaron a entrar por las ranuras del portillo de madera que comunicaba con la planta inferior. Alarmado, le vino a la mente la imagen de la ventana abierta en el habitáculo desde el que se habían encaramado hasta allí.

No había escapatoria. Atraídas por la potente luz del faro, su número se iría incrementando y acabarían devorados por el enjambre. Exactamente igual que Colum.

La gata se acurrucó instintivamente dentro de su caja protectora. Iria aprovechó para cerrarla y voltearla, depositando la reja de plástico contra la pared. Justo después, fue a por una de las mantas tendidas en el suelo, al lado del cadáver del irlandés. Gabriel comprendió al instante. Si la extendían sobre la trampilla, cubrirían las ranuras de sus bordes y vedarían el paso al resto del enjambre. Al menos por el momento.

Algunas avispas se habían posado sobre latas de cerveza abiertas y otras revoloteaban sobre el cadáver desfigurado del farero.

—Cuidado —susurró Iria—. Si nos pica una sola, el resto se abalanzará contra nosotros.

Sabía que llevaba razón. Si un aguijón les traspasaba la piel y los infectaba con su veneno, el olor los marcaría como una amenaza para el resto del enjambre. Lo había leído mientras preparaba su artículo sobre las avispas asesinas, pero jamás imaginó que se encontrarían ellos mismos en aquel escenario de pesadilla.

Intentó no pensar en nada mientras transportaban la manta hasta la trampilla. Las avispas seguían penetrando a través de sus orificios. Se intercambiaron una mirada de aprehensión y, sin necesidad de hablar, extendieron la manta. Luego, la dejaron caer. El portillo de entrada estaba sellado, pero no tenían a donde ir.

Las avispas asesinas, tampoco. Más de un centenar compartían la estancia con ellos. Algunas de ellas exploraban los cristales de la cúpula y parecían comunicarse, a través de las antenas, con sus compañeras del exterior. Otras se habían posado sobre los espejos circulares de la torreta metálica que ocupaba el centro del recinto. Unas pocas seguían explorando las latas de cerveza, y otro grupo, más numeroso, revoloteaba cerca de ellos, husmeándolos con sus horripilantes cabezas.

El corazón de Gabriel latía desbocado, como si quisiera desprenderse de su cuerpo. Intentó tranquilizarse sin éxito. Desde su traumática experiencia infantil con las abejas, había padecido episodios severos de ansiedad y en todos ellos le había parecido que su corazón iba a fallarle. Debía respirar hondo, tal como había aprendido, pero en aquella tesitura le resultaba imposible.

Iria, mortalmente pálida, había permanecido dueña de sí misma en todo momento, pero el pánico se dibujaba con nitidez en su rostro.

—Si atacan, arrójate al suelo de espaldas y cúbrete la cabeza con el anorak —dijo ella, mientras se desabrochaba el que llevaba puesto.

La frecuencia y la intensidad de los zumbidos había aumentado hasta convertirse en un rugido. Movían las cabezas, amenazadoras, y Gabriel pudo ver cómo una de ellas expulsaba un líquido viscoso por la boca. ¡Estaba pulverizando veneno! Sus alas vibraron a una velocidad más rápida que el ojo humano y antes de que se diera cuenta comenzó a volar hacia él.

Se lanzó de inmediato contra el suelo, envolviéndose la cabeza con el anorak acolchado. Pese a que solo tardó una fracción de segundo en hacerlo, el aguijón de la avispa penetró en una de sus mejillas. El rostro le ardía como si se lo hubieran quemado. Pero eso no era más que el principio.

Los agudos zumbidos se multiplicaron a su alrededor y notó en sus manos desprotegidas la herida de los aguijones, como hierros candentes al rojo vivo. A su lado, los chillidos desgarradores de Iria le indicaron que aquello era el fin.

61

El dolor era tan intenso que ni siquiera podía gritar. Gabriel apretó los dientes y continuó agarrando con fuerza el anorak con el que se había cubierto la cabeza. Si su cara quedaba expuesta, se la destrozarían como a Colum.

En medio de aquella agónica tortura, un fuerte olor a humo lo desconcertó. Denso y pegajoso, penetraba en sus fosas nasales. Apenas podía respirar y comenzó a toser de forma compulsiva.

No se atrevió a moverse, pero lo improbable podía estar sucediendo. Notó cómo sus manos eran rociadas por una especie de espuma que, al tacto, se transformó en un líquido gelatinoso.

Como si se estuviera despertando de una pesadilla, asomó la cabeza por debajo del anorak. Sobre el suelo yacían inertes decenas de avispas. Dos metros más allá, enfundado en un grueso traje blanco rematado por un casco con visera, Leonard permanecía arrodillado al lado de Iria.

Su mirada se cruzó con la de Gabriel, que respiró aliviado. Ella parecía estar bien y no tenía ninguna herida en el rostro. Sin cambiar de posición, Leonard extrajo una jeringuilla del bolsillo de sus pantalones acolchados.

—¡Es Gabriel quien la necesita! —le advirtió ella mientras se incorporaba—. A mí no me han picado.

Todo era muy confuso, como si aquella escena perteneciera a una película de la que Gabriel fuera un mero espectador. El dolor que todavía sentía era atroz. Le costaba mantener la vista fija e incluso respirar. Profundamente mareado, cerró los ojos y se dejó caer sobre el suelo con la cabeza recostada hacia el techo y la boca entreabierta.

Notó un leve pinchazo, casi imperceptible, en la piel de su brazo derecho. Después, escuchó la voz de Leonard como si fuera un eco lejano.

—Estas avispas inyectan un veneno tan poderoso que paraliza los riñones y el hígado, lo que puede acarrear un *shock* alérgico que provoque un paro cardiaco fulminante. Pero esta inyección constituye el mejor antídoto. Además de epinefrina, lleva diversos calmantes que mitigan el dolor y una fórmula magistral patentada por nosotros. Hasta ahora nunca nos ha fallado...

Gabriel entreabrió los ojos. Leonard e Iria lo observaban, en silencio. Otro individuo, ataviado con botas, traje blanco y guantes profilácticos, pasó por su lado y se dirigió hacia la trampilla.

A través de la visera acristalada de su casco, reconoció al doctor indio Jiddu Rajid, con quien habían compartido cena la misma noche de su llegada a la isla. Su mano derecha asía la boca cónica de una estrecha manguera conectada a dos extintores adosados a su espalda. Sujetó la boquilla a una hebilla de su cinturón y procedió a bajar a la planta baja por las escalerillas de mano.

Aunque debía la vida a aquellos dos hombres, a medida que el dolor remitía y pudo pensar con mayor claridad lo fue invadiendo una furia incontenible. Por mucho que Leonard lo hubiera rescatado de las fauces de la muerte, él era el responsable de todo cuanto había sucedido en la isla, incluyendo el monstruoso final del irlandés.

Se incorporó con esfuerzo y, tras lanzarle una dura mirada acusatoria, le preguntó:

—¿No son estas avispas las mismas que New World cultiva en sus laboratorios?

Por toda respuesta, el director se dirigió hacia el lugar donde se hallaba el cadáver de Colum, recogió tres sillas plegables del suelo, y regresó cargado con ellas. Luego, se sacó el casco.

Sus párpados inferiores estaban hinchados con unas notables ojeras. La blanca piel de su rostro, siempre tan suave, había perdido su frescura habitual y las arrugas que surcaban su frente se habían acentuado de modo ostensible. Parecía haber envejecido varios años de golpe.

—Será mejor que nos sentemos...

—¿Y no sería mejor tratar primero las heridas de Gabriel? —protestó Iria.

—De momento, poco más podemos hacer. Si fuera a padecer un choque anafiláctico, sus síntomas ya nos habrían alertado. Esas picaduras son muy aparatosas, pero no revisten gravedad. Nos ocuparemos de ellas en cuanto los enjambres hayan sido eliminados. Mientras tanto, lo más prudente es que os quedéis aquí hasta el anochecer. El interior del faro está blindado por el olor que desprenden los productos químicos con los que lo acabamos de rociar, y hemos sellado todas las ventanas.

Leonard esperó a que Iria y Gabriel tomaran asiento. A continuación, se dejó caer con expresión abatida en una de las sillas y comenzó su parlamento.

—James, mi jefe de seguridad, me ha traicionado. Es cierto que estas avispas son idénticas a las que cultivábamos en New World, pero nosotros solo disponíamos de una pequeña muestra controlada. Esta invasión solo puede obedecer a un acto criminal perpetrado por la competencia para hundirnos. De hecho, ya hemos localizado centenares de colmenas en unas cuevas cercanas al faro. Debieron depositar los enjambres la noche pasada para que las avispas salieran con los primeros rayos del amanecer. Los pescadores de Moore divisaron las nubes de insectos desde el puerto, cuando se disponían a faenar, y nos lo comunicaron de inmediato. El ataque estaba perfectamente coordinado porque los códigos de seguridad en New World dejaron de funcionar esta misma madrugada. En cuanto me llamaron para informarme, supe que no tenía más opción que aconsejar la evacuación temporal de la isla.

—Y el *ferry* de las once facilitó mucho la tarea —apuntó Iria.

—Su plan estaba calculado al milímetro. En previsión de que quisieran aprovechar la situación para saquear New World, el doctor Rajid y otros científicos de confianza se quedaron en los laboratorios. Mientras tanto, me dediqué a recabar el material necesario para combatir la plaga. Recluté a un par de especialistas y, tras un accidentado viaje por tierra, mar y aire, logré llegar a la isla hace apenas una hora.

—Si no hubierais llegado a tiempo... —murmuró Iria, aún en estado de *shock*.

—Desde el primer momento el faro fue nuestro objetivo —explicó Leonard—. El foco de la plaga estaba localizado en esta zona y Colum no contestaba a las llamadas telefónicas. Por desgracia, ha muerto, pero al menos os hemos salvado a vosotros... Esta noche —añadió con un brillo de rabia en sus pupilas—, seguiremos a las avispas hasta sus guaridas y las aniquilaremos a todas. Localizar a James será mucho más difícil, pero si lo encontramos...

—Ya que hablamos de James, ¿por qué motivo nos dejó una lancha? —preguntó Gabriel.

Leonard esbozó una sonrisa amarga.

—Para que esta catástrofe tuviera la oportuna difusión en la prensa. La competencia quiere hundir a New World, y les convenía contar con un periodista que firmara un reportaje sobre el terreno.

Los argumentos esgrimidos por Leonard tenían sentido, pero muchas preguntas seguían sin respuesta.

—En realidad, me hubiera sido muy difícil redactar ningún reportaje desde la tumba. Y por poco...

—James es un criminal al que no le importó poner en riesgo vuestras vidas —lo cortó Leonard—. La muerte de la noruega y la de Colum recaen también sobre su conciencia.

—¿Hay algo de lo que no sea responsable tu jefe de seguridad? —preguntó Gabriel con un punto de ironía.

Leonard concentró su mirada en Iria antes de contestar:

—Después de lo que ha pasado ya no tiene sentido guardar ciertos secretos. Preparaos para escuchar una desagradable historia de espionaje, muertes y traiciones.

62

El cielo nocturno estaba iluminado por millares de estrellas y la luna bañaba las aguas del puerto de una suave tonalidad platea-da. Gabriel se miró las manos, vendadas y tratadas con ungüen-tos. Gracias a los analgésicos que le habían suministrado en el barco de Leonard, las heridas apenas le dolían.

Unas horas antes, poco después del anochecer, habían sido conducidos a bordo de su yate. Además de recibir atención mé-dica, allí habían tenido tiempo de ducharse, comer algo e inter-cambiar impresiones mientras el director de New World y su equipo aniquilaban los enjambres en sus guaridas.

Asimilar todo lo que les había ocurrido desde su llegada a la isla parecía imposible. Sin embargo, si alguien les podía ofrecer explicaciones, era ese hombre fatigado que tenían fren-te a sí.

Con gesto pausado, Leonard tomó un sorbo de té y retomó la palabra de nuevo:

—La única manera fiable de saber qué hace el enemigo es disponer de un infiltrado en el interior de su santuario.

Gabriel recordaba haberle escuchado pronunciar esa mis-ma frase en el faro, justo antes de que el doctor Rajid reclamara su presencia para continuar dirigiendo las operaciones sobre el terreno.

—Un topo infiltrado en la competencia —prosiguió con voz queda— me alertó de que tenían datos precisos sobre ciertos experimentos en los que George había participado. James, el ca-ballo de Troya a sueldo de nuestros enemigos, intentó zanjar el asunto echando toda la responsabilidad sobre la activista norue-ga. La historia me pareció creíble. Un científico maduro en plena crisis matrimonial y una joven aventurera jugando a ser espía para costearse los caprichos que su padre le negaba.

—¿Y eso constituía suficiente motivo para matarla? —preguntó Iria.

Los claros ojos de su padre, enrojecidos por días y noches sin descanso, la miraron fijamente.

—Yo no ordené el asesinato de esa chica. James la eliminó porque, de seguir con vida, me hubiera podido aclarar la verdad sobre la información a la que había tenido acceso. Meras conjeturas sobre nuestros proyectos... Anécdotas irrelevantes de los experimentos en los que había participado su embelesado galán: nada que pudiera afectar a nuestras patentes, en realidad.

—Pero debiste imaginar que James la había asesinado cuando los pescadores de Moore encontraron su cadáver entre los arrecifes —alegó Iria.

—Ni siquiera le pregunté... No había pruebas que pudieran incriminarlo y el resultado final resultó muy conveniente. Los activistas acampados a las puertas de New World fueron expulsados de la isla, el caso policial se cerró como un accidente y, en teoría, su muerte ponía punto final al suministro de información a la competencia. No podía hacer nada para devolverle la vida y cualquier acusación habría dañado nuestra reputación. Así que preferí no indagar más.

—Eso es tanto como convertirte en cómplice de su asesinato —lo acusó Iria.

Leonard se sacó una gamuza del bolsillo para limpiar el cristal de las gafas con esmero, como si estuviera reflexionando sobre lo que debía responder a su hija.

—El negocio de la seguridad es mucho más sucio que el de la investigación. Yo conocía a James desde hacía ya tiempo, y también sus métodos poco ortodoxos. Lo que no imaginé es que los acabaría empleando contra mí después de tantos años trabajando codo con codo...

La muerte de Erika, pensó Gabriel, había sido solo la apertura de una sangrienta partida de ajedrez muy meditada.

—Con la desaparición de la chica noruega —dijo con firmeza—, James se aseguró de contar con un chivo expiatorio que no pudiera abrir la boca para defenderse. Sin embargo, eso no era suficiente. George también podía hablar mientras siguiese vivo.

El director asintió con un gesto de cabeza.

—En efecto. Si sustrajo impunemente muestras de los laboratorios fue porque mi propio jefe de seguridad en New World era el encargado de cubrirle las espaldas. Y James, temiendo que su protegido pudiera delatarlo si yo lo sometía a un interrogatorio, optó por matarlo.

Leonard dejó que su vista reposara en las ventanas del yate. Más allá de sus cristales impolutos, el mar parecía respirar con mansedumbre como una bestia adormecida. La luna brillaba en lo alto y reflejaba en las aguas oscuras su halo fosforescente. Las barcas de los pescadores se mecían suavemente al compás de la marea y todo parecía irradiar una calma perfecta.

—En aquel momento —continuó el director—, no sospeché de su traición. Sin embargo, un topo de la competencia me mostró ayer tejidos biológicos procedentes de New World que solo podrían haberles llegado mucho antes de que apareciese Erika en la isla. Congelados en perfecto estado de conservación, procedían de los primeros experimentos en que participó George. De haberlo sabido antes, no le hubiera dejado salir de New World hasta sacarle toda la información necesaria. Pero no tuve esa oportunidad porque James se apresuró a matarlo simulando un intento de fuga que nunca existió.

—Sin embargo, después participaste en la ocultación del cadáver de George —dijo Iria.

—Eso tampoco fue idea mía —repuso Leonard conteniendo su ira—. James lo despedazó y lo dejó ahí dentro mientras conseguía ácido sulfúrico para disolver su cuerpo. Yo acepté porque, dadas las circunstancias, me pareció la opción menos mala. Pero no contaba con ese maldito apagón…

La piel de oso polar extendida como una alfombra sobre el suelo de parquet le recordó a Gabriel la historia del cazador cazado.

—El apagón fue un sabotaje diseñado por James para que pareciera un accidente —reveló Leonard—. En realidad, su objetivo era mi despacho: allí guardaba la información más confidencial de New World y las claves de seguridad del complejo. Solo se podía entrar con mi huella dactilar, y para evitar el espionaje cibernético almacenaba todos los datos en una red de ordenadores, alimentados sin conexión a ningún servidor externo. Pero James logró acceder a mi despacho gracias al corte eléctrico que él mismo había provocado. Aprovechando la confusión, introdujo un programa en mi portátil y desde allí tomó el control de todos los ordenadores interconectados sin que me apercibiera de ello.

El director removió su taza de té con una cucharita, pero no se la acercó a los labios. La dejó intacta sobre la mesa y escrutó con la mirada a Gabriel.

—De no haber abierto aquella nevera… Cuando abandonasteis New World, James os siguió y me advirtió de que os había visto entrar en la casa del cura. En ese mismo momento decidí ocultar las evidencias del crimen. Sin embargo, pensé también en las consecuencias que todo aquello acarrearía en mi relación contigo, Iria. —Entornó los ojos y su mirada acuosa se posó en ella—. Al fin y al cabo, eres mi hija y no quería perderte.

—En tal caso, hubiera sido mucho mejor que me explicaras la verdad en lugar de secuestrarnos.

—Por supuesto, pero no tuve esa oportunidad. Me acababais de denunciar y resultaba imposible explicarme en mitad del registro policial a nuestros laboratorios. Unas horas más tarde me enteré de que ibais a escapar con Natalie en un barco de la competencia y, una vez más, me vi obligado a tomar medidas drásticas. No fue fácil, os lo aseguro, y todo empeoró cuando James os encerró en esa cueva. No me atreví a despedirlo porque sabía demasiados secretos sobre New World. Y, muy a mi pesar, debo reconocer que cuando me encaré con él, sus argumentos me convencieron.

Iria inspiró hondo, con expresión de incredulidad.

—¿Y se puede saber qué demonios te dijo?

—Como en contra de lo previsto, le habías visto la cara, temía que lo pudierais denunciar. Así que decidió tomar la iniciativa y propinaros un susto de muerte para liberaros en el último momento, bajo la amenaza de que si alguna vez ibais con el cuento a la policía, vuestra vida tendría las horas contadas. Me creí sus explicaciones porque ya había usado tretas similares en el pasado y siempre le habían funcionado. Aterrorizar a alguien suele ser más útil que dañarle.

—¡Joder! —resopló Iria.

—No digo que hiciera bien. Solo digo que le creí porque tenía motivos personales para actuar así. Por eso decidí mantenerlo en su puesto hasta que mi infiltrado en la competencia me brindara información sobre lo que realmente estaba sucediendo en el interior de New World. Demasiado tarde me he dado cuenta de mi error…

A Gabriel ya no le parecía improbable que James se hubiera atrevido a actuar por su cuenta sin contar antes con el visto bueno de su jefe. Hasta ese momento se habría apostado una mano a que era Leonard quien había ordenado su encierro en la cueva para ablandarles y presentarse después como un salvador providencial con una oferta irrechazable a cambio de su cooperación. Pero ya no sabía qué pensar. Ni qué creer.

—Ahora James se ocultará bajo otra identidad en algún país recóndito —masculló Leonard—, y puede que incluso se haga la cirugía estética para no ser reconocido. Debe de haber cobrado una auténtica fortuna por este trabajo, pero lo encontraré. Es cuestión de tiempo.

—Me revuelve el estómago pensar en esas muertes espantosas —murmuró Iria—. Y todo por unas patentes...

—¿Todavía no lo entiendes? La vida de dos o tres personas no es nada comparado con lo que está en juego. Los experimentos que he estado desarrollando podrían cambiar el futuro de la humanidad.

63

Los faros del coche alumbraron fugazmente los blancos cubículos alineados en círculo. Todos permanecían a oscuras.

Las instalaciones de New World habrían parecido abandonadas de no ser por la tenue luz que se filtraba a través de las ventanas del edificio principal.

Leonard aparcó el coche frente al chalet donde se habían hospedado desde su llegada a la isla y, tras poner el freno de mano, bajó del Jaguar con lentitud.

Gabriel e Iria hicieron lo propio y aguardaron a que el profesor comenzara a andar para seguirlo en silencio. El único sonido que se oía era el de sus pasos resonando contra el árido suelo rojizo.

Unas nubes negras cubrían la media luna y hasta el viento había dejado de soplar.

Leonard permaneció unos instantes inmóvil con expresión circunspecta. Después, subió ágilmente los tres escalones que precedían a la puerta de entrada y la abrió empujándola suavemente. Con los códigos de seguridad desactivados, ni las tarjetas electrónicas ni las huellas dactilares digitalizadas servían para nada.

El sonido de unos pasos atropellados los alarmó. Al girar su cabeza vieron al doctor indio, Jiddu Rajid, corriendo hacia donde se encontraban. Pese al frío reinante, unas gotas de sudor perlaban su rostro.

—¡La policía viene de camino! —anunció con voz jadeante.

—Te equivocas —replicó el director—. No llegarán hasta mañana. Acabo de hablar con…

—Los planes han cambiado. Andy, el inspector jefe, ha sido despedido de manera fulminante. Acabo de recibir el soplo.

Leonard frunció el ceño y unas arrugas de preocupación se dibujaron en su frente, pero tras inspirar hondo recuperó el control de sus facciones.

—No perdamos la calma. Procederemos igual que en el último registro y todo saldrá bien.

Los grandes ojos oscuros de Jiddu Rajid brillaron inquietos, mientras negaba con un gesto de cabeza.

—Imposible. Adam está fuera de control en el interior del edificio principal.

—¡Joder!, ¿cómo demonios?...

—Aunque lo sedamos siguiendo tus instrucciones, ha despertado hace cinco minutos hecho una furia. Entrar ahora en el edificio es muy peligroso.

—Solo yo puedo calmarlo —afirmó rotundo—. A mí no me hará nada...

El doctor Rajid se encogió de hombros con un ademán que dejaba translucir sus dudas.

—No te preocupes, Iria —dijo Leonard, posando la mirada en los ojos de su hija—. Volveré en unos minutos y entonces hablaremos de lo que debéis contar a la policía. Mientras tanto, lo mejor será que esperéis aquí dentro.

La temperatura dentro del chalet era confortable. Las luces funcionaban como de costumbre, olía a limpio y estaba perfectamente ordenado, como si nada hubiera sucedido en los últimos días. En cuanto los oyó entrar, *Mima* irguió la cola, y salió disparada hacia su dueña.

Iria la recogió en brazos y se dejó caer en el sofá. Su rostro, muy pálido, y su mirada, profundamente cansada, reflejaban la enorme tensión que sentía. Gabriel se acomodó junto a ella y retorció las manos con nerviosismo.

—¡Esto es de locos! Tu padre biológico acaba de reconocer que tienen a un pobre tipo drogado en los laboratorios como si tal cosa... Y todavía pretende que declaremos lo que él quiera cuando llegue la policía.

—No creo que ese tal Adam sea un hombre, sino el resultado de uno de sus experimentos.

Él la miró perplejo.

—Cuando nos quedamos a solas en su yate, Leonard me explicó algunas cosas sobre el proyecto Adam, un programa genético que desarrolla en la isla privada de la que nos habló.

Gabriel recordó que el director había mencionado que estaba situada entre el norte de Cuba y los Cayos de Florida. Muy cerca de tierras paradisiacas, pero también de prisiones tan siniestras como Guantánamo, donde el Gobierno estadounidense se permitía violar los derechos humanos por el simple hecho de no encontrarse dentro de sus fronteras.

—Se me revuelve el estómago al pensar en lo que Leonard habrá sido capaz de llevar a cabo en ese lugar.

—Creo que estás siendo injusto con mi padre. Ya has escuchado sus explicaciones. Él no es ningún criminal y lo ha demostrado arriesgando su vida para salvar la nuestra. Es verdad que se equivoca al negarse a poner límites en sus investigaciones… Pero solo porque tiene el sueño de conseguir un mundo mejor.

—Quizás no busque un mundo mejor, sino uno nuevo a su medida. ¿Qué te contó exactamente sobre ese proyecto suyo?

Iria se quedó callada durante un largo rato con expresión pensativa. Finalmente dijo:

—Para que puedas entenderlo, debo remontarme en el tiempo. Leonard empezó a investigar con células madre, hace ya muchos años, a causa del enorme potencial que albergaban para curar enfermedades y alargar la vida de la gente. Sin embargo, estaba frustrado porque en aquella época solo se podían obtener a partir de los embriones humanos y eso implicaba su inevitable destrucción. Así que, por motivos éticos, únicamente se permitía utilizar un número muy limitado de embriones sobrantes de fecundaciones in vitro. Y en algunos países, ni eso, por la firme creencia de que eso equivalía a matar a una persona. Todo es

cuestión de opiniones, pero el hecho indiscutible es que las células madre disponibles para la comunidad científica eran insufi-
cientes. Mi padre se rebeló ante esa situación y fue uno de los
primeros en extraer los cromosomas del óvulo de un animal para
insertarle el núcleo de una célula humana. Gracias a ello, logró
crear embriones híbridos aptos para el cultivo de células madre.
Sin embargo, aquel éxito trajo su propio fracaso, porque la polémica desatada fue tan grande que incluso hoy en día países tan
avanzados como Australia, Canadá, Francia o Alemania han prohibido esa clase de investigaciones.

—No me imagino a tu padre aceptando el fracaso y resignán-
dose a cumplir la normativa como un burócrata cualquiera.

—Él no es de esa clase de hombres —dijo Iria esbozando una
débil sonrisa—. Y, desde luego, no cree en que los códigos legales
puedan frenar la evolución. Por eso siguió investigando con embriones híbridos hasta dar con un hallazgo extraordinario: células
madre con memoria que pueden vivir durante años en el sistema
inmunológico de las personas y atacar los tumores cancerígenos
en cuanto se empiezan a desarrollar.

—¡Vaya noticia! Eso sí es una auténtica revolución. ¿Cómo
es que no me lo contaste ayer noche en el islote?

—Porque es un programa desarrollado ilegalmente y temía
que mi padre se deshiciera de ti simulando un accidente si llegaba a la conclusión de que sabías demasiado. Así que decidí guardar un prudente silencio mientras siguiéramos en su poder.

—¿Y acaso no lo estamos todavía?

Iria negó con un gesto firme de cabeza.

—Ya lo has oído. La policía está de camino y sus acciones me
han convencido de que no es ningún asesino. En el faro, te salvó
la vida sin dudarlo, pese a que no le hubiera costado nada provo-
carte una reacción alérgica letal. Le habría bastado con alterar la
dosis del antídoto que te inyectó. Por eso creo que, en la medida
de lo posible, deberíamos ayudarlo con nuestras declaraciones a
la policía. Al fin y al cabo, James es el culpable de todo. Además,

deberíamos tener en cuenta que los descubrimientos de mi padre acabarán siendo de una ayuda incalculable para la humanidad.

Gabriel no estaba tan seguro, ni de una cosa ni de la otra. En su mente resonaron como una advertencia las lúgubres palabras de Natalie. «En un futuro próximo —le había dicho—, existirán personas que tengan acceso a comer del árbol prohibido y a vivir durante siglos o incluso milenios. Pero ese nuevo mundo no será para todos sino solo para unos pocos: los elegidos.»

—¿Y cuando presentará los resultados a la comunidad científica? —preguntó Gabriel, aunque estaba seguro de que Leonard no estaría dispuesto a divulgar una información tan valiosa.

—Cuando sea una técnica segura. Verás. Esas células con memoria han sido modificadas genéticamente para autorregenerarse, pero a largo plazo nadie sabe qué problemas podrían causar en el organismo del ser humano. Así que de momento está realizando ciertos experimentos sobre los que no me quiso dar más detalles hasta que...

El sonido de una explosión atronadora interrumpió sus explicaciones. La gata comenzó a maullar despavorida con la cola entre las piernas, y ambos se miraron consternados.

Todavía confusos, examinaron el salón de un vistazo. No había sufrido daño alguno. Pero algo muy grave había sucedido. De eso no había duda.

Tras unos instantes de vacilación, Gabriel tomó de la mano a Iria y dijo:

—Será mejor que salgamos afuera para ver qué ocurre.

64

Gabriel observó atónito las llamaradas que amenazaban con devorar el edificio principal. Ya estaba ardiendo la planta superior y si no se actuaba rápido el fuego se expandiría como un reguero de pólvora. Las luces de otros chalets se habían encendido y algunos hombres salían de ellos atropelladamente.

En mitad de aquel caos alcanzó a distinguir a Jiddu Rajid irrumpiendo a la carrera en el interior de las oficinas centrales junto a un reducido grupo de individuos. Solo unos minutos antes el doctor indio había advertido a Leonard de que entrar en aquel edificio era muy peligroso.

«Adam ha despertado hecho una furia y está fuera de control», le había dicho con voz temblorosa.

«Pero ¿quién o qué era Adam?», se preguntó Gabriel.

—Debe de haber pasado algo horrible —dijo Iria con el rostro desencajado—. Vamos allí a intentar ayudar.

—¿Estas segura?

Ella asintió con un gesto firme de cabeza.

Todos los instintos de Gabriel le advirtieron de que no se aproximaran al lugar del incendio, pero decidió acceder a los deseos de Iria. Al fin y al cabo, era su padre quien podía estar atrapado entre las llamas.

Un hombre moreno de unos cuarenta años, alto y delgado, flanqueaba la puerta de acceso.

—¿Qué ha ocurrido? —le preguntó ella con un hilo de voz.

—El doctor Rajid está en el interior del edificio junto a su equipo de confianza tratando de apagar el fuego.

—¿Y Leonard? Entró antes que ellos para reducir a alguien

o algo que estaba fuera de control. Por lo que dijo, podría tratarse de un animal furioso.

El tipo alto les dirigió una mirada en la que se mezclaban a partes iguales la reserva y el disgusto.

—De eso no sé nada —dijo lacónico—. Pero nadie más puede pasar por razones de seguridad.

Gabriel e Iria se miraron angustiados y se sumieron en un largo silencio mientras los invadía un frío intenso. No había mucho más que pudieran hacer salvo esperar.

Al poco, llegaron el resto de científicos que se habían quedado en las instalaciones de New World. En total eran cinco. El estruendo de la deflagración les había despertado en mitad de la noche y sus rostros todavía reflejaban la estupefacción que sentían ante lo que estaba sucediendo. Los ventanales del piso superior habían sido reventados por el fuego y la pulcra fachada blanca comenzaba a teñirse de un lúgubre color negruzco.

—Parece que ha explotado el generador eléctrico de nuestro edificio principal —explicó el hombre apostado en la puerta.

—Si es así, solo puede ser otro atentado de la competencia —afirmó uno de los recién llegados.

Gabriel reconoció al punto a quien había pronunciado aquellas palabras. Se trataba del científico calvo con quien habían jugado al billar la noche anterior. En cambio, no vio a su otro compañero. Probablemente se hubiera marchado de Moore con el *ferry* de la mañana, junto a la mayoría del personal de los laboratorios.

—Es muy probable que tengas razón —dijo el tipo alto de la puerta mientras fruncía el ceño con preocupación—, porque el doctor Rajid nos avisó hace unos minutos de que estuviéramos preparados para actuar si se producía algún accidente imprevisto. En cualquier caso, el equipo que está ahí dentro conoce a la perfección los protocolos de emergencia para lograr controlar el incendio.

A continuación se produjo un denso silencio impregnado de tensión. El temor de todos los allí presentes era tan palpable que casi se podía tocar.

Sin embargo, los peores augurios se empezaron a disipar a medida que la intensidad de las llamas disminuía. La esperanza renació e incluso se oyó algún tímido aplauso cuando el fuego dejó de verse al trasluz de las ventanas.

—Pronto sabremos lo que ha pasado —dijo Gabriel.

Iria tragó saliva cuando se abrió la puerta del edificio. El primero en salir, envuelto por una espesa humareda gris, fue Jiddu Rajid. Su semblante sombrío, tapado a medias por un pañuelo, no anunciaba nada bueno. Detrás de él dos hombres con mascarillas transportaban a alguien en una camilla.

Ella cogió de la mano a Gabriel y trató de decirle algo, pero su voz se quebró al reconocer el rostro desfigurado del hombre que yacía inmóvil sobre aquella camilla.

Su cara en carne viva se había convertido en una llaga de color sangre con la piel hecha jirones, pero era Leonard. O al menos, lo que quedaba de él.

—No hemos conseguido salvarlo —dijo el doctor Rajid, muy abatido.

Iria se llevó la mano a la boca y emitió un grito ahogado. Gabriel la abrazó con fuerza y ella rompió a llorar contra su pecho. No había nada que pudiera decirse en un momento como aquel. Lo único que podía ofrecerle era el contacto de su piel.

—Qué muerte tan horrible —susurró Iria entre sollozos.

Y oportuna, pensó Gabriel. Un trabajo muy profesional que llevaba la firma de James. Con la muerte de Leonard, todos los secretos robados que no hubiera registrado pasarían a ser propiedad de la competencia. Pero ese ya no era su problema. Lo único que le preocupaba en aquellos momentos era regresar con Iria a Barcelona cuanto antes y dejar atrás aquella pesadilla.

Ella puso la mano sobre su hombro con delicadeza y abrió sus labios para decirle algo, pero de pronto se detuvo en seco y sus pupilas se dilataron de asombro.

A Gabriel se le hizo un nudo en el estómago al ladear el cuello y contemplar lo mismo que Iria. Dos hombres salían del edificio transportando en camilla a un individuo gigantesco. Estaba completamente envuelto por una sábana blanca, de los pies a la cabeza, pero el contorno de su figura se dibujaba nítidamente. Debía de medir unos dos metros treinta, si no más.

Los murmullos de estupor que despertó aquella aparición fueron apagados por el sonido de un megáfono metálico resonando con fuerza en la base de New World.

—¡Policía, abran la puerta!

La pareja que estaba acarreando la camilla la dejó en el suelo de inmediato. Después dirigieron al doctor Rajid una mirada de perplejidad. El desconcierto era total entre los presentes y todos parecían paralizados, excepto Iria, que, con los ojos todavía enrojecidos, se separó de Gabriel y corrió con decisión hasta el lugar donde estaba depositada la camilla. Antes de que nadie pudiera detenerla levantó el borde superior de la sábana y contrajo su cara con una mueca de espanto.

—Nunca pensé que los experimentos de Leonard hubieran llegado tan lejos —dijo muy lentamente.

El doctor Rajid emitió un hondo suspiro de resignación.

—Me temo que los sueños de Leonard han muerto con él.

Epílogo

No quedaba ni un asiento vacío en el majestuoso Auditorio del Fórum de Barcelona. Congregar a más de tres mil personas para un ciclo de conferencias sobre las especies invasoras no era algo corriente. Los grandes llenos estaban reservados a los estrenos de las películas más taquilleras o a conciertos de rutilantes estrellas musicales. Sin embargo, todo lo sucedido en New World había despertado un revuelo mediático sin precedentes. Los miles de asientos azules se habían ocupado con mucha antelación y en aquellos momentos impresionaba contemplar la espectacular sala desde el escenario.

David Ferrer, el conocido presentador, realizó una breve introducción y cedió la palabra a Iria. Los haces luminosos de los flashes la deslumbraron. Ella carraspeó, nerviosa, frente al micrófono y el público se sumió en un silencio expectante.

—Las especies invasoras son todavía grandes desconocidas para el gran público —comenzó con voz titubante—. Sin embargo, su impacto ecológico es incalculable… No solo son capaces de eliminar por completo a otras especies, sino también de modificar radicalmente la morfología de los ecosistemas que colonizan. Un buen ejemplo es lo ocurrido en el inmenso parque nacional de Yellowstone cuando se decidió reintroducir un pequeño grupo de lobos en 1995. Erradicados a principios del siglo pasado, su ausencia fue aprovechada por los ciervos para reproducirse sin medida, reduciendo la vegetación a casi nada. La reaparición de sus temidos depredadores provocó que dejaran de frecuentar ciertos valles, los cuales se convirtieron en bosques repletos de álamos y sauces. Y esos nuevos bosques, al estabilizar la tierra, transformaron el curso errático de los ríos fluctuantes en cauces bien definidos y consolidados. Gracias a ello, los castores pudieron construir madrigueras y diques, atrayendo hacia esas zonas a un número creciente de patos, nutrias, y otras muchas especies acuáticas…

Iria había ido ganando soltura a medida que hablaba, superando la tensión inicial. Hizo una pausa para beber un sorbo de agua y David Ferrer, el veterano periodista bregado en mil batallas, aprovechó para tomar la palabra.

—Es interesante reflexionar sobre cómo la eliminación de una especie a manos de otra puede dar vida a otras muchas. Sin embargo, lo que a la mayoría de los aquí presentes nos preocupa son las consecuencias negativas que pueden acarrear especies invasoras, como las avispas asesinas que obligaron a evacuar la isla de Moore.

Gabriel esbozó una sonrisa imperceptible. Era inevitable que el moderador quisiera reconducir el coloquio hacia los sucesos acaecidos en New World. Al fin y al cabo, era lo que el público había venido a escuchar.

—Los análisis han concluido que eran una variedad procedente de Asia —explicó Iria—. Su impacto puede ser devastador en el continente europeo, ya que su alimento predilecto, las abejas autóctonas, carecen de defensas contra ellas.

—Pero no solo son un peligro para las abejas —apuntó David—. Si no estoy equivocado, esas avispas asiáticas ya han matado a centenares de personas en China y Japón…

—Así es, pero la variedad que ha llegado a Europa, la vespa velutina, es mucho menos agresiva que la mandarinia, la especie responsable de casi todas las muertes registradas hasta la fecha.

—Pues hace pocos días se cobraron su primera sangre en la isla de Moore. Las fotos que han publicado algunos medios de comunicación son escalofriantes…

Ella vaciló antes de contestar. Gabriel sabía por qué. El rostro desfigurado de Colum, taladrado por los aguijones de aquellos temibles insectos, se les aparecía en sus pesadillas una y otra vez. Iria quería advertir al mundo de los peligros que encerraban los programas genéticos ilegales. Pero, por otro lado, no deseaba fomentar alarmismos que llevaran a la prohibición de líneas de investigación esenciales para la medicina y el futuro de la humanidad. Un equilibrio difícil de lograr...

—La plaga de avispas que asoló Moore no estaba formada por las velutinas que conocemos, sino por un cruce entre especies. Existen motivos sobrados para sospechar que fueron creadas artificialmente, y depositadas de forma intencionada en la isla por la competencia de New World.

David Ferrer apretó los labios en un gesto calculado para transmitir su aprehensión al público asistente.

—Así que, en tu opinión, la isla sufrió un ataque programado con armas biológicas.

—No exactamente —protestó Iria—. Ese tipo de armas contienen virus, bacterias y otros patógenos muy contagiosos. Por el contrario, las avispas halladas en Moore no podían transmitir ninguna enfermedad que pudiera propagarse entre personas, ni por aire, ni por contacto, ni de ningún otro modo.

—Pero existen pruebas de que en New World se llevaron a cabo experimentos genéticos muy inquietantes. Sin ir más lejos, las fotos que se han filtrado del gigante muerto en el incendio del edificio principal han causado una honda conmoción. Y un interés extraordinario... En los últimos días se ha especulado con la posibilidad de que fuera un cruce entre hombre y animal.

El moderador hizo una pausa, extrajo unos papeles de un portafolios y se colocó unas pequeñas gafas con ademán teatral antes de proseguir:

—Durante el debate que tuvo lugar en las islas británicas para regular la creación de híbridos humanos y animales, el Consejo Escocés de Bioética Humana declaró, y leo textualmente, «que si se cruza la barrera de las especies dejará de estar claro el concepto general de lo que significa ser persona». La mayoría de los países occidentales ha prohibido esta clase de investigaciones. Sin embargo, la autoridad competente del Reino Unido, la HFEA, concedió el permiso de producir embriones humano-animales a dos empresas diferentes, y New World fue una de las agraciadas. ¿Es la enorme criatura de dos metros treinta el fruto de esas investigaciones?

Iria emitió un suspiro antes de contestar.

—La repugnancia que provocan los seres híbridos obedece a que todo el mundo los asocia con monstruos, mitad hombres, mitad animales. Pero hospedar cromosomas humanos en óvulos animales enucleados no debería generar inquietud porque las células resultantes son genéticamente humanas. Solo el citoplasma y mitocondria del óvulo conservarían material genético residual del animal.

—¿Suficiente material residual como para poder dar lugar al extraño gigante hallado en la isla de Moore?

—Los embriones híbridos se conservan in vitro durante unos días a fin de poderles extraer células madre. Su proceso de desarrollo se debería detener ahí, pero no niego que se puedan implantar embriones mixtos en el útero de una mujer. Quizás la criatura encontrada en la isla de Moore sea el cruce entre un hombre y una bestia. Pero también podríamos estar ante una anomalía singular, tal vez el producto de mutaciones genéticas aleatorias o diseñadas en laboratorios.

Iria no quería desvelar todo lo que sabía. Antes de que la policía accediera al recinto de New World había logrado cortar un cabello de Leonard y un trozo de uña al homínido aprovechando la confusión reinante. Las pruebas posteriores, practicadas en el mayor de los secretos, habían demostrado que la gigantesca criatura portaba ADN de Leonard. No era la única sorpresa. Los análisis sobre su secuencia genética habían revelado que poseía una fuerza y resistencia extraordinarias. Pero también un patrón de envejecimiento prematuro que lo abocaba a un deterioro imparable de todas las funciones biológicas.

Al averiguar que el único hijo de Leonard había muerto a causa de una extraña enfermedad degenerativa, se preguntaron si algunas células de ese niño habrían sido clonadas por su padre para dar vida a criaturas con las que poder calibrar los efectos de las células regenerativas descubiertas por él. Ya era tarde para escuchar la versión de Leonard, pero todo apuntaba a que sus experimentos con los híbridos y células madre habían sido parte de una carrera contrarreloj para salvar a su hijo. Y que su fracaso había sellado el final de su matrimonio.

Natalie hubiera podido despejar muchas incógnitas, pero se había negado tajantemente a dar ningún tipo de explicaciones. Gabriel pensó que aquella mujer torturada debía tener razones muy íntimas que justificaran su hermetismo.

La voz modulada del conductor del coloquio interrumpió sus reflexiones.

—La preocupación que nos invade a muchos es que este sea el primer paso para crear especies a la carta, capaces de formar ejércitos futuros de animales humanoides aptos para la guerra o para labores de baja cualificación...

Iria esbozó una sonrisa forzada.

—Cuando en 1969 Robert Edwards y Patric Steptoe anunciaban la primera fecundación in vitro realizada en laboratorios, la BBC alertó sobre la futura producción de personas en serie. El *New York Times* no se quedó atrás y afirmó que se podrían fabricar copias exactas de seres tan nefastos como Hitler. Ha pasado casi medio siglo y la biogenética no está encaminada a crear razas superiores ni monstruos espantosos, sino a detectar y eliminar enfermedades terribles, o a permitir que personas estériles puedan gozar de sus hijos. También será vital para combatir eficazmente a especies invasoras que ponen en peligro nuestro ecosistema. Como cualquier otra ciencia, presenta riesgos, pero tendremos que aprender a convivir con nuestros errores si queremos sobrevivir como especie.

Iria se había dejado llevar por su propia pasión de investigadora en aquel improvisado alegato a favor del progreso científico.

Sentada en la primera fila del auditorio, la madre de Iria debía de estar muy orgullosa de su hija. Él también lo estaba. Pese a que eran muy distintos, ya no se podía imaginar la vida sin ella. Amor era una palabra que le costaba emplear, pero no había otra mejor para definir la sensación de unión que le ligaba a Iria.

—¿Y qué opinas tú, Gabriel? —le preguntó de improviso el moderador con una mirada cómplice—. Tu artículo sobre New World ha hecho correr ríos de tinta, pero somos mayoría los que pensamos que te guardaste en el tintero algunos secretos comprometedores. ¿Me equivoco?

Gabriel miró al techo que se elevaba frente a él como una bóveda estrellada antes de ofrecer su punto de vista.

—Si me permites, empezaré por contestar a tu primera pregunta. La doctora Ferreira ha hablado de la importancia de la transparencia, pero todos sabemos que la influencia de los poderes económicos sobre los medios de comunicación limita su independencia. Es lícito dudar sobre cómo se emplearán los descubrimientos científicos genéticos que están todavía por llegar. Menos de cien personas en el mundo acaparan más riqueza que la mitad de la población mundial. Si nuestros gobiernos toleran, y hasta alientan, estas desigualdades, ¿cómo podemos pensar que los logros biotecnológicos se distribuirán de manera justa?

El moderador arqueó las cejas y guardó unos segundos de silencio, mientras sus dedos repiqueteaban sobre la mesa.

—Si no estoy mal informado, tu último libro fue secuestrado judicialmente por revelar información confidencial muy precisa sobre ciertas empresas que cotizan alto en el parquet de la Bolsa. ¿Te has planteado escribir otra obra que relate tus vivencias en la isla de Moore?

Gabriel esbozó una amplia sonrisa.

—Ya lo estoy escribiendo. He aprendido mucho de mis experiencias pasadas y no pienso repetir errores. Aunque mi novela
denunciará peligros de máxima actualidad, todos los nombres
serán ficticios y en la nota introductoria se especificará que cualquier parecido con la realidad es pura coincidencia. Si todo va
bien, pronto la tendréis entre las manos.

ECOSISTEMA DIGITAL

NUESTRO PUNTO DE ENCUENTRO

www.edicionesurano.com

2 AMABOOK
Disfruta de tu rincón de lectura
y accede a todas nuestras **novedades**
en modo compra.
www.amabook.com

3 SUSCRIBOOKS
El límite lo pones tú,
lectura sin freno,
en modo suscripción.
www.suscribooks.com

DISFRUTA DE 1 MES DE LECTURA GRATIS

quiero**leer**

1 REDES SOCIALES:
Amplio abanico
de redes para que
participes activamente.

4 QUIERO LEER
Una App que te
permitirá leer e
interactuar con
otros lectores.

 iOS